JN043797

願いの守護獣

NEGAI NO SHUGOJU

チートなもふもふに転生したからには全力でペットになりたい

Inuha

Illust. こよいみつき

ルジェ
元、社畜な日本人の狐。
前世の反動で怠惰な
愛され生活が目標。
かなりの食いしん坊で、
美味しいものに目がない。
ウィオラス
ルジェの飼い主。
騎士団第三部隊の小隊長だが、
隊長と呼ばれている。
本来、あまり感情が動かない
タイプの人物だった。
登場人物紹介

シェリス
ウィオラスの実家の執事。
ルジェの世話が得意
アディロス
ウィオラスの長兄。
かなりのブラコン。
ミュラ
ウィオラスの母。
ルジェを守るため、
社交界で活躍してくれる。
ヴィンセント
ウィオラスが率いる
小隊の副隊長。
世話焼きで、社交性が
あまりないウィオラスを
上手に支えている。
カエルラ
ウィオラスが所属する
騎士団第三部隊の部隊長。
ウィオラスのことを
何かと気にかけてくれる。

プロローグ

気がつくと、雪の上に寝ていた。

あれ、なんで外にいるんだっけ？　寝る前に何をしていたのか思い出せない。この状況ヤバくない？　このままだと寒さに凍えてしまう。

と思ったけど、寒くない。そんなに厚着していたかな、と着ている服を見ようとして目に入ったのは、白色にも銀色にも見える毛だった。正確には、毛をまとった犬の前足だ。は？

自分の見ているものが信じられずまばたきをしてみても、やっぱり犬の足にしか見えない。しばらく固まっていたが、気を取り直して全身を確認すると、やはり四つ足の犬のようだった。それも多分子犬だ。身体に比べて頭が大きいし、身体のパーツのバランスが子どもっぽい気がする。

確かめるために立ち上がろうとして、こけた。

四つ足なのに人間のように二本足で立とうとしたので、当たり前だが無理だった。四つ足を意識して立ち上がり、目に入ったふさふさの尻尾（しっぽ）をしっかり見ようと、それを追いかけてクルクル回る。

ふと冷静になって、これは犬がよくやっている、自分の尻尾（しっぽ）をつかまえようとしている行動だと気づき、頭をかかえてしまった。

まず、落ち着こう。オレは人間で日本人だったはずだ。名前は……、思い出せない。家族のことも、いたことは覚えているが、具体的な名前や顔は思い出せない。

もしかして、生まれ変わりってやつなのか。じゃあ、なんでひとりなんだ。親犬はどこに行ったんだよ。まさか捨てられたのか。

いろいろ考えてみたものの、答えも、答えを知る方法も分からず、結局ふて寝する。

そして、起きたら人間に戻っている……なんてことはなくて、やはり犬のままで雪の上にいた。

これは現実なんだと受け入れるしかなさそうだ。

オレがいるのは、あまり木が密集してない森の中で、冬だからか、生きものの気配がしない。たまに、はるか上空を飛んでいる大きな鳥が見えるくらいだ。

降り積もる雪に閉ざされ、ときおり木に積もった雪が落ちる音がするだけの、静かな世界。

周りを少し散策したときに甘いミカンのような果物を見つけ、それを食べているが、同じものばかりで飽きた。肉や野菜が食べたい。

何より誰かに会いたい。ひとりぼっちはさみしい。

人恋しさに、オレは森を出ることを決めた。

第一章　もふもふに転生

どこに向かえばいいのか分からないが、とりあえず森を出てみよう。

四つ足での歩行になかなか慣れず、段差があるとつまずくが、朝から晩まで走っても疲れない。四つ足がすごいのか、この身体がすごいのか、どっちだろう。

何日か歩いていると、積もっている雪が少し薄くなって、動物の気配がするようになった。

仲間がいないかなー、とのんきに歩いているうちに熊に会う。

ある日、森の中で出会ったけど、「熊さん♪」なんて可愛げのある熊じゃなくて、オレなんて二口で食べてしまいそうな大きさの、かなり狂暴な見た目の熊だ。

目が合ったとたんに襲いかかってくる。捕まったらきっと終わりだ。逃げなきゃ！

身体の大きさが違いすぎるからすぐに追いつかれるかと思ったけど、必死で走ったらなぜか逃げ切れた。向こうのほうが足が速そうだったので、多分そんなにお腹(なか)が減っていなかったんだろう。

逃げ切れたと分かったときは、見つけた木のウロに入って、しばらくぶるぶる震えていた。

怖かった。早く人のいる場所に行きたい。あんなのがいるんじゃ、ひとりでは安心して眠れない。

それからは、肉食の動物がいないか警戒しながら進み、夜は安全のために木の上で眠った。木登りはかなり難しくて、何度も落ちたけど。

そして、歩き始めてから何日目かあやふやになる頃、ついについに人を見つけた。森の開けたところに、テントを張っている集団だ。馬もいる。その人たちは剣を持ってマントをつけているし、髪の色もいろいろで、ここはオレの知る日本ではないらしいと知る。森の木も、フィンランドとかに生えていそうな雰囲気だし、物語でよくある中世のヨーロッパなんだろうか。

ちょうど食事の準備をしているところだから、いい匂いがしている。一口もらえないかなあ、と近づいていくと、いきなり剣で斬りかかられた。

びっくりした！　なんでいきなり斬りかかってくるの!!

またもや必死で逃げて、オレの登れそうな木を見つけて登り、ぶるぶる震える。

どうやらオレの考えが甘かったらしい。子犬は可愛がる対象だと思っていたけど、ここでは違うのかもしれない。

どうしよう。斬りつけられるのは怖いけど、このままひとりぼっちは嫌だ。でも斬られるのも嫌だ。もう一度人間の近くに行ってみるか、オレと同じような仲間を探すか、どうすべきか決められない。

だけど、いきなり斬りかからなくてもいいじゃないか。思い出すと怒りが湧き、ふて寝した。

あれから、テントを遠目にうかがっている。

集団は二十人くらいで、日中は狩りに行っているようだ。話を聞いていると、マモノ退治に来ている騎士らしい。

犬の耳はとても性能がよくて、顔が見えないくらい遠くにいるのに、集中すると会話を聞き取れた。でも、話している言葉は理解できるのに、内容が理解できない。マモノってなんだ。もしかして、オレはマモノで、退治される側なんだろうか。

それにしても、お腹(なか)が空(す)いたなあ。そういえば、最初にいた雪の森を出てから何も食べていない。この辺りにはミカンのような果物はないし、他に食べられそうなものも見かけない。テントの方向からいい匂いがしているのに、食べるものがないなんて、ひもじいなあ。

もう一度近づいてみようか。でもまた斬りつけられるのは嫌だ。せっかく見つけた人間なのに、近づく勇気を持てず、かといって諦める決心もつかない。

結局今日も決められず、とぼとぼと寝床(ねどこ)の木に帰ろうと歩いていると、ぞわぞわする何かを感じて、一気に全身の毛が逆立った。

寝床(ねどこ)の木の下に、熊がいる。しかも、こっちを見ている。

油断していた。あれから見かけなかったから逃げきれたと思っていたのに。

必死に走って逃げたが、木の根につまずいて転んだところで追いつかれ、大きな手ではじき飛ばされた。そのときに爪でえぐられた後ろ足が痛くて立ち上がれない。少しでも熊から遠ざかろうともがくものの、気持ちばかりが焦(あせ)って進まない。

嫌だ、死にたくない。助けて。誰か。

けれど、願いもむなしく熊に捕まる。地面に押さえつけられて、大きな口と牙がせまってくる。

怖いのに、目を閉じられない。

ああ、死ぬんだな——

そう覚悟したときに、熊が動きを止めて、背後をふり返った。つられてオレも熊の向こうを見ると、馬に乗って走ってくる騎士たちが見える。

熊はオレを押さえつけるのをやめて、騎士たちに向き直った。オレを食べる前に、あっちの相手をすることに決めたようだ。

このすきに逃げよう。そう思うのに、怪我と恐怖と混乱で上手く動けない。

熊と騎士の戦いが始まった。オレの近くにも炎の塊が飛んでくるので、逃げなければ、巻きこまれる。

後ろ足を引きずりながら、なんとかここから離れようと進んでいると、急に身体が宙に浮いた。運ばれているようだが、首の後ろをつかまれているので身体に力が入らず、振り向けない。何が起きているのか分からないままに、熊から十分に離れたところまで運ばれ地面に下ろされる。おそるおそる振り返ると、一頭の馬が優しいまなざしでオレを見ていた。さっき騎士を乗せて走っていた馬が、オレを運んでくれたようだ。

『ヒヒーン（ここにいれば大丈夫よ）』

え、馬がしゃべった。

周りの馬たちも、まるで熊から守るように、オレの前に集まってきている。

『クーンクーン（あの、オレの言ってること分かる?）』

『ヒヒーン（ええ、分かるわ）』

犬と馬で話ができた。なんてファンタジー。

目の前の馬とは会話ができるが、他の馬からは「可愛い」「怪我大丈夫？」という、言葉にならない思いのようなものしか伝わってこない。この馬が特別なようだ。

馬に聞いて分かったのは、あの熊は瘴気から生まれるマモノで、動物とは異なるものらしい。熊の周りに黒いモヤモヤが見えるが、それが瘴気なんだそうだ。マモノは魔物のことだな。

あの熊一頭だけなら、今いる騎士たちで倒せる強さだから、ここで見ていても危険はないという。

「オレは魔物じゃないよね？」と聞くと、笑われた。この坊やは何を言っているのかしら、可愛いわねえ。そんな感じの温かい笑いだ。

ちょうどそのとき、騎士がとどめを刺し、熊が倒れた。騎士が慎重に確認しているが、もう動かないだろう。

ああ、よかった。これで、もう追いかけられることはない。助かった。

ほっとすると、足が痛いのを思い出し、ズキズキとした痛みに泣きそうになる。右の後ろ足を見ると、たくさんの血で白銀の毛が赤色に染まっている。

あ、オレ血に弱いんだった、と思ったところで、気を失った。


いい匂いがする。牛丼食べたいなあ。

そう思って目が覚めた。

あれ、オレどうしたんだっけ。明るいけど、今日、仕事休み？

あわてて起きて周りを見ると、馬がいる。

そうだった。今、オレは子犬で、熊に襲われて、馬に助けられて、血を見て気絶したんだ。

『ヒンヒン（坊や、目が覚めた？）』

『クーン（お腹空いた）』

オレを助けてくれたお馬さんは笑いながら、長い鼻先で頬をなでてくれる。うれしくてオレからもくっついた。触れたところから何か温かいものが流れこんでくる。ずっとひとりぼっちで久しぶりの触れ合いなので大げさに感じているだけかなと思っていたのに、身体がぽかぽかしてきた。

『クン？（温かくなったけど何？）』

『ヒンヒーン（私の魔力をあげたのよ）』

ファンタジー、キタコレ。

魔力か。もしかして、魔力をもらえば、食べなくても平気なのかな？　ここ最近食べていないのに平気だったのは、冬眠みたいな感じなのかと思っていたけど、違うのかもしれない。

「隊長、ソーロが目覚めました！」

助けてもらったお礼を言ってお馬さんと話していると、オレが起きたのに気づいた騎士が、他の騎士に呼びかけた。

ソーロってもしかしてオレのこと？

『クーン？（ソーロって何？）』

『ヒンヒン（狐の魔物よ）』

『クンクン？（オレはソーロ？）』

『ヒーン（違うわ）』

違うらしい。

そういえば、騎士の話している言葉が理解でき、その言葉が日本語ではないことが分かる。馬の言葉も分かるし、ファンタジー定番の言語理解ってやつか。もしかして、オレはチートかな？

『キャン（痛っ）』

立ち上がろうとして走った痛みに、後ろ足を怪我していたことを思い出す。

見ると、手当てしてくれたのか包帯が巻かれているけど、黒いモヤモヤがまとわりついている。熊の周りに見えた瘴気と同じで、これはよくないものだと、なぜか分かった。

黒いモヤモヤをとろうと、包帯の上から怪我をなめる。モヤモヤが少しだけ薄くなった。なめた舌に異常はない。これならなめていれば全部とれそうだ。しばらくなめていると、次第にモヤモヤが薄くなり、やがてなくなった。それと同時に痛みも引き、怪我が治った気がする。

よいしょ、と立ち上がってみても、痛みも違和感もなかった。問題なさそうなので、足踏みをして確かめているところに、新たな騎士が現れる。髪が銀色のイケメンで、キラキラしている騎士だ。

「ソーロはどうだ？」

「はい。副隊長の馬が世話をしているようです」

オレが目覚めたと声をあげた騎士と話すそのキラキラ騎士が、お馬さんの足元にいるオレを見る。

周りの騎士たちも、こっちに注目した。

「ソーロ、怪我はどうだ」

『キャンキャン（オレ魔物じゃないよ！）』

「やっぱり魔物でしょうかね」

「魔物ならリーネが助けたりしないだろう」

しまった。キラキラの騎士がオレに話しかけてきたので思わず反論したけど、言葉が通じないのに吠(ほ)えたら敵認定されてしまう。ここは無害をアピールしなければ。美味(おい)しそうな食事の匂いがしているのだ。この機会を逃すか！

オレ子犬だよ、魔物じゃないよ。

可愛さをアピールしようと、この場で一番偉そうなキラキラの騎士に走り寄る。

「隊長！」

「待て」

オレが走り寄ったのを攻撃のためと勘違いした周りの騎士たちが、一斉に剣を抜いてオレのほうに向けた。それを見て、尻尾(しっぽ)がくるんと後ろ足の間に入る。剣から隠れようとキラキラ騎士の足にしがみついたものの、ほぼ全方向から狙われていて逃げ場がない。剣、怖い。助けて。

「おびえてますね」

「いやいや、隊長を盾にしてるけど、その人が一番強いぞ」

「剣をしまえ。これはまあ大丈夫だろう。瘴気(しょうき)を感じない」

そう言ったキラキラ騎士に抱き上げられて、キラキラした顔が目の前にきた。すごい、目が紫色だ。ファンタジー。このキラキラ騎士がこの騎士たちの隊長のようだから、この場で一番偉いのは間違いなさそうだ。

「お前は狐か？　こんな色の狐は見たことがないが」

『クーン？（オレ犬じゃないの？）』

狐の魔物に間違えられているし、どうやら犬じゃなくて、狐のようだ。雪の中にいたし、ホッキョクギツネかな。動物ドキュメンタリー番組で見たけど、真っ白のもふもふで可愛かったなあ。

隊長の頰をぺろぺろして、可愛さアピールを頑張ろう。もふもふな子犬あらため子狐のぺろぺろ攻撃にやられない人間はいないはずだ。

隊長がくすぐったそうにしているので、調子に乗ってぺろぺろが止まらない。もふもふ、ふわふわなボディと尻尾もなでていいよ。

「ずいぶん隊長に懐いていますね」

「もしかして、髪の色から仲間だと思われてませんか？」

「まだ子どものようですし、親の代わりとか」

「……お前たち、よほど魔物と一対一で戦いたいようだな」

隊長の低い声に、騎士たちが散った。ひとまずオレが斬られる危険は去ったようだ。ふう。

隊長はオレを抱き上げたまま、薬の匂いが充満するテントに入る。

この身体になって、耳も鼻もすごく利くようになったオレには、薬の匂いがキツい。両前足で鼻

を押さえて隊長の首元に頭をつっこむと、テントの中にいた人に笑われた。

「これはまたずいぶんと可愛らしい」

「やはり魔物ではないようだ。傷を診てやってくれるか？　普通に走っていたが」

オレの手当てをしてくれたのは、このお医者さんっぽい人のようだ。包帯を解いてくれたので傷を見ると、すでにふさがっている。いくら治りの早い子どもとはいえ、この身体はすごいな。

「ふさがっていますね。傷口から魔物の瘴気も感じません」

「浄化したのか」

「この子に触れたのは？」

「ヴィンの馬と私だな」

「副隊長の馬に浄化の能力があるとは聞いたことがありませんし、隊長もないですよね」

「ないな」

浄化ってあの黒いモヤモヤを消したことかな。みんなができることじゃないのか。オレやっぱりチートじゃん！

『キャンキャン！（オレだよ、オレがやったよ！）』

「どうした、お腹が空いたのか？」

『クーン（そういえばお腹空いた）』

時間的にはそろそろ昼ご飯だよな。食べたい！

「しばらくは包帯を巻いておいてくれ。今回のことは、内密に」

「分かりました」

足に包帯を巻きなおされ、隊長に抱き上げられてテントを出た。外は空気が美味しい。深呼吸だ、すーはー。

オレが感動している間に、隊長はオレを抱いたまま、食事を配っているところに近づく。今日のお昼は何かな。美味しそうな匂いがしている。念願のご飯、楽しみだなあ。

「この狐に何か食べさせたいんだが」

「何を食べるんですか？　それ、ソーロじゃなくて狐なんですか？」

「瘴気を感じないから狐なんだろう」

「じゃあ、肉ですかね」

そう言って、調理前の生肉を目の前に出されたが、オレはそっちのスープがいい！

『キャンキャン！　キャンキャン！（スープをくれ！　肉も入れてくれ！）』

「喜んでる？」

「いや、もしかして、スープがいいのか？」

『キャン！（正解！）』

スープに向かって吠えているオレの目の前に生肉とスープを出されたので、スープのほうに鼻を近づけた。それなのに、これは人間の食べものだからダメだと遠ざけられる。

でもオレはスープがいいのだ。やっとありつけそうなご飯だ。逃がさないぞ！

隊長の腕の中、必死でスープに近づこうともがいているオレを見て、食事係がとまどっている。

「人の食べものをあげていいんでしょうか」

「とりあえず今日はスープをやって、様子を見よう」

隊長、あんた話の分かる奴だな！

隊長は地面に下ろしたオレの足元に、器に入れたスープを置いてくれた。ここに来て初めてのまともな食事だから、ありがたく食べよう。

いただきます！　もぐもぐ、うまうま。スープが身体に染みわたる。ちょっと塩辛いけど、それ以上に久しぶりの食事が美味しくて、止まらない。

ガツガツ食べたせいで、あっという間になくなった。しばらく器を眺めていても、当然スープが湧いてきたりはしない。ここはおねだりをするしかないな。

もっと欲しいとお願いするために、座って食事をしている隊長の膝の上までよじ登ろうとしたが、ブーツに上手く爪がかからず、落ちた。

『キャン……（痛い……）』

「お前は何をやってるんだ」

足元でジタバタしているオレに気づき、隊長が抱き上げて膝に乗せてくれた。周りからちょっとあきれた視線を感じるけど、気のせいだ。

隊長のスープに鼻を近づけていると、オレの器が空っぽになっているのを見て、まだ食べたいのかとスープに入っていた肉をオレの前に出してくれた。なんていい奴なんだ！

感激しながら、肉に手をのばす。そう、手を、正確には前足をのばした。オレはいま四つ足だということをすっかり忘れて。

　膝の上という安定の悪いところで、後ろ足で立ち上がって前足をのばしたので、そのままバランスを崩して、またもや落ちる。

『キャイン！（痛っ！）』

「本当に何をやってるんだ……。それで野生で生きていけるのか？」

　え、野生に返るつもりなんてないよ。養ってよ。オレ可愛いでしょ。浄化もできるみたいだし。全力でペットのお仕事するよ！

『クーンクゥーン（置いていかないで）』

「隊長、飼っちゃったらどうですか？」

『キューン（ペットにしてー）』

　それから寝るまで、隊長の足元にまとわりついて、連れていってくれとアピールをした。トイレまでついていって、つまみ出されるくらいつきまとう。夜も、当たり前の顔で隊長のテントに入りこみ、シュラフの横で寝る準備だ。オレのもふもふで癒やされるがいい。それでペットにして！

「……。王都に一緒に来るか？」

『キャン！（行く行く！）』

　うれしさに尻尾がバッサバッサゆれてしまう。狐もうれしいと尻尾を振るんだな。

「もしかして、私の言うことが分かっているのか？」

『キャン（分かるよ）』

「これはどっちなんだ……。『はい』なら一回、『いいえ』なら二回吠えられるか？」

『キャン！（オッケー！）』

やるよー。質問する人の技量が試されるやつだから頑張って。

「私の言うことが分かるか」

『キャン』

「今日の昼食べたのは生肉か」

『キャンキャン』

「ここは街の中か」

『キャンキャン』

「ここは森の中か」

『キャン』

「本当に分かっているようだな」

話が通じていると分かってもらえたらしい。言うことを聞いていい子にするから、ペットにして、街に連れていって！

隊長は少しだけ考えこんでから、オレへの質問を続けた。

「お前は魔物か」

『キャンキャン』

「自分の傷の瘴気を浄化したのはお前か」

『キャン』

それからしばらく隊長が質問を続けたけど、そもそもオレが自分自身のことを分かっていないので、ほとんど答えられなかった。

同じ種族のものはいるのかと聞かれても、いるのかいないのか分からない。というか、自分の種族も分からないし。

でも、野生に返れと放り出されたら生きていけないので、可愛い子狐としてペットにしてください！　大サービスでお腹も見せよう。なでていいよ。

「……お前は人に飼われていたのか？」

『キャンキャン』

違うよ。オレが昔は人だっただけ。野生のプライドなんて、屋根の下で寝られるなら、捨ててやるさ！　というより元から持っていない。安全と美味しいご飯に勝るものなんてないのだ。

しばらくどうやってオレが生きてきたのか聞き出そうとしていたけど、正解にたどり着けず、隊長は諦めた。

そして、呼び名がないのは不便だからと、「アルルジェント」と名前を付けてくれる。古い言葉で銀色という意味らしい。それってギンって呼ばれているようなものか。でも、アルルジェントってなんかかっこいいから気に入った。長いから呼び名はルジェだ。申し訳ないがルルは断固として拒否した。オレは頭痛薬じゃない。

隊長の名前はウィオラスで、友達にはウィオとかラスとか呼ばれているそうだ。ウィオのほうがかっこいいから、ウィオにしよう。

ちなみに小隊の隊長なので、正式には小隊長らしいけど、部隊の人からは隊長って呼ばれているんだって。

本当はシュラフに入りたかったけど、ずっと外を走り回って洗っていない毛で入るのは気が引けたので、オレはシュラフの上に乗った。もちろん、ウィオのお腹の上だ。

温かくて、襲われる心配もない。あの雪の森を出てから初めて、オレはぐっすり眠った。

◆◆◆

俺は騎士団の第三部隊小隊の副隊長、ヴィンセントだ。

現在、ミディルの森の浅いところに魔物が現れ被害が出ているというので、討伐に来ている。冬の森での野営は厳しいが、住民に被害が出ている以上、急いで討伐するしかない。

森の浅いところで野営しながら、馬で行ける範囲で魔物を探している。

先日、野営地に狐の魔物であるソーロが出たと、食事当番の騎士から報告があった。まだ小さな白いソーロだったらしく、警戒心のかけらもなくこのこと近づいてきたらしい。そのときは追い払ったが、以来、野営地の近くでこちらをうかがっている。強くもなさそうなので放っておいた。

森に入った住民を襲ったのは熊の魔物オッソだが、痕跡はあるものの、なかなか見つけられない。早く退治して街に帰りたいが今日も収穫はなく、野営地へ戻っていたときだ。俺たちの乗る馬が一斉に何かに反応して、いきなり駆けだした。静止の指示に従わない。今までこんなことは一度もなかったのに、何が起きているんだ。俺を含めた騎士たちのとまどいを置き去りに、馬たちは走り続ける。

しばらくして、前方に魔物の気配があるのに気がついた。馬たちはこれに気づいたのか。

「前方に魔物だ！」

騎士たちの間に緊張が走る。俺たちの探していたオッソのようだ。ついに見つけたのか。

オッソに何かが襲われている。人ではなく白い動物らしい。

獲物に気を取られているうちに不意打ちをしようと、走りこみながら火の魔法を飛ばしたが、オッソに気づかれはじかれた。これだけ足音を立てているので、仕方がない。

「馬から降りて展開しろ。野営地へは行かせるな！」

オッソ一体なら、このメンバーで十分倒せる。爪に気をつけながら、剣と魔法で少しずつ体力を削り、最後は懐に飛びこんで、一気にとどめを刺す。隊員にも馬にも怪我なく倒せてよかった。

魔物はそのまま放置すると瘴気をまき散らしさらに魔物を増やすので、倒したら燃やすのが鉄則だ。このメンバーでは俺が一番火の魔法が得意なので、討伐の証明に左手を切り取ってから、俺が燃やす。すると、隊員が困惑した声で報告してきた。

「副隊長、白いソーロがいるのですが……」

「襲われていたのはソーロか。で、どうした」

「それが、馬たちがソーロを守っているようで、近づけません」

隊員の報告にそちらを見ると、たしかに馬が隊員の前に立ちはだかっている。

オッソが燃えたのを確認して馬に近づく。馬の壁を割って出てきた俺の愛馬リーネが、顔をすり寄せてきた。首をなでてやると、馬たちの壁の向こう、地面に倒れたソーロを見てから、また俺のほうを見る。

「あのソーロを助けろと言いたいのか？」

正解だというように、また顔を寄せてくる。

「あれは魔物ではないのか。ただの狐（きつね）なのか」

「白い狐（きつね）など見たことがありません」

「白というか灰色というか、たしかにあんな色の生きものは見たことがないですね」

「危険もなさそうですし、とりあえず野営地へ連れて帰ってはいかがですか」

「そうだな。隊長に相談するか」

愛馬の頼みではあるし、俺は意識のないソーロを抱き上げて、リーネに乗って野営地へ向かった。

野営地に戻ってすぐ医務官に診（み）せたが、オッソにやられた足の傷以外は瘴気（しょうき）を感じないという。

やはり魔物ではないのか？

傷口を簡単に手当てして包帯を巻いたが、ソーロはその間も起きない。意識のないソーロをどうしようかと腕に抱えて歩いていると、ちょうど別の方面へ行っていた隊長が帰ってきた。ソーロを見せて相談する。

「隊長、リーネが助けろというので助けたのですが……」

「最近、野営地の近くで目撃されていたソーロか」

隊長も悩んだ結果、とりあえず目覚めるまではリーネに預けることに決めた。この小ささなら、何かあってもすぐに斬り捨てられる。

そう思いリーネのところに連れていくと、リーネはソーロの首をくわえて持ち上げ、そっと自分の足元に置いた。とても大切なものを扱うようで、かなり気を遣っているのが分かる。しかも隊長の馬までソーロを気にしている。このソーロ、何かあるのか？

考えても分からないので、とりあえず目覚めるのを待った。

目覚めたソーロは、隊長の足元に駆けよる。周りの騎士におびえながらも、隊長の足にすがりついた。

害のない様子にほだされたのか、隊長は面倒を見ようと決めたようだ。隊長に懐き、手から食事をもらい、後ろをついて回る様子は、さながら鳥のひなのようだ。隊長の膝から転げ落ちたり、何もないところでつまずいたり、かなりどんくさいようで、これで今までどうやって森の中で生きてきたのか分からない。誰かに飼われていたのだろうか。成長して魔物だと思われ手放されたとか？

そして、オッソにやられた足の傷はもう治っていた。まだ若く治りが早いといっても早すぎだ。

悪いものという感じはしないが、謎が多すぎた。

◇　◇　◇

目が覚めると、テントにウィオがいなかった。久しぶりに危険のないところだったので、ぐっすりと眠り、寝坊してしまったようだ。

ぐいーっと後ろに伸びて、それから前に伸びて、後ろ足をプルプルして、動き出す。

ウィオはどこ行っちゃったんだ。飼い犬、じゃなくて飼い狐を置いていくなんて、飼い主失格だ。

テントを出てウィオを探すと、馬に乗って森の奥に出かけるところだった。

『キャン！（オレも行く！）』

さっそうと馬に飛び乗れればかっこいいのだが、あいにくオレは段差が苦手だ。あんな高さまで飛び上がれるはずもない。

それでも置いていかれるのは嫌で、馬の足元にまとわりつくと、ウィオに怒られた。

「ルジェ、危ないだろう！　馬から離れろ！」

『ヒヒン、ヒヒーン（おいおい、踏まれるから気をつけろ）』

大丈夫だよ。ここのお馬さん、なんでかオレのことは守ってくれるから。ウィオの馬もオレを踏まないように、そして他の馬に蹴られないように、足の間に入れてくれている。

オレも一緒に行きたいとウィオに訴えると、昨日いろいろ教えてくれたお馬さんが首の後ろをくわえてオレを持ち上げ、ウィオに渡してくれた。

「これは、一緒に連れていけということか？」

『キャン』

「ダメだ。昨日襲われたような魔物がいるんだ。テントにいろ」

『キャンキャン』

手をなめて連れていってくれとお願いしても、ウィオは折れてくれなかった。帰ってきたら遊んでやるからとなだめられ、留守番の騎士に手渡される。仕方がない。仕事の邪魔はしちゃダメだよな。聞き分けのいい飼い狐として、大人しく待っていよう。

置いていかれて暇なオレは、留守番の騎士たちが仕事をしているのをぼんやり見ながら過ごす。といっても、どうやら留守番は休暇を兼ねているようで、食事を作ること以外、特にやることはなく、楽しいことが何も起こらない。外から眺めていたときもそうだった、とてものんびりとした午前中だ。

昼になると、オレにもご飯を出してくれた。今日は、味付けをする前にオレの分だけ取り分けてくれたようで、薄味だ。うん、こっちのほうがいい。昨日のも美味しかったけど、味覚が鋭くなっているのか、けっこう塩辛かったんだよな。

「美味しかったか？」

『キャン（うん）』

食べ終わったので、器をくわえて返しにいくと、受け取ってからなでてくれた。

「お利口だなあ。これもう、完全に飼い犬だろう」

『キャン（飼い狐だよ）』

このあと、調理に使った鍋や食器と洗濯ものを持って、留守番の半数くらいが川へ向かうことを、遠くから眺めていたオレは知っている。一緒に行って身体を洗いたい。勝手に行ってもいいんだろうけど、襲われるのが怖いから、守ってほしい。

一部の騎士たちが川へ移動し始めたので後ろをついていくと、途中で「一緒に来るか？」と誘ってくれた。ありがとう。

川では浅いところに入って、身体を洗おうと毛をぬらしてみる。けれど、もふもふの毛は防水性がばっちりなようで、なかなかぬれない。かといって深いところで溺れたり流されたりするのは怖い。水際でバタバタしていると、洗いものを終えた騎士が、「何やってるんだ？」と近づいてきた。

『キューン（身体を洗いたいんだよ）』

「もしかして水浴びしてんじゃないか？」

「全然ぬれてないぞ」

「よし、オレが一緒に洗ってやろう」

そう言ってひとりが服を脱いで川に入り、自分の身体を洗い終えてから、オレのほうに来る。

洗ってくれーと近寄っていくと、手のひらでオレの毛をゴシゴシとこすった。石けんはないが、水だけでも毛についていた汚れがだいぶ落ちたはずだ。

「終わったぞ」と言われ、水から上がる。水を払うためにぶるぶるしたのに、ぐっしょりとぬれた毛からはなかなか飛んでいかない。水を含みにくい代わりに、一度ぬれると乾くのが大変なようだ。

風邪ひかないよな？

「あはは、お前、本体そんだけかよ」

「実はめちゃめちゃ細いな」

「このまま野営地に連れて帰ろうぜ」

毛がぺちゃっとなって、ボリュームのなくなったオレを、騎士たちが笑っている。ムキになって水を払おうとして目が回り、こけてしまった。

「おい、気をつけろ。せっかく洗ったのに汚れるだろう」

「ほんとにどんくさいな」

そう言って抱き上げられる。

放せ！　オレは、誇り高き飼い狐なんだ。飼い主のウィオ以外に抱っこされる気はない！　もがいても全くかなわず、腕から飛び下りることもできず、抵抗むなしくそのまま馬に乗せられる。そして野営地に戻ると、居残りの騎士にも笑われた。悔しいぞ。

結局、怪我を見てくれた人が、このままでは風邪をひくからと、風の魔法が得意な人にドライヤーの魔法版で毛を乾かさせ、怪我の様子を診ると言って包帯を巻きなおしてくれた。もう傷はないから包帯はいらないけど、こんなに早く治っちゃいけないみたいだから、とれないように気をつけよう。

水浴びをして疲れたのか、今まで危険があったから起きていられただけなのか、お昼を過ぎると眠くなる。飼い狐はお昼寝の時間なのだ。

留守番のお馬さんの近くの日当たりのいいところで、きれいになった自分の毛に頭を突っこんでまどろんでいたのに、周りの騒がしさに目が覚めた。何かあったみたいだ。

騒ぎの中心に向かうと、騎士が何人か怪我をしている。けっこう血が出ていて、まともに見るとまた倒れそうだ。血の匂いだけでもくらくらする。

あれ？　ウィオはどこだ？

ウィオの匂いを追うと、薬の匂いがきついテントにたどりつく。血の匂いがするし、怪我をしたのか？　飼い狐生活二日目で飼い主がいなくなるとか、ホントに勘弁してほしい。

意を決してテントに入ると、ウィオが手当てされていた。

『キャン！（ウィオ！）』

肩からお腹にかけてバッサリ斬られ、たくさん血が出ているし、意識がない。

やばい、血を見て倒れそうだ。

ぷるぷるしていると、治療が終わるまで出ていろと、赤毛の騎士にテントの外に連れ出された。

ウィオ、死なないよな？

心配だけど、できることはないし、お馬さんのところに向かう。不安なので誰かと話したいのだが、今のところオレが話せるのはお馬さんだけなのだ。

けれど、オレにいろいろ教えてくれたお馬さんは、横になっている馬に寄り添っていて、おしゃべりしようと言える雰囲気ではなかった。血の匂いがキツイ。馬も怪我をしたのか？

近寄って見ると、倒れていたのはウィオが乗っていた、今朝オレを足元にかくまってくれた馬だ。

『キューン（大丈夫？）』

『ヒーンヒンヒン（隊長と一緒に魔物にやられたのよ）』

ウィオの馬はチラッとオレを見て、また目を閉じる。だいぶつらそうだ。

血を直視しないようにしているが、傷の辺りに黒いモヤモヤがまとわりついているのが見える。

『クーンクーン（あのモヤモヤはよくないものだよね）』

『ヒーンヒヒーン（あれがあると傷が治らないのよ）』

『キャン（オレとれるよ）』

とは言ったものの、あの傷、つまり血をなめるのは嫌だ。どうしよう。息を吹きかけたら、飛んでいかないかな。物は試しだ、やってみよう。

『ヒューーーー』

大きく息を吸って、ロウソクを吹き消すように息を吹くと、なぜか雪が飛んだ。え、なんで？

傷が雪まみれになっている。

『キューン（ごめん、間違えた）』

「おい、何をやっている！」

『ヒヒーン！（邪魔しないで！）』

オレが雪を吹きかけたのを見て騎士が飛んできたが、お馬さんが阻止してくれている。次は成功させなきゃ。

あのときどうやったんだっけ。たしか、よくないものだからとれないかなと思ってなめたら、とれたんだよな。よくないものを吹き飛ばすイメージでやってみるか。今度こそ。

『フゥーーーー』

お、モヤモヤがちょっと薄くなった。これでいいみたいだ。

それから何度かフウフウすると、モヤモヤが消えた。

『キャン！（消えたよ！）』

『ヒーンヒン（ありがとう。主も助けてくれないか）』

もちろんだよ。オレの飼い主だからね。

よし、次はウィオだ。テントに急ごう。

バタバタしている騎士たちの足元を走り抜け、匂いのきついテントに入る。ウィオにも黒いモヤがまとわりついていた。あの馬よりもウィオのほうが濃い。薬と血の匂いで頭がくらくらするが、助けなきゃ。

赤毛の騎士にまたテントの外に出されそうになったが、今度は捕まえようと伸びてきた手をすり抜けてウィオの横に陣取り、さっきの要領で息を吹きかけた。

『フゥーーーー』

お、薄くなったぞ。これならいけそうだ。消えるまで頑張ろう。馬よりもモヤモヤが濃いので、なかなか消えないけれど、この先の飼い狐生活がかかっているのだから、踏ん張りどころだ。

ときどき間違って雪を飛ばしながら、もう何回フウフウしたのか分からないくらい息を吹き出したところで、やっとモヤモヤが消えた。ウィオの胸元をふんふん匂いをかいでも嫌な感じはしない。

やったぜ。オレ、チート！　これで、オレのぐーたら飼い狐生活は安泰だよね？

そう思ったところで、身体に力が入らなくなって倒れた。

その先の記憶はない。

◆　◆　◆

昨日は俺のチームがオッソを一体倒したが、住民によるとあと三体いるらしい。さっさと倒して王都へ帰りたい。

昨日、隊長のチームがオッソの最近の痕跡を見つけたので、今日は二チームともそこへ向かう。

準備をしていざ出発となったときに、あの狐がキャンキャン鳴きながら駆けてきた。どうやら一緒に行きたいようで、隊長の馬の足元にまとわりつく。

その狐を俺の愛馬のリーネがくわえて、隊長に渡した。馬たちはなぜかこの狐を守ろうとする。子どもだからか？

結局、隊長に言い聞かされて、狐は大人しく留守番の騎士に手渡され、俺たちは出発した。

「隊長、あの狐を飼うんですか？」

「ルジェが望んでいる。それに、あれでは野生で生きていけないだろう」

「もともと村人にでも飼われていたんですかね」

名前まで付けて、隊長はずいぶん可愛がっているようだ。氷の騎士と言われている隊長が、まさか動物にほだされるとは思っていなかった。あの狐に対してはずいぶんと当たりが柔らかい。

その話は帰ってからだ、と隊長が切り上げたので、俺は魔物狩りに気持ちを切り替えた。

そろそろ昨日、隊長のチームが見つけた痕跡の辺りだ。

小動物が全くいない。これは、いるな。小隊全体に緊張が走る。

しばらくして、オッソ三体を見つけたと、合図があった。音で気づかれないように、ハンドサインだ。三体を取り囲むよう静かに展開し、隊長の合図で一斉攻撃を仕掛ける。

先制攻撃は中距離からの魔法だ。隊長は氷の上級魔法を一体に撃ちこんで、それだけで瀕死にした。さすがだ。俺も他の騎士と一緒に火の中級魔法を撃ちこむが、オッソの硬い皮に阻まれて瀕死にまではもっていけない。そこから、爪の攻撃に気をつけながら、剣で削っていく。

魔物の攻撃を受けると、傷口に瘴気が入り、浄化をしてもらわなければ治りが遅くなり、傷跡や後遺症が残る。浄化は教会の上級司祭しか使えず高額なため、魔物に大きな怪我を負わされると、騎士を引退するしかなくなる。

オッソの場合、爪でえぐられるので、中距離からの魔法で倒せない場合は、囲って背中側から攻撃するのがセオリーだ。なかなか時間がかかる。

爪に当たらないように、少しずつ少しずつ背中から斬りつけ、ようやく三体すべてを倒した。隊長が氷の上級魔法で一体を瀕死にさせていなければ、三体同時はきつかっただろう。

火の魔法が得意な者で魔物を三体とも燃やして、さあ帰ろうと全員馬に乗ったところで、すぐ近くに強い気配を感じた。合図がなくとも全員が剣を抜いたが、運悪く、一番魔物に近いところにいた新人の反応が遅れ、オッソの突進に対応できずにはじき飛ばされる。一早く反応した隊長がオッソに攻撃を仕掛け、俺たちも続いた。あとはいつものようにオッソを倒すだけだと思ったそのとき、飛ばされた新人の後ろに、今までで一番大きな、毛の色が違うオッソが現れる。

上位種だ。こいつのせいで気配が全く読めなかったのか。

新人が上位種の爪にやられそうになる。その瞬間、隊長が新人をかばって間に割って入り、オッソの爪を剣で受け止めきれずに斬られた。

「隊長！」

「二チームに分かれて、それぞれ囲め！」

斬られながらも指示を飛ばしたので、意識はしっかりしている。まずは目の前のオッソだ。

「こっちを早く片づけて、上位種に合流するぞ！」

皆、馬から降りて、多少の怪我は気にせず、とにかく早く倒すことに専念したおかげで、先に出たオッソは倒せた。傷跡が残るかもしれないが、後遺症が残るような怪我をしている隊員はいない。

次は上位種だ。

倒したオッソは一旦放置して、上位種を相手にしているほうに合流する。隊長はかなりの深手を負ったのか、立ち上がれないでいた。早く治療をしなければマズい。だが、相手は上位種、少し近づくと爪が飛んでくるうえに、皮膚が異常に硬くて攻撃が通らない。攻めあぐねていたときに、隊長から「離れろ！」と指示がある。全員が離れたタイミングで、隊長が魔法を撃った。

「アイシクルランス！」

氷の太い槍が空から降ってきて、上位種に突き刺さり、地面に縫い付ける。

「今だ、魔法を撃て！」

皆に号令をかけながら、俺も火の魔法を撃った。早く隊長を野営地に連れて戻らなければと、全員が必死だ。

時間はかかったが、魔法で瀕死（ひんし）になった上位種は、最後に口の中に風の魔法を叩（たた）きこまれて、絶命した。それを見届けてから、隊長は崩れるように地面に倒れ伏す。

「隊長のチームは、隊長と馬を連れて、野営地に至急帰還しろ！　斥候（せっこう）を出して、治療の準備をさせておけ！」

隊長は心配だが、俺にはまだやることがある。オッソが残っていないか一帯を確認し、上位種ともう一体を燃やさなければならない。

隊長は野営地に戻ればすぐにも治療を受けられるはずだが、あそこでは簡単な治療しかできない。大丈夫だろうか。


片付けを済ませて野営地に戻ると、リーネは隊長の馬のところへ駆けていった。あいつらは番（つがい）だから、心配だろう。俺は隊長がいるだろう医務のテントへ急ぐ。

中に入ると、狐（きつね）が隊長を見て震えていた。出血もひどいし、動物とはいえ子どもが見てよいものではない。抱き上げてテントの外に出したが、抵抗はされなかった。

「隊長はどうだ？」

「傷が深いです。ここでは止血しかできません」

「そうか……」

ポーションをかけても、魔物につけられた傷にはあまり効かない。それでも、今あるポーションをすべて使う勢いでかけていき、なんとか血を止めた。医務官と協力して服を脱がせ、傷の周りを消毒し、包帯を巻いていく。

　隊長は侯爵家の出身だから、教会で浄化を使ってもらえるだろうか。このままでは日常生活にも支障が出そうだ。

　ここからは俺が指揮をとらなければならない。まずは野営地を撤収して、隊長がゆっくり休める街まで運ぶ必要がある。落ちこんでいる場合ではない。

　なんとか気持ちを立て直して、テントを出ようとしたところに、狐が入ってきた。隊長の休養の邪魔にならないよう、傷口に触れて瘴気をもらってしまわないよう、狐を捕まえて外に出そうとしたが、手元をするりと抜けられる。どんくさいと思って油断した。

　狐は隊長の横に陣取ると、四本の足を踏ん張って息を吹きかけ始めた。なんのいたずらだ？

「おい、何をしている！」

「副隊長、待ってください。おそらく浄化しています」

　狐に手を伸ばした体勢で、驚きに固まる。

　まさか、浄化だと？　バカな。浄化は教会の上級司祭しか使えないはずだ。この狐、ただの狐じゃないのか？　そういえば、灰色のような毛だったのが、今はきれいな銀色だ。

　少しずつ瘴気が薄くなっているという医務官の言葉に、狐と隊長を見守る。

　狐はときどき、息ではなく雪を吹き出して、不思議だという顔をしてからやり直した。すごい狐かと見直したのに、やっぱりどんくさい。

ずいぶん長い間、息を吹きかけていたが終わったようで、狐(きつね)は隊長の胸元の匂いをかいで、満足そうな顔をした。そして、そのまま隊長の胸の上に倒れこむ。

「おい、大丈夫か？」

狐(きつね)に触れてみるが意識がない。医務官が狐(きつね)を抱え上げて確認したあと、慎重に隊長も診察した。

「狐(きつね)は魔力切れでしょう。隊長は……、瘴気(しょうき)が消えています」

「そうか。よかった」

「副隊長、このことは」

分かっている。こんなことを知られたら、狐(きつね)は教会に取り上げられてしまうだろう。隊長がさみしがる。それに、このどんくさい狐(きつね)が教会で上手(うま)くやっていけるとは思えない。

まずはこれからやるべきことに集中しよう。隊員たちに隊長の容態が落ち着いたことを伝えて、帰還の準備をさせて。他の負傷した奴らも確認しなければならないし、隊長の馬も心配だ。

それに何より、小隊に箝口令(かんこうれい)を敷かなくてはならなかった。

◇　◇　◇

温かいお湯につかっているような、心地よいまどろみに身を任せていた。まだ寝ていたい。

「ルジェ、そろそろ起きてくれ」

『クゥーン（あと五分）』

オレはもう社畜じゃないんだ。ぐーたら飼い狐生活を満喫しているんだから、起こさないでくれ。

「ルジェ、美味しい肉があるぞ」

『キャン！（食べる）』

あれ、もぐもぐしているのに味がしない。

「夢の中で食べてるんじゃないですか。鼻先に肉を持っていったら食べそうですね」

「ルジェ、口を開けて」

あーん、と口を開けて待っていると、肉が口に入ってきた。あれ？

「ルジェ、起きたか」

『クン？（ウィオ？）』

ウィオだ。おはよう。よく寝た。もっと肉をくれ。

起き上がって、ガツガツもぐもぐして、お腹が落ち着くと、我に返る。ウィオ、大怪我してなかったっけ？

『キャン、キューン（ウィオ、怪我は？　治った？）』

「急にどうした。もっと食べたいのか？」

『キャンキャン』

「違うのか。ルジェは十日眠ってたんだ。大丈夫か？」

え、オレ十日も寝てたの？　それはよく寝たって感じるだろうなあ。飼い狐にしても寝すぎだし、盛大に寝坊したな。「ウィオの怪我は？」って聞いても分かってもらえないし、服の上から見ても分からない。だったら、服の中に潜りこんでみよう。

「こら、ルジェ、やめなさい」

「隊長の怪我が心配なんじゃないですか？」

「怪我の心配をしてくれているのか」

『キャン』

「もう大丈夫だ。ありがとう」

よかった。それならオレの飼い狐生活も安泰だ。ということで、肉のおかわりをもっとくれ。

食事が終わって、赤毛の騎士と治療してくれた人に、何が起きたのかを説明してもらう。どうやらオレのチートが火を噴きすぎたようだ。

ここは、王都に近い街の宿のウィオが泊まっている部屋で、明日には王都につくらしい。赤毛の騎士が副隊長で、治療してくれた人は医務官だ。医者とどう違うのか分からないが、知らなくても困らないだろう。二人とも、オレが人間の言葉を理解していることに驚いている。どうどう？　オレすごいでしょ。

オレがやったフウフウは、浄化といって教会の上級司祭にしかできない。もしオレが浄化ができることが知られれば、教会に取り上げられるらしい。「教会に行きたいか？」と聞かれたが、お断りだ。オレはぐーたら飼い狐生活がしたいのだ。働きたくない。

いや、違うな。オレは飼い狐として、ペットとして、ご主人様を癒やすという大事な仕事に従事するのだ。教会で働いている場合ではない。

やだよー。飼い狐にしてよー、とすりついてアピールすると、ウィオは教会には渡さないと約束してくれた。

「でも、浄化がばれたら、教会に取り上げられませんか？」

「使役獣として契約してはどうでしょう？」

医務官が提案してくれて、ウィオも乗り気になる。けど、そもそも使役獣って何？　オレが首をかしげたのを見て、ウィオが説明してくれた。

使役獣は人間と契約した動物や幻獣のことで、契約主は使役獣に命令できるらしい。契約の重ねがけはできないし、契約している使役獣を他の人が奪うのは禁止されているので、オレがウィオから離される可能性が低くなるそうだ。

契約は契約主からしか解除できず、使役獣は契約主の命令に逆らえなくなる。でもペットなら飼い主の言うことをちゃんと聞くのは当然だし、ウィオなら変な命令はしないだろう。

いいよ、と軽く了承すると、さっそく契約することになった。

ウィオが何か呪文を唱え、何もないところに魔法陣が浮かび上がって、オレのほうへ向かってくる。でも、これは受け入れてはダメだ。理由は分からないけど、本能がダメだと警告してくる。

『ウウウーーー』

突如うなりだしたオレにウィオが驚いているけど、この契約は受け入れられない。

目の前に来た魔法陣に消えろと願って息を吹きかけると、光がぱっと散って、本当に消えた。

「ルジェ、嫌なのか?」

『キャン、キャンキャン』

「嫌じゃないが、嫌?」

『キャン』

呆然（ぼうぜん）としたウィオに質問される。オレの答えに三人は悩んだ。言葉で伝えられないのがもどかしい。契約が嫌なんじゃない。理由は分からないが、あの魔法陣が嫌なのだ。もしかして奴隷契約的なモノなんだろうか。

「契約することは受け入れても、あの契約は嫌ということでしょうか」

『キャン!』

「どうやらそのようだな。といっても、私は使役獣の契約はあの方法しか知らない」

「一般的なものですよね。王都に入る前に契約を済ませておいたほうがよさそうですが」

それでもあの魔法陣はダメだ。ぐーたら飼（か）い狐（ぎつね）生活のためであっても、ダメなのだ。

飼い主はウィオだけだよ、嫌なわけじゃないよ、と手にすりすりしながら主張しているのが、ちゃんと伝わるといいんだけどな。他に契約方法はないのかなあ。オレの飼い主はウィオだけですって契約がいいのに。

そう思いながらウィオの手の甲をなめると、その場所が光った。

『キャフン!?』

「隊長！」

「これは、なんだ？」

え、これ何？　ウィオの手の甲に魔法陣みたいな紋様のあざができちゃったんだけど。

『ごめん。なんか分からないけど、ごめん。痛くない？』

「いや、平気だ」

「隊長、それはその狐がつけたのですか？」

「おそらくは。ルジェもよく分かってないようだ」

消えないかなと思ってなめてみたけど消えない。どうしよう、手の甲だし、けっこう目立つよね。

本当にごめん。

「やはり、その狐、ただの狐ではないようですが……」

『ただの狐だよ、ウィオのペットだよ。悪い狐じゃないよ』

「ルジェ、大丈夫だ、分かっている」

「隊長、もしかして、その狐の言うことが分かるのですか？」

医務官が不思議そうに質問するが、ウィオにオレの言葉は通じない。通じると便利なのに。

「そういえば。ルジェ、お前の種族はなんだ？」

『え？　オレの言うこと分かるの？』

「ああ、分かる。この印のおかげか？　それで、お前の種族はなんだ？」

『ウィオの飼い狐！』

やった、言葉が通じる！　これで飼い狐生活も安泰だ。ウィオ、大好きだよー。だから養って!!
喜びでウィオの膝の上でぐでんぐでんになっちゃう。お腹なでていいよ！　飼い主は触り放題だよ！

「隊長、なんて言ってるんですか？」

「……」

「隊長？」

「私の飼い狐、らしい」

ウィオの膝を堪能していると、半ギレした副隊長に顔の前まで持ち上げられた。

「バカ狐、ちゃんと質問に答えろ！　お前の種族はなんだ」

『やだ！　ウィオ助けて。オレは誇り高きウィオのペットなんだ。他の奴に抱っこされる気はない！』

「ヴィン、ルジェが嫌がっているんだが……」

「隊長、飼い主ならしつけも必要です。バカ狐、答えろ！」

『知らないよ。オレ、犬だと思ってたけど狐みたいだし。それより放せ！』

「ルジェも種族は分かっていないようだから、放してやってくれ」

ウィオが副隊長からオレを受け取って抱っこしてくれたから、甘えて頬をぺろぺろする。ありがとう。怖かったよう。

狐になって、ずいぶん甘えたになっているが、気にするな！　これもぐーたら飼い狐生活には必要なことだ。人であったプライドなど、上げ膳据え膳の生活の前には、ちりよりも軽いんだ。副隊長が文句を言っているが、聞こえない聞こえなーい。

副隊長を無視してウィオに甘えていると、これからちゃんと話をして明日報告するからお前たちはもう休め、とウィオが二人を部屋から出した。

そしてウィオとオレだけになったところで、改まって質問される。

「ルジェ、これからどうなるかに関わる重要な話だから、私たちに会う前のことを教えてくれないか」

いいよ。飼い狐生活のためなら、なんでも話すよ。隠すことなんてないし。

オレは雪の森で目が覚めてから、ウィオに会うまでのことを話した。

目が覚めたら雪の上にいて、ミカンが美味しくて、でもひとりぼっちがさみしくて、森を出ると決めたこと。だいぶ歩いて、途中、熊に追いかけられたけど、野営地を見つけたこと。オレは犬だと思っていたけどみんなが狐だって言うし、お馬さんがソーロじゃないって言うから狐かなと思っていること。そして、森に置いていかれると生きていけないのでウィオの飼い狐になりたいということ。

『いくらでもなでていいし、浄化もするよ。だからウィオのペットにしてよ』

「分かった。ルジェ、私の一番上の兄がこういうことに詳しいから、王都に帰ったら聞いてみよう」

『正体が分かっても、捨てない？』

「捨てない。ルジェは私の命の恩人だ」

そんなこと、飼い狐の立場を守るためには当然のことだよ。

さあ、今日はもう寝よう、とベッドへ下ろされる。久しぶりのベッドだ。うれしいなあ。

ウィオのそばで、オレはベッドの隅に丸まって眠った。

◆◆◆

隊長はオッソにやられた翌日には目覚めた。狐が瘴気を浄化したので、ポーションで普通に回復したのだ。大量の血を失っているため本調子ではないものの、王都までの移動には問題ない。

普通に歩いている隊長を見て、彼にかばわれた新人が泣いていた。気が気ではなかっただろう。

新人もオッソにはじき飛ばされたが、運よく爪は当たっておらず、打撲はしたが瘴気にはやられなかった。隊長以外に、行動に支障があるような怪我をした隊員はいない。

隊長と話をして、二日間付近を捜索して新たなオッソを見つけられなければ帰ることにした。上位種を倒したのだから、まだ残りがいたとしても大きな被害にはならないはずだ。

王都へ帰還するまでの指揮は俺がとる。隊長がまだ本調子でないことと、狐のことがあるからだ。

狐はまだ眠っている。医務官によると魔力切れらしいから、魔力が回復するまで起きないだろう。

結局、あれ以上のオッソは見つからず、引き上げることになった。

狐はまだ目覚めず、隊長が肩掛けバッグに入れて、胸に抱いている。

隊長は本当にあの狐に甘い。騎士人生を助けられたと思えば分かるが、でもその前からだったよな。可愛いものが好きなのかもしれない。

狐は移動中も眠り続け、翌日には王都に着くところで、やっと目を覚ました。狐が起きたときのために、薄味に作ってもらった肉を鼻先に近づけると、寝たまま食いつく。一口食べるといきなり飛び起き、用意していたものをすべて平らげ、我に返ったように隊長に甘えだした。自由だな。

隊長によると、狐は人の言うことが分かっているらしい。「はい」なら一回吠えて、「いいえ」なら二回吠えるそうだ。あのどんくさい狐が？　と半信半疑だったが、たしかに隊長と会話をしているように見える。

隊長が瘴気を浄化したことの意味を説明しているが、ふんふんと真面目に聞いており、本当に理解しているようだ。実はかなり頭がいいのかもしれない。全くそうは見えないが。

王都で大っぴらに浄化の力を使えば、教会に隷属契約をされていいように使い捨てられるだろう。隊長は狐を教会から隠すつもりのようだ。それを聞いて、医務官が使役獣の契約をすれば教会に見つかっても契約の上書きができなくていいのではないかと提案した。隊長も狐も乗り気だが、狐は意味がちゃんと分かっているのか？　隊長の命令に逆らえなくなるのに、全く気にしていない。隊長は酷い命令をしないと信じているのか、能天気なのか。多分この狐が単純で能天気なんだろうな。

隊長が使役獣の契約をするために呪文を唱え、魔法陣を浮かび上がらせる。問題なく契約が済むと思ったが、魔法陣が当たる直前、狐がうなって陣が消えた。なんだと？

「おい、魔法陣ってあんな簡単に無効化できるのか？」

「私は魔術の専門家ではありませんので分かりませんが、聞いたことがありません」

「あの狐、ほんとに何者だ？」

契約が嫌だが嫌ではないと謎なことを言っている。狐、お前なめてんのか？

その狐は隊長にすり寄って甘えている。あれだけ甘えているんだから、隊長の不利益になるようなことはしなそうだが、だったら契約を受け入れろ。王都に入る前に契約をしておかないと面倒なことになるのはお前だぞ。

隊長もなでていないで、何か対策を考えないと、狐を取り上げられてしまうのに。

そう思っていたとき、狐がなめていた隊長の手の甲が突然光った。

狐、何をやったんだ。自分でやっておいて、自分で驚くな。

狐はキュンキュン鳴きながら、隊長の手の甲に現れた紋様をなめている。

ただの狐ではない可能性が高いという医務官の言葉に、アウアウと狐が何かを訴えていた。だが、分からん。なのに、隊長が返事をする。隊長、狐と話をしていないか？

隊長も気づいていなかったが、言葉が分かるようになったらしい。手の紋様の影響なのか？

隊長が種族を尋ねると、狐は隊長の飼い狐だと答えたそうだ。当の狐は隊長の膝の上で甘えている。隊長も照れていないで、ちゃんと答えさせてくださいよ。

当てにならない隊長の膝から狐を奪って、目を合わせて種族を聞くが、逃げようと暴れて答えない。分からないことだらけで、こちらもいい加減イライラがたまっているんだ。明日には王都に着くのだから、その前にある程度のことを聞き出しておかないと、トラブルを招きかねない。騎士団でかばうにも限界はあるのだ。いいから答えろ！

ところが、当の狐も分かっていないということで、結局すべてが謎のままだ。隊長に引き取られた狐は隊長の頬をなめ首筋に巻き付いて甘えている。隊長もまんざらでもなさそうだ。

これから狐と話をして明日報告するから休むように言われると引き下がるしかなく、医務官と部屋をあとにした。

「どう思う？」

「悪いものではないでしょう。それだけに、この先が心配です」

「あれだけ可愛がっているのを取り上げられるとな……」

「隊長にとっては命の恩人に近いですし、あの紋様は隠したほうがいいでしょう」

「グローブを用意しておく」

隊長のフォローは副隊長である俺の仕事だ。あんなふうに何かを可愛がる隊長は初めてで、できれば悲しむところは見たくない。手の甲を隠せて不自然でなく剣を握れるグローブを探さなければ。

翌朝。朝食を持って隊長の部屋を訪れると、狐はお腹を全開にして寝ていた。野性はどこに行ったんだ。

食事をしながら、隊長が聞き出した話を医務官と共に聞いたが、結局何も分かっていなかった。というより、狐自身が分かっていないらしい。

「気がついたときは一匹だったということは、あの森に捨てられたんでしょうか」

「生き延びられたということは、それなりの大きさになるまで誰かが育てたということだろう」

「覚えてないのか話したくないのか。森に返されても生きていけないので、飼い狐にしてほしいそうだ」

あのどんくささでは、生き延びるのは無理だろうな。

とりあえず、もし何か聞かれたら、珍しい毛色の狐を見つけたので隊長の母君への贈りものとして連れて帰った、とすることになった。浄化については話せないし、種族も分からない現時点では、ただの狐で通すしかない。

隊長の兄君は魔力感知が得意なので、まずはそちらに聞いてみるそうだ。下手に調べると教会にかぎつけられそうなので、慎重に動く必要がある。

王都には魔物が入ってこられないように結界が張ってあるが、狐は問題なく通れた。やはり魔物ではないようだ。となると幻獣か。

隊長は実家に狐を預けてから騎士団の宿舎に戻ることになり、王都に入った時点で隊を離れた。

明日の帰還の報告を済ませるまではゆっくりできないが、その後は五日間の休暇だ。

オッソの上位種と、正体不明の狐というハプニングはあったものの、誰も欠けることなく帰ってこられた。それが何よりだ。

久しぶりの王都で、休暇を満喫しよう。

第二章　ペットにしてください

ウィオに連れられて、オレは王都に入った。

街は壁に囲われ、そこに魔物を通さない結界が張られているらしい。王都全体を壁と結界で囲うなんてすごいな。さすがファンタジー。

オレが結界にはじかれないか心配されたけど、何もなく通れた。結界があるのかも分からなかったから、本当に張られているのかちょっと疑問だ。目に見えないし。

ウィオはお城の端っこにある騎士団の宿舎に寝泊まりしているが、オレはウィオの実家に預けられる。端っことはいえお城にいて、浄化が使えるのがばれたら困るのが一番の理由だが、正体の分からないオレをお城に連れていけないというのもあるのだろう。

明日お城で帰還の報告をしたら、ウィオはその後、五日間の休暇になるので、それまで実家で普通の狐（きつね）のフリをしていてほしいと言われた。任せて。寝床（ねどこ）の確保のためなら、演技も頑張るよ。

ここが実家だと連れてこられたのは、めちゃめちゃでかいお屋敷だった。ウィオってお金持ちのぼんぼん？

「私は貴族の三男だ。上に兄が二人いる。貴族は分かるか？」

『分かるよ。偉い奴』

「まあそうだな」

入り口の門からまだ馬に乗って移動するって、意味が分からん。建物が遠いよ。

広い敷地内を進み、玄関に着くと、使用人が待ち構えていた。本当にぼんぼんだ。これはオレ、よい飼い主を捕まえたんじゃないかな。

「ウィオラス様、お帰りなさいませ。無事のご帰還、何よりでございます」

「ああ。今日は寄っただけだ。すぐに騎士団に戻る。母上はご在宅か？」

「はい。若奥様とサロンにいらっしゃいます」

「挨拶(あいさつ)に行く」

執事だ。生執事だ。若奥様とか、すごい。なんか感動する。別世界だよ。

使用人の開けた扉から建物の中に入ると、ウィオは迷いもせずに目的の場所に向かって長い廊下を歩く。きれいなじゅうたんが敷かれた廊下には、絵や花、それに高そうな置物も飾ってある。

ウィオが持つバッグから顔だけ出して周りを観察していると、後ろからついてくる執事と目が合った。彼は一瞬驚いた顔をしたあと、何事もなかったようにポーカーフェースに戻る。プロフェッショナルだ。

「母上、おくつろぎのところ失礼いたします。ただいま帰りました。義姉上(あねうえ)もご無沙汰しております」

「ウィオラス、無事に戻ってよかったわ。こちらに来るなんて珍しいわね。どうしたの？」

「遠征先で珍しい狐を見つけましたが騎士団に連れていけないので、しばらくこちらで預かってください」

オレをバッグから出して腕に抱き、お母さんたちに見せながら、ウィオは話を進める。

「あら、まあ可愛い」

「義姉上、この狐のことで兄上にたずねたいことがあります。明日の夜には戻れると思いますので、お伝え願えますか」

「分かりました」

「ルジェ、戻ってくるまで大人しくしていてくれ」

『キャン！』

「では、よろしくお願いいたします」

ウィオはオレを部屋の床に放して、すぐに出ていった。オレをどういう経緯で連れて帰ってきたのかなど全く説明しなかったけど、お母さんたちは気にしてなそうだ。いつもあんな感じなのかな。

まあ、オレが気にしても仕方がない。

オレは、ふかふかなじゅうたんにゴロゴロしたいのを我慢して、ウィオのお母さんとお義姉さんの前でお利口な狐のフリをする。飼い主の言いつけはきちんと守ろう。

あれ？　普通の狐ってお利口なんだろうか。むしろ思うままに行動したほうが普通っぽいかも。ってことで、ふかふかのじゅうたんを堪能するぞ。オレ、今は普通の子狐だもん。このじゅうたん、気持ちがいいぞ。ごろーんごろーん。

ひとしきり転げまわって満足したので起きると、お母さんとお義姉（ねえ）さんが微笑（ほほえ）ましそうに見ていた。オレの可愛さで、つかみはばっちりなようだ。

　喉が渇いたんだけど、お水欲しいなあ。机の上の紅茶をふんふんしてみたら、気づいてくれないかなあ。ふんふん。

「お水が飲みたいのかしら」

「この子のために、深めのボウルにお水を入れてちょうだい」

　おお、通じた。お水を用意するように壁際にいる人に言ってくれたから、すぐに飲めるはずだ。

　しばらくお座りで待っていると、高級そうな陶器のボウルに入った水を、ウィオと一緒に部屋を出ていった執事さんが持ってきてくれた。ありがとー。きれいなじゅうたんに散らさないように慎重に飲もう。うん、お上品な器（うつわ）で飲むお水も美味（おい）しいねえ。

「この子、何を食べるのかしら」

「ウィオラス様より、人の食べものを味付けを薄くして与えるようにと仰（おお）せつかっております」

「そう。よろしくね。この子のお部屋だけど、ここのじゅうたんが気に入ったみたいなの」

「夜はウィオラス様のお部屋にとのことですので、そちらに毛足の長いラグを入れましょう」

　やったー。このじゅうたんの上で寝るのはきっと気持ちいいはずだ。

　お水を飲んで、のどの渇きも落ち着き、オレの寝床（ねどこ）について話しているのを聞いていると、眠くなる。再びじゅうたんでごろんごろんしているうちに寝てしまった。

目が覚めると、外が明るい。朝の光って感じなんだけど、何時だろう。しかも、ここどこ？　オレ、サロンとやらで寝たんじゃなかったっけ？　匂いがするし、ウィオの部屋なのかな。

寝起きの伸びをしてから、部屋の探検を始める。だけど、入り口とトイレ以外の扉が閉まっていたので、すぐに終わってしまった。クローゼットらしき扉や、隣の部屋に行けそうな扉もあったけど、開いていないってことは入っちゃいけないのだろう。どうせ狐の足では開けられないし。

でもさすがは貴族のお屋敷、お部屋にトイレがついていてホテルみたいだ。洗面台には鏡もある。オレのもふもふボディを鏡に映して見てみたいが、洗面台まで上がれる気がしない。今日の夜にはウィオが帰ってくるはずだから、そのときにお願いしよう。

開いている部屋の入り口から外に出て、お屋敷の中を探検だ。昨日のサロンはどこだろう。案内してくれる人、誰かいないかなあ。

人の声が聞こえるほうへ進んでいくと、階段を下りた先に昨日入ってきた玄関が見えて、そこに男の人がいた。どことなくウィオに似ているけど、ウィオより年上だ。昨日のお義姉さんと執事さんもいるし、ウィオのお兄さんかな？

「おや、ウィオラスの言っていた狐か。起きたのか」

「とても可愛らしいでしょう」

へへん。ここでもオレの可愛さは不動だな。挨拶をして、可愛いだけじゃなくお利口なところも見せようと思って、階段を下りる。けれど、上手くできず、転げ落ちた。

『キャイン！』

「まあ大変！　大丈夫かしら……」

「野生とは思えない狐だな」

昨日の執事さんがささっと寄ってきて、抱き上げてくれる。オレはその腕に抱き着いた。階段怖い。四つ足で階段下りるの、難しい。子狐だから頭が重いんだろうか。まさかお屋敷にこんな危険がひそんでいるとは思わなかった。ウィオ、早く帰ってきてよ。

オレに怪我がないかを執事さんが確認してくれている間に、推定ウィオのお兄さんは玄関を出ていく。馬車の音がしているから、お仕事に行ったんだろう。

オレは執事さんに抱えて運ばれ、朝ご飯だ。

なんとオレのために、庭に用意してくれていた。庭には青々とした芝生が広がっている。さすが貴族だ。ピクニックのような朝ご飯、いただきます。もぐもぐ。

ご飯が美味しい。薄味にしてくれた肉と、ゆでた野菜に、果物までついている。主食はパンだが、野営地で食べた硬いのではなく、柔らかくふわふわだ。あまりにも美味しくて、夢中で食べた。芝生の上だから、少々飛ばしても大丈夫だろう。マナーなどかまっていられない。うまうま。

美味しい食事に満足したから、次は芝生を堪能しよう。毛足の長いじゅうたんもいいけど、天然の芝生も気持ちいい。できることならこのまま寝てしまいたい。これは食休みであって、さっきまで寝ていたとかそういうのは関係ないのだ。狐だけど、食後すぐに寝ると牛になっちゃうかな。

ごろんごろんして草の感触と匂いを楽しんでいると、食事の片づけを終えた執事さんが近づいてきて、「お風呂に入りましょう」と言ってオレを抱き上げた。やった、お風呂だ！

お風呂場に着いて、また感動する。さすが貴族、と思ったのは何回目だろう。狐のオレを、タライに水とかではなくて、本当にお風呂に入れてくれたのだ。浅くお湯を張った湯船に入れて、執事さんが石けんを使ってオレのもふもふの毛を泡立て、ていねいに洗ってくれた。そしてお風呂から出ると、タオルドライのあと、風魔法で毛を乾かしながらブラッシングもしてくれる。

お風呂場では執事さんが抱っこしてくれたから、洗面台の鏡で自分の姿を見られた。犬よりとがった鼻先に、大きな耳とまっすぐ長いふわふわの尻尾。オレは白銀の子狐になっていた。

自分で言うのもなんだけど、これは可愛いね。さらに執事さんのおかげで、毛がさらさらの、ふわふわの、もふもふだ。ありがとう！　おかげでオレの魅力が一つ増えたよ。

ウィオ、すまないが、オレはここの家の子になるぞ！　美味しいご飯とお風呂を逃す手はない。ウィオもここの家の人だから、飼い狐ってところからは外れていないよね。

お昼ご飯も庭でもらい、散策もお昼寝も堪能した。

ちなみに庭で遊んでいる最中も、すぐ近くに使用人が控えている。「迷子になってはいけませんからね」と執事さんがつけてくれたのだ。一日中ペットの見守りが仕事なんて、お屋敷の使用人は大変だな。

陽が落ち始めた頃、やっとウィオが帰ってくる。庭で遊んでいたオレは、馬の足音に気づいて玄関の前までダッシュで迎えにいった。飼い狐としては、飼い主のお出迎えは必須だよね。

『ウィオ、お帰り！』

「ルジェ、困ったことはなかったか？」

『なかったよー』

乗っていた馬を使用人に預けたウィオの足元に駆け寄る。抱き上げてもらい、一緒に玄関に入ると、執事さんがお迎えにきていた。近くにはいなかったはずなのに、ほんと有能、執事の鑑だ。

「お帰りなさいませ」

「ルジェは大人しくしていたか？」

「昨日はサロンのじゅうたんを堪能してそのまま眠りましたので、ウィオラス様のお部屋に運びました。今日は朝、アディロス様のお見送りの際に階段から転げ落ちましたが、怪我はないようです。お風呂にて毛を洗い、そのあとは庭で遊んでいました」

「そうか。助かった」

この会話の最中、オレは執事さんに抱えられて足を拭かれる。庭を走り回った足でお屋敷の中に入るのは許されないようで、拭き終わってからウィオの手に戻された。

「ルジェ、お前はほんとに段差が苦手だな」

『子どもだから頭が重いんだよ』

まだ四つ足歩行に慣れないだけで、オレがどんくさいわけじゃない。

部屋について、着替えたウィオがソファに座ったので足元へ行くと、膝の上に抱き上げられた。なでる手がいつもより慎重だ。階段から落ちたときに怪我をしていないか、確認してくれているらしい。安心して。丸まって落ちたから平気だよ。

一通り確認して、ウィオは納得する。ならば、遠慮なく甘えさせてもらおう。ふんふんとウィオの匂いをかぐと、街の外ではしなかったいろんな匂いがする。お城の匂いかな。

「今夜、兄上にお前の話をするつもりだが、いいか？」

『いいよ。手の甲は大丈夫だった？　誰かに何か言われなかった？』

「ああ、問題ない。そういえば、ルジェは使役獣の契約を嫌がったが、なんでだ？」

『オレも分からないけど、本能がダメだって言うからさ。あの契約は受け入れちゃダメだって』

今後の安泰なペット生活のためでも、あれは受け入れられない。ウィオによると、あの魔法陣は使役獣の契約として伝わっている一般的なものだそうだ。もしかしたら使役される側に不利な条件が入っているのかもしれない。

「ここの生活はどうだ？」

『ご飯は美味しいし、お風呂も入れて最高！』

「そうか。ここで暮らすか？」

『ウィオはここによく帰ってくる？』

「いや、めったに帰ってこないな」

『キューン』

ここの生活は最高だし、執事さんがいてくれればオレの生活は全く困らないんだろうけど、やっぱり話ができないのはしんどい。それにオレはウィオの飼い狐だから、飼い主であるウィオのそばにいるべきだ。可能なら、ここでウィオと一緒に暮らすのがオレとしては一番いいんだけど、そうすると仕事の邪魔になっちゃうから、ダメだよね。ウィオと話ができて、執事さんにお世話してもらえたら、最高の飼い狐生活になるのに。

ままならない状況にウィオの首筋に頭をすりつけて甘える。ウィオはあらたまった感じで話しかけてきた。

「ルジェ、私を助けてくれてありがとう。ルジェのしたいようにすればいい。可能な限り望みはかなえるから」

あれは快適なぐーたら生活のためだから、そんなに気にしなくていいのに。オレが倒れちゃったから気にしてるのかな。

首筋に頬をすりつけているうちに、勢い余って首に巻き付いてしまった。これ、マフラーみたいでいいんじゃない？　ウィオも寒い冬にはよさそうだと、笑っている。森にいたときからは想像もできない平和な時間だ。夕食だと呼ばれるまで、オレはウィオに存分に甘えていた。

ちなみにウィオから聞いた話、オレがいきなりじゅうたんでごろごろしたのは、執事さんとしては許せない行動だったらしい。それを見て、夕食までにお風呂に入れようと決意したのに、オレが寝ちゃったから翌日になったんだって。冷静に考えると、いつ身体を洗ったかも分からないような野生動物が、お屋敷の高そうなじゅうたんに身体中をこすりつけたらダメだよね。

執事さんは抵抗されるだろうと思いながらお風呂に入れたのに、オレがすごく協力的で、むしろ気に入ったようで安心したそうだ。これからも頻繁に入れてくれるそうなので、ラッキー。

夕食は、ウィオの家族が勢ぞろいだ。

お父さんとお母さんに、一番上のお兄さんと、その奥さんのお義姉さん、二番目のお兄さんと、ウィオだ。オレが階段から落ちたときに見たのは、一番上のお兄さんで、お父さんによく似ている。二番目のお兄さんは、髪と目の色が違うけどウィオとよく似ていた。

銀色の髪に紫の目というファンタジーな色合わせなのは、ウィオだけだ。お父さんとお兄さんたちはお城の中で働いていていて、騎士になったのもウィオだけだ。でも家族仲は悪くなさそう。

家族が勢ぞろいするのは珍しいようで、それぞれの近況報告などで話に花が咲く。オレはウィオの足元に食事を用意してもらったので、食べるのに忙しくてあまり話を聞いていなかった。

「狐は今朝階段から落ちていたけど、大丈夫だったのかい？」

「怪我はありません。段差が苦手なようで、よく落ちたりつまずいたりしていますね」

「とても人懐こいですけど、人に飼われていたんじゃなくて？」

「魔物に追い詰められていたところを助けたので、懐いてくれているようです」

美味しいご飯を食べ終わって、みんなの話に耳を傾けると、オレの話をしていた。手持ち無沙汰だからなでてほしいけど、食事中にウィオの膝に乗るのはダメだよなあ。

あ、執事さんが壁際に立っているのを発見。遊んでもらおうと足元にまとわりついてみる。だけど、お昼にしてくれたように抱き上げてはくれなかった。お仕事中はダメみたいだ。

仕方がないので、ウィオの足元で丸まっているうちに、寝てしまった。


「ルジェ、起きろ」

『あと五分』

「果物があるから口を開けて」

『あーん』

もぐもぐ。甘いな。もっとくれ。もぐもぐ。ん？　あれ？

目を開けると、お兄さんたちがこっちを見ていた。オレはウィオの膝の上で、へそ天でおっぴろげて果物を食べていたようだ。うん、いくら飼い狐(かいぎつね)でもお行儀が悪すぎる。おすましてウィオの膝の上で座りなおし、お行儀よくしよう。オレはお利口な飼い狐(かいぎつね)ですよ。さっきのは寝ぼけていたってことで、見なかったことにしてください。

周りを見ると、いつの間にか食事をしていた部屋からサロンに移動していた。お母さんとお義姉(ねえ)さんはいなくなっている。

そして、ウィオが手袋を外してあざを見せていた。薄くもなっていないし、ほんとにこれ、なんだろう。嫌な感じはしないけど。あざをぺろぺろなめていると、ウィオのお兄さんに質問された。

「その紋様から何か感じる？」

『何も感じないよ。なんで消えないんだろう』

オレの言葉はウィオが通訳をしてくれたものの、オレもよく分かっていないから、ほとんど答えられない。あからさまにため息をつかないでよ。オレだって困ってるから。

質問が一段落したところで、オレに関する最大の悩みの種、浄化を実際にやってみせることになった。ウィオの家族だから信用しているので見せるのはいいんだけど、瘴気(しょうき)がないのにできるかなあ。まあやってみよう。大きく息を吸って。

『フウーーーー』

あ、雪が飛んでいった。失敗だ。もう一度やってみたけど、やっぱり雪が飛ぶ。といっても少しだから、すぐに雪は解けて消えた。ごめん、できないみたい。

「できないようです。瘴気がないからか、慣れてないからなのかは分かりませんが」

「慣れてない？」

「私の傷の浄化をしているときも、ときどき間違えて雪を吹き出していたと、見ていた医務官と副隊長から聞いています。本人も自分の能力を把握していないようですし、まだ扱いに慣れていないのでしょう」

そんなことバラさないでよ。恥ずかしくて、ウィオの脇に鼻先を突っこんで顔を隠すと、ウィオが背中をなでてくれた。この体勢いいかも。落ち着く。

「兄上、何か分かりましたか？」

「幻獣の一種だろう、ということだけだな。さっきの雪には魔力を感じたから、雪の幻獣かな」

一番上のお兄さんは魔力の感知が得意なので、こうして相談している。

幻獣とは、魔力を持つ魔物じゃない獣の総称だそうだ。目撃情報が少ないので、幻の獣らしく、よく分かっていない。魔物の一種で人に害をなさないもの、と言う研究者もいるらしい。

「もしその紋様が契約なら、ウィオラスに影響はないのか？　狐がつけたということは、狐が契約主なのだろう？」

「ウィオラス、狐に命令できるかい？」

今度は紋様の効果を確かめるみたいだ。ウィオのお父さんが、オレがウィオに命令できるような契約なのではないかと心配している。

ウィオに立て、座れと命令されるけど、強制力はない。逆にオレがウィオに立て、座れと命令してみたけど、こちらも何も起きなかった。

「契約ではないのかな。でもその紋様から、僅かに狐の魔力を感じるよ」

隣にいるお兄さんを見上げると、興味津々という目でこっちを見ていた。ここはこびを売っておこうと、あざと可愛い感じで小首をかしげる。どう？

オレの可愛さをもっと近くで見ようと思ったのか、お兄さんがオレの脇の下に手を入れて持ち上げ、まじまじと観察する。

「こうしてみると、ただのまぬけな狐にしか見えないけどねえ」

今、許せない発言が聞こえたぞ。オレはまぬけな狐じゃない。オレは、もふもふの可愛い狐なんだ！　オレの可愛さが通じないとは、由々しき事態だ。

「兄上、ルジェが怒っているので、まぬけはやめてあげてください」

「でも、賢そうには見えない」

「本人は可愛い飼い狐を目指しているようなので……」

そうだ。オレは可愛い飼い狐なんだ。放せ！

お兄さんの手から逃れようとバタバタすると、いきなり手を放されて、ソファの上に落ちた。

『キャイン！』

「兄上！　ルジェ、大丈夫か？」

「受け身も取れない。おびえるだけで攻撃もしない。君は魔力で攻撃できるんじゃないのか？　ただの狐なら、その毛皮は母上のマフラーによさそうだね」

ウィオが抱き上げてくれたので、首に巻き付く。ここなら手は出せないはずだ。あのお兄さん怖いよ。悪魔だよ。オレは平和主義なんだ。争いごとはごめんだ。痛いのやだもん。毛皮にされるのも嫌だよ。ウィオ助けて。

「君はこれからどうするつもりだい？　ウィオラスは騎士だ。幻獣としてそばにいるなら、戦えないとやっていけないぞ。それともこの家でペットになるかい？」

「アディロス、子どものうちから戦わせる必要はないだろう。幻獣を子どもから育てた例がないか探してみよう」

「では私は紋様を使った契約を調べてみますね。おびえてかわいそうに。ルジェくん、兄上は可愛い弟をとられてすねているだけだよ」

「イリファス、私はすねてなどいない。ウィオラスが深手を負ったと聞いて心配しているだけだ」

二番目のお兄さんが悪魔のフォローをするから、家族仲はいいんだな。

オレのことはお父さんと二番目のお兄さんが調べてくれるらしい。ありがとう。

二番目のお兄さんがオレをなでたいというので、ウィオの身体を伝って床まで下り、向かいのソファのお兄さんの足元まで行くと、抱き上げられた。やっぱりウィオとよく似ている。

「私とずいぶん態度が違うじゃないか」

「兄上がいじめるからですよ」

手にすり寄ると優しくなでてくれるから、うれしくなってさらにすり寄っちゃう。隣に座っているお父さんにも可愛いアピールをすると、横からなでてくれた。ちゃんと通じるようだから、オレの可愛さがなくなったわけではなく、あの悪魔だけが例外だ。よし、あの悪魔には近寄らないぞ。

ウィオの色違いのお兄さんの膝で、オレは思う存分甘えてなでてもらった。


今日も寝るのはウィオの部屋だ。

「兄上が悪かったな。私を心配してくれている、本当は優しい人なんだ」

ウィオが騎士団に入ることに最後まで反対したのは、あの悪魔だったらしい。

そういえば、なんでウィオは騎士団に入ったんだろう。

「この髪と目の色で分かるように、私は魔力が多いうえに、氷の属性が強く出たからだ」

『属性で色が変わるの？』

オレが基本的なことも分かっていないと気づいたウィオが、属性と色について説明してくれた。

魔力の量と属性は人によって異なり、複数の属性を使える人もいるが、一つの属性に特化している人もいる。魔力が多く、一つの属性に特化していると、髪や目の色がその属性を表すものになり、そういう人は強力な魔法が使えるそうだ。

ウィオは氷だから髪が銀色になり、副隊長は火だから髪が赤い。紫の目は氷の属性の色で、目の色まで属性の色になる人は一握りで、例外なく上級魔法が使える。

ウィオはこの色をまとっていたから、将来強力な氷の魔法使いになることが予想され、また期待された。その期待に沿って、騎士団に入ったということだ。

『騎士になりたくなかったの？』

「正直どちらでもよかったが、周りにあれこれ言われるのがうっとうしくてな」

『あれこれ？』

「魔力の高い女性をめとって子どもをなせ、と。騎士なら社交はしなくてもいい」

『女の人嫌い？』

「苦手だな。何を話していいのか分からん」

じゃあ、オレのことを愛でていればいいよ。さみしさを埋めるためにペットを飼う人もいるから。飼い主に癒やしを与えるのは、飼い狐の大切な役割だよね。

ウィオがオレもベッドに入れてくれたので、背中にくっついて、丸くなって眠った。


今日から五日間、ウィオは休暇だ。特に予定はないらしいので、かまってもらおう。王都の観光もしたい。

だが今は、お母さんとお義姉さんに誘われて、庭でお茶をしている。遊んでいていいと許可が出たので、オレはお茶会に参加せず、ごろんごろんと芝生を堪能中。ここの庭は本当に気持ちいい。

「昨日、ルジェちゃんをなでたと、旦那様に自慢されてしまったの。私もなでたいわ」

「ルジェ、おいで」

飼い狐の心得として、飼い主が呼んだなら急いで駆けつけなければ。なになに？　オレに用事？

足元でお座りして見上げると、ウィオがオレを抱き上げて、お母さんに手渡そうとした。

待って。ウィオのお願いはかなえてあげたいけど、これは別だ。腕にしがみついて必死で抵抗するオレにウィオが驚いているけど、これだけはダメ。

「ルジェ、嫌なのか？」

『ドレスに爪がひっかかりそうで怖い』

オレは庶民なんだ。お母さんのドレスのレースに爪をひっかけたら、と思うと怖くて近寄れない。それにその首飾りの宝石、ガラスじゃないよね。傷つけてもオレ弁償できないよ。

「母上、ドレスに爪がひっかかるのが心配なようです」

「まあ。でしたら今度乗馬服でなでさせてもらおうかしら」

『なでるだけならいいよ』

怖いのは抱っこであって、なでられるのは大歓迎だ。

ウィオがお母さんとお義姉さんの間に椅子を置いてオレをそこに乗せたので、おすましてお座りをする。いくらでもなでるがよい。

あー、そこの首の下の毛、もふもふだよね。いいよねー。

お母さんとお義姉さんが、可愛い可愛いと褒めてくれるので、鼻が上に向く。もっともっと手に体重をかけるオレを、ちょうどいい力加減でなでてくれるおかげで、心地よさに目が細くなった。尻尾もバサバサ振れちゃう。そんなオレたちをウィオが笑って見ている。平和だなあ。

ウィオの家族の心もわしづかみにしたから、これでオレのお屋敷生活は安泰だ。

お利口になでられたごほうびに、首輪を買ってもらえることになった。飼い主がいる目印はやっぱり首輪だよね。これから外出する機会もあるので、野良狐（のらぎつね）と区別するためにも、珍しい毛色なのでさらわれないためにも、必要だ。野良（のら）のプライドなんてないので、喜んでつけるよ。ついでに迷子札も付けてほしいくらいだ。

買いものに行くのかと思ったのに、さすが貴族、お店が出張してきた。騎士団の宿舎からめったに帰ってこないウィオがしばらくいるとあって、お母さんがウィオの服を注文するために呼んだらしい。ウィオは他の部屋で採寸されている。

首輪なんて、いい感じのリボンを巻いておけばいいんじゃないのかな、と思ったオレは甘かったようだ。オレも採寸されて、お母さんとお義姉（ねえ）さんが、オレには何色が合うかと布や宝石を毛に当てながら話し合っている。首輪に宝石なんていらないと思うんだけど。

机の上に広げた布の上に座らされたオレは、高級品に周りを取り囲まれて、微動だにできない。傷つけても弁償できないし。

採寸を終えたウィオが部屋に入ってきたときには、キュンキュン鳴いて助けを求めた。情けないと言うな。オレは庶民なんだ。助けて、ウィオ。

「母上、あまり高級なものは嫌がりますので、ほどほどに」

「でも貴方の騎士団の正装と並ぶときにはそれなりのものが必要でしょう。それに可愛いわ。貴方

だって見たいでしょう」

「そうですね」

あっさりウィオが裏切った。どの宝石がいいかという話し合いに加わっている。ひどい。

これ以上付き合っていられないので、ここはオレが決めよう。

『宝石だったら、ウィオの目の色の紫以外はつけないからな』

その言葉にウィオがオレを見て固まっている。オレ、そんなに意外なこと言った？　オレは飼い狐なんだから、飼い主の色一択だろう。おそろいにしておけば、飼い狐と一発で分かる。分かりやすいことが最優先だ。

しばらくして固まりが解けたウィオが、とてもきれいに笑った。初めて見る、優しい笑みだ。

「宝石は紫で。それ以外はつけません」

「まあウィオラス、貴方、独占欲が強かったのね。アメジストでいいものはあるかしら」

お店の人がいる手前、オレが言ったと説明できず、ウィオが望んだことになっている。ごめんよ。そういうのはレディにすることなのにな。

結局、どこにつけていくのか分からない紫の宝石付きのものと、普段使い用の紫の布のものをいくつか注文してくれた。お店の人からは普段使いには革の首輪をすすめられたけど、まだ子どもだからと柔らかい布で作ってくれる。優しいなあ。

出来上がるまでは、紫のリボンを巻いてもらう。野良狐から飼い狐に昇格して、オレはご機嫌だ。

それから、ウィオの休暇中は、庭でのんびりしたり、街中の観光に行ったりした。

一番の観光地は教会らしいけど、浄化がばれて捕まると怖いのでパスして、市場とか屋台とか庶民的なところに、ウィオのバッグから顔を出した状態で連れていってもらう。野菜や果物なんかは、オレの知らない種類がたくさんあるけど、青とか紫とか食欲を減退させる色のものがたくさんなんてこともなくて、今後の食生活にも支障はない。

ペットを連れている人はあまり見なかったけど、お店の番犬はいた。庶民にペットはあんまり一般的じゃないんだろうか。

ウィオの休暇三日目の夜、お父さんがお客さんと一緒に帰ってきた。鷹を連れた魔法使いだ。

「イシュマ殿は幻獣と契約している魔術師で、鷹の幻獣と契約したときに過去の幻獣との契約について調べたそうなので、来てもらったよ」

「初めまして。騎士団第三部隊小隊長のウィオラスです」

「初めまして。魔術塔に勤務しておりますイシュマです。お役に立てるといいのですが。こちらが狐の幻獣ですね。こんばんは。この子は鷹の幻獣のヒョードルです」

『キャン（こんばんは）』

『ピヨー、ピヨー（まさか、このようなところで会うとは）』

『キュン？（え？）』

鷹さんは魔法使いの肩に乗って、人間たちの話を聞いている。オレが嫌がったあの使役獣の契約を魔法使いとしているそうだ。オレたちは、オレがまだ子どもだから契約していない、とウィオは説明している。オレが嫌がったとは言えないから、表向きはそういうことにしているのだ。

魔法使いの話を聞いて、オレとウィオのように意思疎通できるのは普通じゃないことが分かった。鷹さんと魔法使いもできないし、過去の文献でもできたという記述はなかったらしい。ただ、幻獣は人間の言葉を理解していると伝えられていて、実際そう感じるので、知能は高いはずだと、魔法使いは考えていた。そうなると、オレがウィオの言葉が分かるのは普通だが、ウィオがオレの言葉を分かるのは特別なことになる。

オレは鷹さんの言葉が分かるから、鷹さんの話を聞いてみたい。ウィオの膝から下りて、魔法使いの近くで鷹さんに向かって、「話したいなー」と鳴いてみた。

「そちらの幻獣に興味を持ったようです。遊んでもらってもいいですか？」

「ええ。ヒョードル、相手をしなさい」

ウィオが頼み魔法使いが許可してくれたので、鷹さんと部屋の隅へ移動する。魔法使いには理解できないと分かっていても、聞こえるところで話をするのは抵抗があった。

『キュンキューン？（鷹さん、オレの言うこと分かる？）』

『ピ、ピィー？（分かる。それより、なぜ人間のそばにいるのだ？）』

『クーン、キャンキャン（魔物に襲われるのが怖いし、屋根のあるところで寝たいし、ご飯が美味しいし）』

『ピュー（成獣になれば、魔物よりも強くなるだろうに）』

鷹さんによると、オレは成獣になったら魔力が強まり、できることも増えるらしい。ってことは、オレやっぱりチート？

それから、いろいろ疑問に思っていることを教えてもらった。

契約の魔法陣は鷹さんも嫌だったが逃げられず、契約によって自由を奪われた。命令されると、意思にかかわらず身体が動くが、そんなに嫌なことをさせられていないので、今は受け入れているそうだ。

幻獣は幻獣が産むのではなくて、普通の獣の中にたまに生まれるものらしい。鷹さんも兄弟の中で鷹さんだけ魔法が使えたそうだ。じゃあオレは、生まれてしばらくして、あの森に捨てられたのか。もしかして鳥にさらわれて落とされたとかかな。

オレが鷹さんと話している間に、ウィオとお父さんは魔法使いの調べた情報をいろいろ教えてもらっていた。

また鷹さんと会う機会を作ってくれるそうで、今日はお別れだ。

鷹さんは他の幻獣には会ったことがない。ということは、オレも鷹さん以外には会えない可能性が高い。貴重な仲間だからまた会いたいな。

「長く話していたが、気になることは聞けたか？」

『うん。お父さんありがとう』

お父さんの足にすりすりして感謝を伝える。膝に抱き上げられたので、大サービスでお腹も見せた。なでていいよ。

「父上、なでていいそうですよ。鷹の幻獣に会えたのがうれしいようです」

「おおそうか。いい子だなあ。欲しいものはなんでも買ってやるぞ」

やった。お父さんがオレの可愛さに落ちた。孫を猫かわいがりするじいじみたいになっている。

魔法使いのすすめで、ウィオとオレは使役獣の契約をすると決めた。もちろん表向きだけで実際はしない。対外的に契約したと公表するだけだ。

あの魔法使いが鷹さんを使役獣にしたあと、譲ってくれという話が絶えなかったそうだ。正規に契約していてもそうなのだから、子どもで契約もしていないオレには、強引な手を使ってでも奪おうとする人が現れてもおかしくない。

契約しているかどうかは他の人が使役獣の契約の魔法をかけない限り分からないそうなので、契約済みだと言ってもばれない。すでに契約している使役獣に他の人が契約の魔法をかけると魔法陣が崩れて無効化されると、魔術塔の実験で分かっている。オレはウィオの魔法陣を無効化した実績があるから、もし誰かが魔法をかけてきたら無効化すればいい。

『普通の動物の中でたまたま魔法が使えるのが幻獣なんだって。ウィオとおそろいだね』

「そうなのか？」

『うん、オレも成獣になったら強くなれるって』

「人間の子どもと同じということか」

「何が同じなんだ？」

お父さんの質問に、オレが鷹さんから聞いたことをウィオに伝え、ウィオがお父さんに説明した。

今まで子どもの幻獣が見つかったという情報はないが、子どもの頃は弱く、普通の動物と同じで親に守られているからだろう。この話を広めると、幻獣を探すために普通の動物の子どもが狙われそうなので、魔法使いにも伏せておくと、お父さんとウィオが話し合って決めた。

「そうなると、ルジェくんは成獣になるまでこの屋敷にいるか？　ウィオラスと一緒にいると、戦いに出ざるを得ないだろう」

「そうですね。ルジェの安全のためにも少しずつ訓練したほうがいいでしょうが。ルジェ、どうする？」

『ウィオはどれくらいここに帰ってくる？』

「十日に一回くらいか」

ウィオと会えるのが十日に一回なのはさみしい。言葉が通じないのはけっこうストレスになるし、オレはウィオの飼い狐だし。でもまた魔物に出会っても戦えないしなあ。

「十日に一回くらいこの家に帰ると言っているのか？　それではルジェくんがさみしいだろう。もうちょっと帰ってきなさい。ルジェくん、さみしいよね？」

『キャン！』

「決まりだ。最低でも五日に一回は帰ってきなさい」

お父さん大好き！　お父さんのお腹にすりすりして甘えると、お父さんの顔がデレデレになった。

ウィオがちょっとあきれているけど、オレは全面的にお父さんを応援するよ。


休暇を終えて、ウィオは騎士団に戻っていった。

ウィオが小隊長をしている第三部隊は、王都の外の魔物の討伐が主な仕事で、部隊長の下に、小隊長が五人、小隊ごとに二十人くらいの隊員で動くことが多いらしい。遠征に出ていないときは、王城の隅にある騎士団の施設で訓練している。

オレは執事さんにかまってもらいながら、お屋敷ライフを満喫(まんきつ)する。執事さんはオレが歩きたくないなーと思って足元をうろうろすると抱き上げてくれて、下りたいなーと思って下を見ると下ろしてくれる。なでてくれてお風呂にも入れてくれるから、遊んでいるとき以外は執事さんの近くをうろうろした。

遊びとして庭を走り回る以外に、お屋敷の探検もしている。お屋敷の中の入ってはいけないところを教えてもらい、それ以外のところを見て回っている。とっても広いので、すでに十日は経っているのに、まだ全部行けていない。まあ途中で穴を掘ったり、ちょうちょを追いかけたり、他のことを始めて探検を中断してしまうからっていうのもあるんだけど。

ウィオはあれから、お父さんの言いつけどおりに五日に一回は夜だけでも帰ってきて、困ったことはないか、してほしいことはないか、聞いてくれる。執事さんがかまってくれるから問題ないよ。でも久しぶりのウィオに「かまって！」とまとわりつくけどね。やっぱり言葉が通じるって大きい。

そんなのんびりすごしていたある日の夕方。突然、ウィオがお屋敷に帰ってきた。昨日も帰ってきたのにどうしたんだろう。

「ルジェ、明日王城で王に謁見することになった。陛下がルジェをご覧になりたいそうだ」

ウィオが幻獣の子どもを保護したという話が王様の耳に入って、見せに連れてこいと言われたという。嫌でも断れない。明日はウィオの仕事は休みというか、オレを連れていくのが仕事だ。

明日に向けて、王城では何を隠さないといけないのか、ウィオと確認する。

幻獣が人の言葉を理解しているというのは知られていることなので、オレがウィオの言葉を分かっているのは問題ない。けれど、ウィオがオレの言葉を分かっているのは隠さないといけない。ウィオの手の甲に浮かんだ紋様は隠したいが、王様に命令されたら見せるしかない。だからもし見られても、その紋様をつけたのがオレだというのは隠す。上位種にやられて、回復したときについていた、ということにした。

浄化は絶対に隠さなければならないので、魔法を使ってみるように言われたら、雪を出す。

一番大切なのは、王様の命令には逆らわないことだ。逆らったら、最悪オレが処分される。

これだけ守っていれば、問題ない。

でも、もし王様がオレを欲しいと言ったら、ウィオはどうするんだろう。そんなこと言われないよね？　なんだか不安で、その日はなかなか寝つけなかった。


朝になり、王様に会うための準備があるからと、無理やり起こされた。

まだ眠いから、寝ていたいのに、執事さんにお風呂に入れられる。さらさらふわふわもふもふになった毛に、いらないと思っていた宝石の首輪をつけ、ウィオの騎士服に似せたオレ用のマントをかけられてもまだ、オレのまぶたはくっつきそうだった。

だけど、式典用の騎士服を着て、髪を下ろしているウィオを見て、あまりのかっこよさに眠気が吹っ飛ぶ。かちっとした服にマント、それにきらびやかな剣。騎士とか剣とかに憧（あこが）れた小学生のオレが拍手喝采(かっさい)している。

こんなにかっこよくて、気に入った子がいればすぐに落とせそうなのに、恋愛が苦手なんてもったいない、とモテなかった過去のオレがひがんでいた。家族の顔も覚えていないのに、モテなかったことだけ覚えているなんて不毛だな。オレは今、無敵のもふもふなんだから、未来を向いて生きていこう。負け惜しみじゃないよ。

ウィオもオレも準備が終わって玄関で待っていると、豪華な服を着たお父さんがやってきた。オレを預かっている家の代表はお父さんだから、お父さんも一緒に行くのだ。

そのお父さんは、オレたちのおそろいの服を見て、「私もルジェくんとおそろいの服が欲しい」と、執事さんに注文している。それを聞いてお母さんたちも欲しいと言っているから、これはお父さんだけじゃなく、お母さんやお義姉(ねえ)さんとおそろいの服も作られるかもしれないな。

お母さんたちに見送られ、ウィオに抱きかかえられて馬車に乗りこんだ。

このあとのことを考えると落ち着かなくて、オレを抱いているウィオの手をぺろぺろなめてしまう。正装では手袋が必要なので、お城ではオレがつけてしまったこのあざは隠れるけど、目立つから消えてほしい。そう思っていると、あざが消えた。あれ？

「ルジェ、何をした？」

『目立つから消えてほしいって思いながらなめただけだよ』

ウィオが通訳してくれた言葉を聞いて、しばらく考えていたお父さんは、オレが強く願ったからじゃないかと言う。オレはまだ魔法が上手(うま)く使えないから、強く願ったことで魔法が発現したのではないかと。

「ウィオラスと言葉が通じているということは、ただ見えなくなっただけなんだろう」

確かにそうだ。あざがついたときからウィオと言葉が通じるようになったから、消えたのではなく見えなくなった可能性が高い。願えばかなうってやつかな。せっかくのチートをちゃんと扱えるようになりたいなあ。

でも一つ懸念材料が減って、少しだけ気持ちが落ち着いた。


初めて訪れた王城は、広かった。予想はしていたけど、予想以上だ。王城の門を潜って馬車でかなり進み、降りてからもかなり歩く。遠すぎない？　馬車で移動なんてさすが貴族だと思ったけど、馬車じゃないと時間までにたどり着けないのかも。

目的の建物の前で馬車を降りて歩いていると、いろんな人の視線を感じる。お父さんとウィオが目立っているのか、王城に動物がいるってことでオレが目立っているのか、どっちだろう。

控室につくと、オレは座っているウィオの膝の上に抱えられた。お利口にお座りしておこう。ここでも目立っているけど、オレを見て、「それがうわさの幻獣ですか」とお父さんに声をかけてくる人がいるから、オレのことがうわさになっているようだ。どんなうわさかな。

それにしても待っている人がこんなにもたくさんいて、オレたちの番になるのにはどれくらい待てばいいのかなあ。それまでウィオの膝の上で大人しくしていなきゃならないけど、飽きてしまった。まだまだ順番はこなそうだ。

気がつくと、オレは寝ていたようで、ウィオに起こされた。

「謁見の前に寝るとは大物だな」

『クゥーン』

王城に入ってから、オレはウィオに話しかけていない。ウィオにオレの言葉は通じないフリをしなければならないので、話しかけること自体をやめている。だから、暇なのだ。

そこに、昨夜寝つきが悪かったのに朝早くから起こされたのも手伝って、ウィオの膝の上で爆睡した。オレがあまりにも気持ちよさそうに眠っていたので、係の人がもうすぐ呼ばれますよとわざわざ教えてくれたらしい。お手数をおかけしてすみません。

執事さんにブラッシングされ、首輪とマントを付け直されたところで呼ばれ、いざ出陣だ。

ウィオはオレを抱きかかえたまま、王様だろう人の座る椅子の前に進み、膝をつくときにオレを床におろした。オレはそこでおすましお座りをして下を向く。許可が出るまで顔を上げてはいけない。お父さんとウィオが難しい言葉で挨拶(あいさつ)したあと、「面(おもて)を上げよ」という定番の言葉で許可が出た。そこでオレも顔を上げる。ここまでは打ち合わせどおりだ。

少し高くなっているところにある椅子に座っているのは、お父さんより少し年上に見える男の人だ。この人が王様なのか。

「その子狐(こぎつね)が幻獣か。どこで会ったのだ。直答(じきとう)を許す」

「ありがとうございます、陛下。ミディルの森にてオッソに襲われていたところを保護しました」

王様は、オレを保護したときの状況や、何を食べるのかなどを質問して、ウィオが答える。

「幻獣なら魔法が使えるのであろう。どのような魔法だ」

「雪を吹き出すことができますが、失敗することもあります」

おい、そこの壁際に立っている奴、なんの役にも立たないとか言っているの、聞こえてるから。

オレは可愛いから、役に立たなくてもいいの！

「見せてみよ」

「お待ちください。防御壁を張ります」

それまで壁際に立っていた魔法使いっぽいローブを着た人が出てきた。ウィオを見上げると、微妙な顔をしているけど、なんだろう。首をかしげても何も言わないから、王様のほうを見る。王様の前に透明の壁ができていた。面白い。

「できましたので、どうぞ」

「ルジェ、雪を出せるか？」

『キャン！』

ここは失敗できないところだ。気持ちを落ち着けて大きく息を吸い、雪を出す、雪を出す、と強く思って、吹き出した。

『フウーーーー』

できた！　今まででー番たくさん雪が出たよ！

うれしくて、褒めて褒めてとウィオにすり寄る。「よくできた、偉いぞ」と小さな声でほめてもらった。オレ、やればできる子だ。

「これだけか？」

「はい。せっかく防御壁を張っていただきましたが、これだけです。今までで一番多く出せました」

「子どもだからか？」

「分かりません。子どもだからなのかもしれませんし、この種族のできることがこれだけなのかもしれません」

防御壁を張った人の質問に答えながら、ウィオがオレを落ち着かせるように背中をなでてくれる。おかげで、興奮が少し収まった。そうだった、王様の前だった。おすまししなきゃ。

おいこら、壁際の奴、その程度の雪じゃ役に立たないって言うな。だからオレは、可愛さで癒しを提供するから、雪の魔法で役に立たなくてもいいんだってば！

隣のお父さんを見上げると、にこにこ笑って「よくできたよ」と褒めてくれた。えへへ。ほら、オレはこれで十分なんだよ。おすましていても、尻尾がバサバサするのを止められない。

「まるで飼い犬のようだな。危険もなさそうだ。よく見たいから近くへ」

「ルジェ、階段の前まで進みなさい」

ウィオに言われたので、大理石なのか、つるつるで歩きにくい床の上を王様に向かって進み、階段の前でお座りをして見上げた。「足元までおいで」と言われ、振り返る。ウィオがうなずいたのを見て、階段を三段上がったところでもう一度お座りした。王様にどのくらい近づいていいのかが分からない。

すると、王様が椅子から立ち上がって、オレの前に膝をついた。見ている人たちがざわざわしているけど、珍しいのかな。王様は周りの反応を気にも留めず、なでていいかウィオに聞いてから、そっとなでてくれた。ここはこびを売る場面なのだろうか？　でもおすましていないといけない。葛藤（かっとう）の末、王様の手に軽く頭をすり寄せるにとどめた。ぺろぺろして王様の手を汚したと怒られても困る。

意外なことに、王様はなでなでが上手だ。飼い犬がいるのかな。あ、そこ、耳の下、気持ちいいの。もっとかいて。

「ウィオラスの瞳の色の宝石か」

おそろいだし、きれいでしょ。オレのもふもふの毛に隠れてあまり見えないけど。値段は、恐ろしいので考えないことにしている。

しばらくなでると満足したのか、王様にウィオのところに戻りなさいと言われた。ウィオを見るとうなずいてくれたので、戻ろう。

まず、つるつる滑る階段をとても慎重に一段ずつ下りる。よいしょ、よいしょ。たった三段だけど、こんなところで転げ落ちたら恥ずかしい。よいしょっと。はあ、緊張した。

王様の前でのおすましも階段も無事に攻略できてご機嫌なオレは、胸を張って爪をカツカツ鳴らしながらウィオのもとへ歩く。今日のミッションは大成功だと満足しているところに、突然、誰かに抱え上げられた。

「魔術師長殿！」

「ふーん、魔力量も大したことないな」

オレを持ち上げているのは、さっき透明な壁を作った魔法使いで、しげしげと眺めながら失礼なことを言う。身体をよじっても、しっかり捕まえられていて逃げられない。放せ！

ウィオとお父さんを見ても、王様の前だからかオレを放すようにお願いするだけで助けに来てくれない。手にかみついてやろうか。でも人に怪我をさせてウィオの責任になったらどうしよう。どうするのが正解なのか分からず迷っていると、いきなり目の前に魔法陣が浮かんだ。これ、使役獣の契約魔法だ。嫌だ！

オレは大きく吠え、魔法陣が消えた。よかった。安心したのも束の間、手を放され、落ちた。

『キャイン！』

「ルジェ！」

呼ぶ声に、ウィオのもとまで一目散に駆ける。抱き上げてくれた首に巻き付いても、ぶるぶる震えが止まらない。ウィオがもう大丈夫だとなでてくれるけど、怖かった。もうヤダ、帰りたい。落ちたときに身体を打って痛い気もするし、それ以上にあの魔法使いから離れたい。

「魔術師長殿、これはどういうことですか？　他人の使役獣に契約をかけるなど、禁止されていることはご存じでしょう」

「魔術塔の実験で、すでに契約済みの使役獣への契約は無効化されると分かっています。この使役獣でもそうなるか実験したまで」

「契約主への許可もなく、しかも陛下の御前で、実験したとおっしゃるのか」

「陛下も幻獣にご興味がおありのようですので。それよりも、その幻獣を魔術塔へ寄こしてください。いろいろと確かめたいことがあります」

「お断りします。このような禁止行為をされる方に預けるなどできかねます」

お父さんが文句を言ってくれたものの、魔術師長は悪びれもせずにオレを寄こせと言う。

「陛下、貴重な幻獣の研究を進めるためにも、あの狐を魔術塔預かりにしてください」

「魔術師長、あの狐はウィオラスの使役獣だ」

「ウィオラス殿、幻獣について知りたいでしょう。こちらで調べますので魔術塔へ寄こしなさい」

「お断りします。私の使役獣です」

「陛下、この子は成獣になるまでフォロン侯爵家で大切に育てたいと存じます」

「許可しよう」

「陛下！　これは幻獣の研究にまたとない機会なのですよ！」

「ならば自分で幻獣を見つけよ。以上だ。ウィオラス、ご苦労だった」

退室の許可が出たので、ウィオは王様にお辞儀をしてから、思わぬ騒動にざわつく謁見の間をあとにした。本当はオレも最後にちゃんと挨拶しなきゃいけなかったんだけど、ウィオの首に巻き付いて震えていたのでできなかった。王様ごめんなさい。

控室に戻り、執事さんに心配される。お城を出るまではこのままでいさせて。お願いします。

馬車に乗りこんでようやく安心できたので、ウィオの首に巻き付くのをやめて膝の上に座った。

お父さんからは「守ってやれなくて悪かった」と謝られる。けど、文句言ってくれてうれしかったので、ウィオの横からなでてくれる手にすりついて、ありがとうと感謝を伝えた。しばらく優しくなでてくれたあと、このままなでていたいと言いながら、お父さんは仕事に行くために途中で馬車を降りる。お仕事頑張ってね。

オレはこのあと、ウィオが騎士団に連れていってくれる予定だ。でもおびえているので、どうするかはオレが決めていいらしい。副隊長と医務官には会いたいし、ウィオの職場も見たい。でも、知らない人は怖い。こんなときじゃなかったら、職場見学を楽しめたのに。

迷っていると、執事さんから騎士団に行ったほうがいいと提案があった。

「ルジェ様のお披露目をして、魔術師長に狙われていると広めておいたほうがよろしいかと」

あの感じだと諦めそうにないから、何か手出しをしてくるかもしれない。そのときのために、騎士団には正確な情報を知っておいてもらったほうがいい、というアドバイスだ。

騎士団の人からも狙われないか心配だったけど、魔術塔とは伝統的に仲が悪いので、魔術塔から狙われているとなると騎士団は守ってくれるそうだ。頭脳派対筋肉派かな。なんか根深そう。

執事さんの一声で予定が決まり、馬車で王城の端にある騎士団の施設に移動した。それでもやっぱり怖いので、馬車から降りる前にウィオの首に巻き付く。ウィオが髪を下ろしているので、首の周りに巻き付くと髪の毛に埋もれて隠れられるのだ。背中側から首に抱きついて、自慢のふわふわの尻尾(しっぽ)に顔を埋めると、毛皮のマフラーの出来上がりだ。

ウィオはまず、騎士団の団長の部屋を訪ねた。

「謁見は終わったのか」

「はい。謁見中に魔術師長に幻獣を魔術塔に渡すように言われたので、家まで私が連れて帰りますが、その前にご挨拶（あいさつ）をと思いまして」

「幻獣は、……そのマフラーか？」

「申し訳ございません。魔術師長に捕まってから、おびえてしまって離れないのです」

ウィオがオレを首から外そうとするのに抵抗していると、執事さんに背中側からはがされ、ウィオに手渡された。騎士団長に挨拶（あいさつ）をと言われても、知らない人は怖いから嫌だ。ウィオの腕にしがみついて、脇に頭を突っこむ。

ウィオはオレに挨拶（あいさつ）をさせることを諦めて、謁見中のことを説明してから、成獣するまでウィオの実家で育てるので、頻繁（ひんぱん）にお屋敷に帰る許可を願い出た。

「家から通えばいい。契約主から離してはかわいそうだろう。今日は家に帰ったらそのまま休め」

騎士団長、ありがとう。あんた、いい奴だな。

ウィオに、顔を見せてあげなさいと言われて顎（あご）をつかまれ、強引に団長のほうへ向かされた。あ、これ顎（あご）クイだ。オレ狐（きつね）だけど。

騎士団長は怖そうな顔だけど、優しい目でオレを見ていた。さては可愛いもの好きだな。今は無理だが、今度会ったらしっかり可愛いアピールをしよう。そう決めて、ウィオの脇に頭を突っこむ。

次は第三部隊の部隊長の部屋だ。

「その子がうわさのどんくさい狐（きつね）か」

「まだ子どもですのでご容赦（ようしゃ）を」

「おそろいのマントとは可愛いな。ずいぶんおびえているが、騎士団長が怖かったのか？」

部屋に入るなり、ちょっと聞き逃せない単語が聞こえたけど、からかわれている気がする。

謁見のことと騎士団長の許可を伝え、しばらくは家から通いたいというウィオの要望は、たまにオレを連れてくることと引き換えに許可された。

毎日ウィオと話ができることになったのがうれしくて、部隊長を見る。さらさらの水色の髪がきれいな貴公子だ。オレがポカンと部隊長を見ているのに気づいたウィオが、水の属性が強く出ているのだと教えてくれた。ウィオの銀色の髪よりももっとファンタジーだ。目の色も不思議な青色だし、水色の髪なんてコスプレでしか見たことがない。異世界すごいな。

「狐はその色ということは、氷の魔法が使えるのか？」

「いえ、今は雪を吹き出せるだけです」

「それはまた平和だな。幻獣といえど、子どもは守る必要があるか。遠征には連れていくのか？」

「成獣になるまでは家に置いていきます」

幻獣については騎士団でもよく分かっていないので、ウィオの判断に任せてくれるそうだ。その代わりに隊員たちにも狐を見せてやれと言われて、久しぶりに訓練するという部隊長と一緒に、訓練場に向かうことになった。ここには怖い人もいなそうだし、謁見の間での恐怖からも少し立ち直ったので、訓練を楽しめそうだ。

訓練場には剣のぶつかる音が響いている。今は剣の訓練の時間のようで、一対一での打ち合いが行われていた。そこに部隊長が突然現れ、緊張が走ったのがオレにも分かる。偉い人がくるとピリッとするのは、どこも同じようだ。

「かまうな、訓練を続けろ。ウィオラス小隊長、手合わせを願えるかな？」

「ルジェがいますので……」

「執事に預ければいいだろう。狐くん、ご主人様のかっこいいところを見たいよな？」

『キャン！』

見たい！　オレは自分から執事さんに手を伸ばして、その腕に収まった。オレの中に残るチャンバラごっこを楽しんでいた子どもの部分が、期待に歓喜している。

ウィオは正装のマントと白い手袋を外し、首元を少し緩めて、髪を結び、手合わせの準備をした。

「正装だから、剣技だけでいいよな？」

「はい。よろしくお願いします」

お互いに礼をして始まった打ち合いは、すごかった。生で見ると、語彙力がなくなる。

打ち合いなんて、映画以外だと剣道の試合くらいしか見たことがないけど、剣道とは全然違う。

ビリビリとした緊張感が伝わり、息を吸うのも忘れるくらい集中した。

最初は互角かと思ったのに、しばらくしてからはウィオが防戦一方だ。いろんな方向から飛んでくる剣を受け止めてはじいたりいなしたりしても、体勢を立て直したと思ったときにはまた攻めこまれている。そしてついにウィオが膝をついたところで、打ち合いが終わった。剣を収めて礼をしたあと、部隊長がウィオにアドバイスをする。周りの騎士も訓練を中断して見ていたようで、自分ならどのように攻めるかなど意見を交換していた。筋肉だけでなく頭脳も使っている。

オレは感動を伝えたくてうずうずしていたので、アドバイスを聞き終えたウィオがこちらを向いたのを見て待ちきれずに、すごかったよ、かっこよかったよ、と鳴きながら、ウィオに向かって飛んだ。

「ルジェ様！」

「ルジェ！」

『キャイン！』

そうだよね、オレが執事さんの手の高さから飛び下りられるわけないよね。落ちた。痛い。今日二度目の落下だ。ウィオー、痛いよー。

あわてて抱き上げてくれたウィオにたくさん甘えて、なぐさめてもらう。「あの狐、自分で落ちたよな？」って誰かが言っているのが聞こえるけど、本当のことだから余計に恥ずかしい。執事さんが謝ってくれるけど、オレが興奮して状況を忘れただけなので、執事さんは悪くない。

「あいかわらずどんくさいな」

「ヴィン、言ってやるな。謁見で魔術師長に怖い思いをさせられて、さっきまでおびえていたんだ」

「大丈夫かい？　見事に落ちたけど」

「部隊長、騒いで申し訳ございません」

「ご主人様のかっこよさに興奮しちゃったのかな。うわさどおりだな」

副隊長に続いて、部隊長にまでどんくさいって思われた。けど、さすがに自分でも否定できない。

銀と赤と水色の髪の毛がそろって視界が派手だなあ、と現実逃避しておこう。深く考えてはダメだ。

部隊長がちょうどいいと、みんなにウィオはしばらく家から通うと宣言して、その場にいたウィオ以外の小隊長二人を紹介してくれた。あと二人は遠征中でいない。小隊長たちには、魔術師長との間にあったことを知らせて、もしウィオがいないときにオレが魔術師に絡まれていたら助けてやるように、と言ってくれた。

初対面ではからかわれたけど、部隊長はいい奴だ。今度来たときは、部隊長にちゃんと可愛いアピールをして、なでてもらおう。今は痛いし恥ずかしいので無理だけど。

オレの治療をしてくれた医務官に会うか聞かれたけど、オレのライフはゼロだ。もう帰りたい。いろいろあったので無理強い(むりじ)はされず、そのまま馬車に乗ってお屋敷に帰った。

お屋敷につくと、お母さんとお義姉(ねえ)さんが心配そうに出迎えてくれた。お父さんから、謁見中にあったことを書いた手紙がすでに届いていて、警備を強化してくれたそうだ。仕事が早い。お父さん、できる人だな。

でもオレがしょぼくれているのはその件ではない。オレの名誉のためか、オレが飛び出して落ちたことは、ウィオも執事さんも黙っていてくれた。あの一件はオレ自身もかなりショックだったので、実は魔術師長との件は忘れていた。ウィオが騎士団で訓練をしている間、オレも飛び上がったり飛び下りたりの訓練をしたほうがいいかも知れない。

「そういえば、首輪の宝石は無事?」とウィオに聞くと、首輪を外して確認してくれたが、特に傷などは見当たらなかった。二度も落ちたのに、落ち方がよかったのか、オレのもふもふの毛が守ってくれたのか、とにかく傷がつかなくてよかった。

マントを外され、普段使いの首輪に替えてもらい、昼ご飯を食べる。気が抜けたのか、ウィオの膝の上で寝てしまった。

夕食だからと起こされて、食堂へ行くと、すでに全員そろっている。

お城ではすでにオレのうわさが広まっているそうで、二番目のお兄さんに「騎士団の訓練場で落ちたって聞いたけど大丈夫？」と尋ねられた。ウィオも執事さんも黙っていたのに、ばれている。

「どういううわさになっているんですか？」

「ウィオラスに飛びつこうとしたけど届かなくて落ちた、と聞いた。実際はどうなんだ？」

「大筋はあっています。部隊長と私の手合わせを見て興奮したルジェが、シェリスの腕から飛び下りたのですが、上手(うま)く着地できなかったのです」

「まあ、ルジェちゃん、大丈夫？」

聞かないで。怪我はないから心配いらないよ。恥ずかしいので、部屋の隅に立っている執事さんの足の後ろに隠れていよう。

オレが答えたくないのが分かったのか、ウィオが話を変えるように、他にどんなうわさが広まっているのか聞いてくれた。「幻獣というよりも飼い犬のようだ」「まだ幼い」「控室でお腹(なか)を見せて寝ていた」「雪を少しだけ出した」という、可愛いが役に立つ幻獣ではないといううわさが主流らしい。でも、魔術師長が強引に奪おうとしたといううわさも一部では出ていて、役に立たない幻獣なら魔術塔での実験に提供すべきという意見もあるにはあるそうだ。怖いよ。

「ルジェ、陛下が成獣になるまでこの家で育てていいと許可を下さったんだから、無理やり取り上げられることはない。安心しなさい」

「ルジェちゃん、明日お友達を招いてお茶会をするの。そこに参加してほしいのだけど、いいかしら？　シェリスに一緒にいてもらうから」

『シェリス？』

「ルジェが今引っついている執事だ。ルジェ、できれば参加してほしい。母上のお茶会の関係者には、ルジェを守ってくれる方もいるだろうから」

『キャン』

いいよ。守ってもらえるように、頑張って可愛いアピールをしよう。それにお茶会って上流階級って感じがするから、ちょっと興味がある。


「――まあ、とても可愛らしい」

「マントはミュラ様とおそろいですのね」

「ご子息のウィオラス様の髪とおそろいの毛並みも素敵ですね」

「首輪の宝石はウィオラス様の目の色ですわ」

オレはお屋敷の庭で、椅子の上におすましお座りをしている。

今日は宝石の首輪と、お母さんとおそろいのレースのマントだ。がさつに動くとどこかにひっかけてマントが破れそうで怖い。おかげで、借りてきた猫みたいになっている。オレ狐だけど。

昨日の夜。ウィオに教えてもらった。この家は、貴族の階級でいうと上から二番目で、一番目の家に言われると、王様の許可があってもオレを渡さないといけない状況になることもあるんだそうだ。

今日来ているお母さんのお友達には一番目の家の人もいるので、そういう人に可愛さをアピールして、魔術師長たちから守ってもらうのだ。魔術師長は三番目だけど、後ろに一番目の家の人がいるらしい。このあたりの力関係は単純に階級だけではないので、このお茶会に呼んでいる人もお母さんが厳選しているという。きっとここはお母さんの戦場に違いない。

オレはお茶会に参加しているのではなくて、たまたま通りかかった、という設定だ。正規にお茶会に参加すると、他のお茶会に招待されてしまうので、たまたまおしゃれをして、たまたまこのお茶会をしているところに、たまたま通りかかった。屁理屈だけど、そういうの大事。

そして、お触り禁止だ。昨日の王城での出来事で知らない人におびえるからというのが理由だけど、実は寝て起きたところで、もうだいたい忘れている。お父さんもお母さんも優しいからこの家にいたら守ってもらえるという安心感があるからか、ウィオに甘えまくったからか、オレの脳みそには恐怖を覚えておく容量がないからか。でも、このレースのマントも、お客さんのドレスも、ちょっとひっかけただけで破れそうなので、お触り禁止はありがたい。

一通りオレを褒めたお客さんたちの話は、昨日の王城での出来事に始まり、だんだんとオレから逸れていく。そして関係ない話になったところで、オレの集中力が限界になった。

お天気がよくてポカポカしているし、心地よい風が吹いている。後ろに立っている執事さんをちらっと見て動いても怒られなかったので、椅子の上で伏せたあたりからの記憶はあいまいだ。

あとから聞いたところによると、オレが伏せてしばらくして本格的に寝たところで、執事さんがウィオの部屋に運んでくれたそうだ。昨日の今日で、知らない人の前でよく熟睡できるな、と一番目のお兄さんに言われたけど、庭が気持ちいいのがいけないんだ。

それからはときどき、お母さんとお義姉さんのお茶会にたまたま通りかかったり、お父さんのお客さんがいる応接室にたまたま入りこんだりして、可愛さアピールに励んでいる。


その日。ウィオと森で会ったときにお世話になった副隊長と医務官が、お屋敷に遊びに来てくれた。

オレが浄化を使えるのを知っているのは、ウィオの家族以外ではこの二人だけだが、騎士団では詳しい話ができないからと、ウィオが呼んでくれたのだ。

副隊長は一応貴族だけどほぼ庶民らしくてお屋敷にビビッているが、オレだって庶民だ。むしろ野生児で孤児だ。

「ルジェがヴィンとチェリオ医務官に礼を伝えたいというので来てもらった。ヴィン、そう固くならないでくれ」

「ウィオラス小隊長、お招きありがとうございます」

「お招きありがとうございます……ありがたくねえよ」

あ、本音をぶっちゃけた。まあ分かるよ。オレも高級そうな調度品にビビッているしね。

ウィオがその発言を苦笑して流し、鷹さんの契約主から聞いたこと、オレが鷹さんから聞いたこと、王様の前で起きたことを説明する。それを聞いてから、医務官が騎士団の中のうわさ話を教えてくれた。医務官は各部隊から独立している立場で、必要に応じて部隊に同行するため、いろんな情報が入るそうだ。

「第一部隊の一部に、第三部隊が幻獣を持つのは分不相応だと言っている者がいるようです」

「あいつら血統主義ですからねえ」

オレが首をかしげていると、ウィオが説明してくれた。

第一部隊は王城内の警備、第二部隊は王都内の警備、第三部隊は王都外の魔物の討伐を主な仕事にしているが、第一部隊だけは貴族しか入隊できない。理由は、王城には貴族が多いので、いざというときに身分で活動を遮られると困るから。なのに、第一部隊の隊員の中には身分を鼻にかけて他の部隊を見下す者がいるんだとか。あほらしい。

部隊長との約束で、一か月に一回は騎士団に行く予定だが、相手が騎士だからといって油断できないということだ。ウィオから離れないようにしよう。

「ちびっこ、少し大きくなったか？」

『キャン！』

真面目な話が終わったところで、副隊長に遊んでもらっていると、オレの成長に気づいてくれた。

そうなんだ、オレちょっとだけ大きくなったんだ。首輪がきついなっていうので気づいて、すぐに執事さんが大きさを調整してくれた。

「お、うれしそうだな。大きくなってうれしいのか。よかったな」

副隊長、優しい。子どもの扱いに慣れているのかな。

普通の狐は成獣になるのに一年くらいかかるらしいので、早く成獣になって、魔法を使いたい。

「たまに騎士団で訓練をすると聞きましたが、何をするんです？」

「とりあえずは、段差を飛べるように訓練しようかと思っている。慣れるように庭にも台を置いているが、全力疾走はできないからな」

「訓練場で落ちたらしいですね。そういうことは本来、兄弟と遊んで身につけるんでしょう」

「城の使役犬と遊ばせてはどうですか？」

『ワン！』

「乗り気なようだ。今度行ったときに顔合わせしてみるか」

馬と言葉が通じたので犬とも通じるかな？　たしか馬より犬のほうが賢かったはず。楽しみだなあ。


オレが犬と遊ぶのを心待ちにしていたので、ウィオが予定を繰り上げて騎士団に連れていってくれた。まずは騎士団長に可愛いアピールをしてなでられたあとに、使役犬と遊ぶ許可をもらう。次は部隊長だ。彼には、あざとい感じの可愛さは通用しないとオレの勘が告げている。自然の可愛さをアピールしなければ。

「前回と違ってずいぶん人懐っこいな」

「先日がおびえていただけで、こちらが平生の態度です。自分が可愛いと言われているのを十分に分かって利用しています」

「ふふっ。まぬけなだけかと思ってたけど、意外としたたかなのかな。この子は幻獣として何を目指しているんだ？」

「飼い狐です」

「それは……」

ウィオ、オレの作戦をバラすなよ。

意表を突かれたのか、目を丸くしていた部隊長は、しばらくして笑い出した。

「これは面白い。浄化の力を持ちながら、目指すところは飼い犬ならぬ飼い狐なのか」

「部隊長、それは……」

「ここの防音は問題ないよ」

ウィオが急にピリピリした雰囲気になったので、オレも警戒する。どうしたの？　何かあった？

「知っているのは私だけだよ。誰かに告げる気もないし、私は君たちの味方だ。やめておきなさい。いくら属性が上位だとしても、私とやり合えばただでは済まないよ」

部隊長がオレの浄化のことを知っているのは、ウィオが報告したからじゃないの？　この人、ウィオの敵なの？　敵だと認識し、自然と全身の毛が逆立つ。

『ウィオを傷つけたら許さない』

「ルジェ、やめろ」

ウィオは止めるけど、敵なんだよね？

オレの怒りに呼応して、室内に雪が舞う。消えていたはずのウィオの手の甲の紋様が輝いていた。

『ウィオの敵はオレの敵だ』

「ルジェ、大丈夫だ。この人は味方だ」

オレが守っているウィオを傷つけることは、誰であっても許さない。

『ウウー』

部隊長を見据(みす)えてうなると、周りの空気が渦を巻く。室内で吹雪(ふぶき)が発生し、書類が舞った。

「アルルジェント、やめなさい！」

え？　あれ？　ウィオ？　オレ、何してたっけ？

部屋の中がぐちゃぐちゃだし、雪が積もっている。ウィオ、何があったの？

「ルジェ、大丈夫だ」

ウィオが抱っこして背中をなでてくれるので、少し気持ちが落ち着く。

何が大丈夫なの？　何が起きたんだっけ？　ウィオ、怪我はない？

ウィオの全身を見回して怪我がないことを確認したところで、オレは意識を失った。

第三章　閑話・断罪

私はカエルラ・ベラガ。騎士団第三部隊の部隊長をしている。

私は水の属性を強く表す水色の髪と青の瞳を持って、ベラガ公爵家の次男として生まれた。水の上級魔法が使えると約束されたために、騎士として戦場に立つことが決められる。戦場と言ってもこの国は長い間、他国とは戦争をしていないので、魔物との戦いだ。

決められた人生に思うところもあったが、周囲の期待どおりに騎士団に入り、王都外の魔物の討伐を専門とする第三部隊に配属される。

私が学園に通っていたときに、私と同じ、髪にも瞳にも属性を表す色をまとう者が侯爵家に生まれた。しかも上位属性の氷だ。私以上に生きづらいだろう彼が騎士団で居場所を作れるように、彼が成人するまでには騎士団の要職につこうと誓った。

そして、実家の後ろ盾もあり順調に出世し、私が第三部隊の部隊長となり、彼が入団すると決まったときに、異例だが入団してすぐに彼を第三部隊に入れた。

第三部隊は通常、第一部隊か第二部隊の優秀な者を引き抜く。魔物との戦闘では新入りだとしても危険から遠ざけられない。他の部隊でそれなりに戦えるようになった者が加わり、それでも人と魔物の違いに——魔物の強さ、硬さ、速さに苦労するのが第三部隊だ。

けれど彼、ウィオラスは、氷の上級魔法を自在に操り、第三部隊でも苦労することなく活躍し、あっという間に小隊長に昇格した。

私たち、属性を強く表す色を持つ者は、性格もその属性に左右されると言われている。火なら情熱的、風なら移り気といった感じだが、ウィオラスは感情が揺れず、氷のようだと言われていた。

ある日。そんなウィオラスが、遠征先で怪我をして、さらに子どもの幻獣を連れて帰ったと報告が上がる。帰りの指揮を副隊長が取ったということだから、かなりの深手だったはずだ。だが、報告に来たウィオラスは、どこにも怪我の影響を感じさせなかった。ポーションで治癒したという。

しかも、事前の住民の情報では四体のオッソがいるということだったが、実際には上位種を含めて六体いた。

報告していない何かがあると感づく。

すべての小隊には私の手の者を入れている。報告の翌日、密かに話を聞いたのだが、その内容はにわかには信じられないものだった。

ウィオラスは新人をかばって上位種による瘴気(しょうき)を伴(ともな)う重傷を負ったはずだったが、翌日にはそれなりに回復した。その間に彼と接触したのは、副隊長と医務官、そして前日から野営地で保護していた狐(きつね)だけだという。彼は大切そうに狐(きつね)を抱えて王都に帰ってきた。

導き出される答えは一つだ。ウィオラスの怪我を浄化したのは、その狐(きつね)だ。

浄化のできる幻獣など聞いたことがない。教会に知られれば取り上げられるだろう。

ウィオラスもそれを警戒したのか、狐(きつね)は侯爵家に預けられた。

そして、遠征後の休暇が明けてから、ウィオラスは頻繁に侯爵家に帰るようになる。入隊してから休暇にもほとんど帰っていなかった侯爵家に、だ。侯爵家も、現在ただ一人幻獣と契約している魔術塔の魔術師に話を聞くなど、幻獣について調べている。

幻獣については分かっていないことが多いのだ。

その幻獣のうわさが広まり、王が彼らを召喚した。侯爵家もここまでは予想していたのだろう。しかし、欲をかいた魔術師長が幻獣を寄こせと主張するどころか、使役獣契約をウィオラスに無断で、しかも謁見の間でかけたのは、想定外だったようだ。

私だって聞いたときは驚いた。王の御前でそこまでするのか、と。使役獣契約の重ねがけができないことは広く知られているが、あわよくばと思ったのか。いずれにせよ、非常識な行動だ。

そんな中、ウィオラスは騎士団に幻獣の顔を見せに来た。幻獣はおびえきっていて、ウィオラスから離れようとしない。彼と侯爵家の人間にはとても懐いているようだ。うわさでは膝の上から落ちるほどどんくさいらしいが、まだほんの子どもだったので、さもありなんと思う。

遠征で一緒だった隊員に幻獣を会わせるために訓練場に行くというので、ついでに、ウィオラスとの手合わせを見せて、幻獣がどんな反応をするか測ろうと考える。久しぶりに手合わせをしたウィオラスは強くはなっていたが、いつも魔法でごり押ししているのだろう、剣技の上達はそこまででもなかった。謁見後の正装で、動きづらいというのを差し引いてもだ。彼もそれを痛感したようで、今後も手合わせを願う。幻獣のためだろうが、やる気になったのはいいことだ。

手合わせを終え、幻獣のところに向かったウィオラスを目で追って、決定的瞬間を見るとは思わなかった。手合わせに興奮したのだろう幻獣は、キャンキャン鳴きながら、抱えていた執事の腕からウィオラスに向けて飛んで、落ちた。ウィオラスと執事はあわてているが、隊員たちは皆見たものが信じられず、しばらく固まる。ウィオラスの小隊の副隊長だけが「自分の脚力ぐらい把握しろよ」とあきれていた。我に返った隊員たちが「今、自分で落ちたよな」「あれ届くと思ったのか？」と言い合っているが、皆同じ気持ちだ。あれは、どんくさいという次元なのか。

さすがに心配になって確認したが、怪我はないようで、ウィオラスに甘えているし、甘えられたウィオラスもまんざらでもないようだ。こんなふうに感情を表すウィオラスは初めて見る。

ちょうどいいので、隊員たちにウィオラスはしばらく自宅から通うことを告げ、小隊長を集めて魔術師長との間のトラブルを知らせて、何かあったときは助けるように命じた。

それから毎日、ウィオラスは侯爵家から通い、仕事が終わるとすぐに帰る。誰かが「まるで新婚だな」と言っていたが、彼に恋人がいたと聞いたことはないし、初めてできた大切な存在なのかもしれない。

そんな謁見直後から、侯爵自ら人脈を利用して、幻獣を守ろうと盛んに動き出した。侯爵夫人も社交を利用して積極的に動いている。

数日後、ウィオラスが幻獣を連れてきた。騎士団の使役犬と遊ばせて、運動の訓練をさせたいそうだ。たしかに本来であれば、野を駆けまわって学んでいくだろうことを、侯爵家に囲われていては学べない。こういうことに気を回せるのは、彼の小隊の副隊長だろう。感情が乏しく細かいことまで気の回らないウィオラスをよく補佐している。

会うのは二度目の幻獣は、前回と違いずいぶんと人懐っこく、私にもなでろと言いたげに寄ってきた。こちらが本当の性格のようだ。自分が可愛いと言われていることを分かってアピールしていると、ウィオラスに暴露されてすねる。しかも、そのアピールで目指すところは飼い狐らしい。

まさか、浄化の力を持ちながら、飼い狐に収まりたいとは。浄化の幻獣として、この国の守護獣になることも夢ではないだろうに。

ウィオラスと幻獣には信頼できる、それなりに権力を持った者が必要だろう。浄化のことを知っていると告げて、頼っていいのだと教えてやらなければ。

そう思ったことが、あんな事態を引き起こすとは思わなかった。今でも話の切り出し方を誤ったと、後悔している。


言葉の端々から私が浄化について知っていると気づいたウィオラスが、私を警戒し始めた。この部屋には結界を張ってあり、破れるのはウィオラスくらいだ。盗聴の心配もないことを告げたが、魔力を集め始める。私の結界を破って逃げるつもりなのか。その変化に気づいた幻獣がウィオラスに寄り添い、心配している。

浄化のことを知っているのは私だけだし、私はウィオラスの味方だ、警戒する必要はない。それに、力づくで突破するのはおすすめしない。ウィオラスは氷属性で、私の水の上位属性になるが、戦いとなれば経験がものを言う。今のウィオラスでは私と戦ってもおそらく相打ちになる。

その説得にウィオラスが魔力を収めたので、戦いにならずにホッとしたのも束の間、幻獣の魔力が膨れ上がった。今までほとんど魔力を感じなかったのに、なんなんだこの魔力は。

このままではこの部屋の外まで魔力がもれてしまう。私もウィオラスも結界を幾重にも張るが、幻獣の魔力が強すぎて追いつかない。

ウィオラスが大丈夫だと諭しているが、幻獣は私を敵と認識したようで、魔力の放出を止めなかった。ウィオラスの手の甲に光り輝く紋様が浮かび、室内に雪が吹き荒れる。このままでは結界がもたない。

そう思ったとき、ウィオラスが幻獣に強く呼びかけた。

「＊＊＊＊＊＊＊、やめなさい！」

その言葉に、幻獣が我に返る。怒りに我を忘れて暴走しかけていたようで、ウィオラスに甘え、室内の惨状に驚いたあと、意識を失った。あれだけ魔力を使ったから、魔力切れだろう。

見回すと、部屋の中に雪が積もり、ものが吹き飛ばされて散乱している。

これは私が話の切り出し方を間違えたせいなので甘んじて受け入れるが、この幻獣は何ものだ？

これほどの魔力行使を見てしまっては、さすがに見逃せない。まずはウィオラスから話を聞きたい。

幻獣に関する話を聞くため、騎士団長の部屋を借りよう。団長は私の家の傍系の出身なので、裏切ることはない。部屋の片づけは後回しだ。

幻獣の浄化について知っているのは、小隊副隊長のヴィンセントとチェリオ医務官だけらしいので、従騎士にその二人を呼び出させ、人払いをした。

話の前にチェリオ医務官に意識を失った幻獣を診せたが、やはり魔力切れのようだ。

「呼び出してすまない。狐の幻獣のことで聞きたいことがある。あの幻獣が浄化能力を持っていることは知っているが、口外する気はない」

「浄化だと……!?」

「ウィオラス、このようなことになってすまない」

まず、私が幻獣の浄化能力に気づいていることを告げ、ここにいるメンバー以外にその事実を漏らさないことを誓い、ウィオラスには話の切り出し方を誤ったためにこのような事態を招いたことをわびた。団長が浄化能力について驚いているが、今は放置だ。

「チェリオ、ミディルの森からの帰路、幻獣が眠っていたのは、魔力切れか?」

「はい。ウィオラス小隊長を浄化し、魔力切れになりました」

やはりそうか。前回と同じなら、今回も十日ほどは眠り続けるだろう。

「先ほど、私が浄化能力のことを知っていると気づいた幻獣が、魔力を暴走させた。ウィオラス、あのときに何が起きたのか分かるか?」

幻獣はウィオラスの警戒に反応して私が浄化能力について知っていたことに気づき、私を敵と認定した。会話から状況を判断したというなら、かなり知能が高い。

その先は何が起きたのかウィオラスも分かっていないが、手の甲に消えていた紋様が浮かび上がって光り、そこから彼に膨大な魔力が流れこんできたそうだ。このままでは結界が破られると思ったところで、ウィオラスの呼びかけに幻獣が我に返り、気を失ったという。

「私の敵は、自分の敵だと。そう言って魔力を暴走させました。あのようなことは初めてです」

かった。

「ルジェがつけたのですが、謁見の前に消えていたのがまた現れました」

ここで二つ大きな疑問がある。

一つ目は、幻獣を我に返らせた呼びかけだ。私にはあのとき、名前と思われる言葉が聞き取れな

二つ目は、ウィオラスの手の甲の紋様は何かということだ。

これは、かなり厄介な事態だと、私の勘が告げている。

「幻獣を我に返らせた呼びかけは、なんと言ったのだ？」

「******です。ルジェにつけた名前ですが、長いのでいつもはルジェと呼んでいます」

「団長、聞き取れましたか？」

「いや」

「チェリオ、ヴィンセント、どうだ？」

「聞き取れません」

「私もです」

嫌な予感がするが、結論を出すには早い。

手の甲の紋様は、王都に入る直前、幻獣がなめたあとで浮かび上がり、目立つのでグローブをしていたが、謁見の前に幻獣がなめて消えたのだという。

「紋様をつけられる前後で変わったことは？」

「その手の甲の紋様は？」

「ルジェの言葉が分かるようになりました」

「幻獣の言葉が人間に通じるのか？　私は聞いたことがないが、カエルラ知ってるか？」

「私も聞いたことがありません」

これはもう確定だ。なんて厄介な。

黙りこんでしまった私に、その場の全員がとまどっていたが、しばらくして団長が口を開いた。

「カエルラ、我々はどう動けばいい？」

騎士としての身分は団長のほうが上だが、貴族としては公爵家の出身である私のほうが上だ。それだけでなく親戚として付き合いがあるので、今起きていることの対処には私の指示を仰いだほうがいいと判断してくれたのだろう。

私は天を仰ぎ、意を決して切り出した。

「契約魔法が必要です。場合によっては国を敵に回すことになりますが、その覚悟はありますか？」

これから話すことは、秘密保持の契約魔法なしには話せない。

ウィオラスが受け入れると即答したが、ウィオラスに契約魔法をかける気はないし、おそらく無効化されるだろう。

次に団長が受け入れると答えた。正直、驚く。騎士団長として国王に忠誠を誓っている彼が、国を敵に回す可能性があると告げているにもかかわらず受け入れるとは思っていなかった。

「団長……。ですが貴方は」

「お前を信じる。お前が理由もなく国に仇なすとは思っていない。それほどの理由があるんだろう」

そう言い切った団長の視線に、私がここにウィオラスの居場所を作ろうとしていたように、団長も私の居場所を作ろうとしてくれていたのだと、初めて気づいた。

残りは二人だが、ヴィンセントがチェリオは外してやってほしいと願い出た。ヴィンセントの家は男爵だがほとんど庶民と変わらず、いざとなれば家族も他国へ逃げ出せる。だが、チェリオの家は伯爵家で、家のしがらみがある。たしかに荷が重いだろう。このメンバーの中でそれを言い出せるヴィンセントだから、ウィオラスと上手くやってこられたのだ。ウィオラスの副官として、貴重な存在だ。

チェリオはここで抜けることになったが、今まで知った幻獣に関することについて秘密保持の契約魔法を受け入れると言う。そのほうが彼自身を守るためにもいいだろうから、契約魔法を発動させ退室させた。

四人になった部屋の中には重い空気が漂っている。原因は私だが、事実を知って頭を抱えたくなるのはウィオラスだろう。

「ウィオラス、私たち三人に『ルジェ』に関する秘密保持の契約魔法をかけろ」

「私がですか？」

『ルジェ』に関わるすべてのことに対しての秘密保持だ。ウィオラスはとまどいながらも、私たち三人に契約魔法をかけた。相変わらずきれいな魔法陣を組み立てる。

ウィオラスに、ルジェと出会ってから魔法の使いやすさが変わっていないか問うと、たしかに王都に帰ってきてから魔力ののりがよくなった気がすると言う。そうだろうな。

「ルジェは、ルジェ様は神獣だ。浄化ができるのは当然で、私たちが名前を聞き取れないのは神の名だからだろう。ウィオラスのその紋様は、契約ではなく加護だ」

かつて神の加護をもらったと言われる人に関する記述を、王城の禁書庫で読んだことがある。神の触れたところに紋様が浮き上がり、その紋様を通して魔力が流れこんでくるため、彼の魔力が尽きることはなかったという。また、神の名を教わったことが周りの者に知られ、皆が知りたがったが、誰一人聞き取れなかったらしい。

ウィオラスの状況は、その記載と一致する。となると、『ルジェ』は幻獣ではなく、神獣なのだろう。まだ未熟な、おそらく自分自身について自覚のない、神獣だ。

しばらく誰も何も発言せず、沈黙が部屋を支配した。かなりの時間をかけて衝撃から立ち直ったヴィンセントが、納得することが多くあると話し出す。

「それならば、馬たちが狐を助けた説明がつきます。使役獣の契約魔法を嫌がったのも、それを簡単に無効化したのも」

狐がオッソに襲われていると気づいたのは、馬たちだった。野営地へ帰還中に、馬が一斉に走り出し、そのあとに向かう先に魔物がいた。オッソが獲物を襲っていると思っていたので、騎士たちは狐の安全を一切気にせずに攻撃を仕掛けたが、ヴィンセントの馬が狐をくわえて退避させ、戦闘中もその後も、自分たちの後ろにかばっていた。狐が子どもだからだと思っていたが、神獣だからだと言われれば納得する。

　ヴィンセントは『ルジェ』と出会ってからのことをそう説明した。

　また、ウィオラスが狐（きつね）に使役獣の契約をかけたときには、うなっただけで魔法陣が崩れて消えたという。雪を吹き出すのにも苦労するような魔法の扱いに慣れていない様子なのに、簡単に魔法陣を無効化させるなどできないだろう。魔法を打ち消したわけではなく、魔法陣自体が効力を失ったに違いない。人の魔法が神に通じるはずがないのだ。

「真実ということか」

「まさか、とは思いますが、なるほど、とも思います」

　三人とも、半信半疑ではあっても、『ルジェ』が神獣であることに納得したようだ。ウィオラスは何も言わずに、意識のない神獣の背をなでている。

　神獣など、おとぎ話の中の存在だ。だがこれは現実なのだ。この先、私たちはどう動けばいいのだろうか。

　魔術師長もだが、最大の懸念（けねん）は教会だった。浄化を独占的に担（にな）い、高額の布施（ふせ）を要求する教会が、神獣に対してどういう行動に出るのか、全く読めない。また他国に知られたときに他国と、そしてこの国の王がどう動くのか。失敗は許されない。上手（うま）く立ち回らなければ。

「ウィオラス、帰ってフォロン侯爵にこのことを伝えたほうがいい」

「分かりました」

「団長、ヴィンセントの家族を保護してください。神獣様のことが知られた場合、ヴィンセントも狙われる可能性があります」

「分かった。カエルラはどうするんだ」

「宰相に相談します」

「お父上か」

早急に父を巻きこむ必要がある。宰相の職にあるのだから、王への報告は父からしてもらおう。

現在、神獣が未熟で自衛もできないというのが、事態を複雑にしている。ウィオラスには言わなかったが、もっとも恐れなければならないのは、神獣とその加護を持つ者を害したときに、この国に降りかかる災いだった。


久しぶりに実家に帰ると、父がすでに帰宅していた。宰相職にある忙しい父がこう早く帰るとは思わず、騎士団の執務室の片づけに熱中していて、待たせてしまう。今まで頼ることのなかった私が初めて出した使いに、何かが起きたと察して急いでくれたようだ。申し訳ない。

父の執務室に入り、すぐに強固な結界を張る。父が驚いているが、これから話すことはたとえ信用できる使用人であっても聞かれたくない。

「ウィオラスの幻獣の件で、お話があります」

「その件か。悪いが力にはなれない」

「どういうことでしょうか？」

「第二王子殿下が幻獣に興味を持たれた。おそらく献上するようにという書状がすでにフォロン侯爵家に届いているはずだ」

「それは、なりません！」

予想外の事態に、今すぐ王に謁見して第二王子を止めるように頼むが、当然、聞き入れてもらえない。同じ境遇のウィオラスを可愛がっているのは分かるがこの件は諦めろと言われ、思わず机を叩（たた）いてしまった。すでに私の感情がどうのという段階ではない。

「あの幻獣は、幻獣ではなく、おそらく神獣です」

「なんだと？」

「至急第二王子殿下に思いとどまっていただかなくては、神罰が下されます。父上、お願いします。急いでください！」

おそらく真実であろう私の推測を伝え、このままウィオラスから神獣を無理やり取り上げるようなことをすれば、この国に神罰が下される可能性があると伝えた。

もはや言葉をとりつくろっている余裕はない。

だが、すべては手遅れだった――


半信半疑の父を説得して王宮に送り出し、私はウィオラスを保護するために侯爵家に急いだが、彼は帰ってきていなかった。事態に気づき、神獣とともに身を隠したのかもしれない。

騎士団に戻り、第二王子が幻獣を取り上げようとウィオラスを狙っているため、それよりも先に探し出して保護しろと、第三部隊に緊急出動を命じた。王族と対立する指示に皆とまどいながらも、ウィオラスが幻獣を可愛がっていたのを知っているので、出動する。それを見届け、王宮の父に合流した。

王と王太子に詳細を説明するよう求められ、人払いをしてもらって父に説明したのと同じことを伝える。王は禁書庫にある本の、神の加護を受けた人物についての記載を知っていたようで、私の話が進むにつれて少しずつ表情を険しくした。おそらく私と同じ結論に達したのだろう王は、第二王子に対して緊急の呼び出しを命じる。

だが現れた第二王子は、眠る神獣を抱いていた。

「お前、その、幻獣はどうした！」

「献上するようにと命令したにもかかわらず抵抗しましたので、取り上げました」

「なんということを……」

騎士団を出て侯爵家にたどり着く前に、神獣とウィオラスは第二王子の手の者に捕らわれていたのだ。まさかこんなに早く動くとは思っていなかった。

王太子がすぐに神獣を第二王子から取り上げたのでひとまずは安心だが、ウィオラスはどこだ。

王が問いただすと、王族に逆らったという罪で、魔力封じをして牢に入れたと白状した。

「私の命令に背くなど不敬です。ですが、あの者には氷の上級魔法がありますので、命は奪っていません」

「この国を滅ぼすつもりか！」

王の第二王子への叱責が聞こえるが、今はかまっていられない。もしもウィオラスの身に何かあれば、この国が滅びる。

牢へ急ぎ、入り口にたどり着いたところで見たのは、魔力封じをされながらも牢を抜け出し、警備の騎士に斬られたウィオラスだった。

「ウィオラス！」

強引に割って入って抱きとめるが、捕らえられるときにもかなり抵抗したのか深い傷が多く、すでに虫の息だ。

「ポーションと治癒術師を！　急げ！」

「ですが、その者は……」

「いいから急げ！　第三部隊部隊長としての命令だ！」

「は、はい！」

手配はしたが、間に合うと思えない。ウィオラスを土の上にそっと横たえると、薄く目を開いて私を見た。

「ルジェ、は……」

「無事だ。王太子殿下が保護してくださった」

そこに王太子が到着し、ウィオラスの胸の上に眠る神獣を乗せた。

神獣を視界に入れたウィオラスは微笑み、そっとひとなですると、その手が地に落ちる。

その直後、王城は断罪の光に貫かれた――

遠くから王城を見ていた人によると、王城にだけ雷が立て続けに落ちたそうだ。これは神罰に

違いないと、皆が神に許しを乞うた。

第二王子と彼に協力した者は皆、その雷により絶命する。

そして、神獣とウィオラスは、姿を消した。

私がもう少し早く気づけていたら、神獣を怒らせなければ、この事態を防げたのだろうか。

第四章　ただいま

何もない真っ白な世界に、ひとりぽつんとたたずんでいた。

ここはどこだ。オレは、オレは誰だ？

周りを見回すと、シャボン玉のようにふわふわと浮かぶ二つのものに気づく。さっきまではなかったのに現れたこれは、オレの記憶だ。なぜかは知らないが分かる。

大きいほうにそっと触れると、ぱちんとはじけて、すべてが流れこんできた。

そうだ。オレは日本で生まれ育ち、働きすぎて過労で身体を壊し、それでも人手が足りないからと無理をした結果、不摂生がたたって倒れ、そのまま人生を終えたのだ。次の人生は、のんびり寝て暮らせる飼い犬になりたい、と願いながら。

ではこの小さいほうはいつの記憶だろう。触れると、雪の森から始まる記憶が流れこんできた。

ああ、このあとオッソに追いかけられ、副隊長の馬に助けられて、ウィオに会うんだ。飼い犬にはなれなかったけど、飼い狐になれた。神様に感謝だなと思って、気づく。なんでオレはここにいるんだ？　ここはオレが、狐になったオレが目覚めたあの森だ。真っ白な、雪に閉ざされた森。

それに気づくと、周りに樹が生えてきた。いや、元から生えていた。前にオレが食べていたミカンのほかにも、モモやリンゴがなっている。なぜか全部食べなければいけない気がして、端から取って口に入れた。

そして理解する。

本来ならオレは、この神域で成獣になるまで過ごして十分な知識を身につけ、人の世界に踏み出すはずだった。けれど前世の記憶で人恋しくなり、成長が不十分なまま人の世界に出てしまう。

そして暴走しかけて、ここに戻された。

人の世界に行きたい。あのあとどうなったのか、ウィオのことが心配だ。

けれど、未熟なまま出ていっても、また迷惑をかける。次にここを出れば、もう二度と帰れないので、成獣になるまでここで過ごすしかない。

ミカンは体力、モモは神力、リンゴは知識だ。

早くウィオやみんなのところに戻りたくて、せっせと食べているが、すべて食べ終えるのはいつになるだろう。それまでウィオたちがオレを忘れていないことを祈ろう。

雪に閉ざされた森にあるすべての実を食べ終えた。

今は自分が何者で、どのように力を使うのか、すべて理解している。

よくあんな未熟な状態で人の世界へ行って、生き延びることができたなと、自分の強運に驚く。

副隊長さんとウィオに会えたことが一番の幸運だろう。

本来、オレが人の世界でなすべきことは、すでに終わっていた。けれど、オレが未熟なまま人の世界に降り立ったせいで、瘴気（しょうき）が増えている。あの世界には大切な人たちがいるから、少しでも減らしたい。

再びあの世界に降り立てば、もう二度と日本には戻れず、いずれ、あの世界の輪廻に取りこまれる。けれど過去になった日本に未練はない。未練はあの世界にある。だからあの世界へ、ウィオのもとへ戻ろう。


オレは再び、人の世界へと降り立った――

とかっこよく言ってみたけど、出るとオッソの前だった。つくづくオッソに縁があるらしい。

知識も魔力も吸収し終えたオレだけど、実は攻撃力を持っていなかった。

オレ、雪と治癒に特化した神獣なの。攻撃とかできないの。ウィオ、助けてー。

ああ、ウィオが近くにいる。加護でつながっているから分かると知識では知っていても、実際に体験するのは初めてだ。ウィオがいる方角に向けて逃げよう。かじられても死なないけど、痛みは感じるのだ。それも知識でしか知らないが、体験はしたくない。痛いのはやだよ。

銀色の髪が見えたと思うと氷の魔法が飛んできて、一撃でオッソを仕留めた。さすが、ウィオだ。

オレは走ってきた勢いそのままにウィオに飛びついた。もう成獣になったから馬にも飛び乗れる。

ただいま。オレのこと覚えてる？　忘れてない？

「ルジェ、お帰り。大きくなったな」

『もしかして長く待たせちゃった？　ウィオ痩せてない？　ちゃんと食べてる？　そうだ、オレ神獣だったんだけど、知ってた？』

「四年待った。痩せたかどうかは分からないが、ひとりで食べる食事は味気ない。ルジェが神獣だというのは、神罰が下った日に知ったが、私は今までルジェのことを忘れていた」

思い浮かんだ疑問を全部口に出しながらウィオにすり寄ると、優しくなでながら一つずつ答えてくれた。でも、ウィオはオレが神獣だと知っていたんだ。どうやって知ったんだろう？

『オレも知らなかったのに知ってたんだ。忘れてたってどういうこと？』

「部隊長が気づいたんだ。ルジェを怒らせたことを、とても悔いていらしたよ。神罰が下って、それから私は一年間行方不明だった。一年後にこの森で発見されたが、ルジェと出会ったときからの記憶がすべてなかった」

『じゃあオレのこと待ってなかった？』

「待っていたよ。ずっと何かを待っていた。それが何かも分からないのに。どうしてもこの地から離れられなかった」

『待たせてごめんね』

「帰ってきてくれたからいい」

オレ、あの雪の森に何年もいたのか。そんなに時間がたった気がしなかったけど、時の流れが違うのかな。たくさん待たせちゃったな。

「おふたりさんや、久々の再会を邪魔して申し訳ないですが、とりあえず野営地に戻りましょう」

『キャン！』

副隊長さん、お久しぶり。お馬さんもあのときのお馬さんだ。あらためて、助けてくれてありがとう。

オレとウィオが乗っている馬も、あのときオレが浄化した馬だ。ずっとウィオに付き合ってくれてたんだね。また会えてうれしいよ。

野営地に戻ると、みんなが拍手で迎えてくれた。照れるなあ。

夕食はオレのお帰りなさいパーティーだ。といっても、車座でいつものご飯を食べるだけだけど。小隊のメンバーはあまり変わっていないようで、記憶にある顔がほとんどだった。「おかえり」「大きくなったなあ」と言ってくれるから、うれしくて尻尾が大きく振れちゃう。

ウィオに初めて会ったときは、膝の上に登れず落ちていたのに、今は前足を膝にかけられる。ウィオの膝の上に自分で飛び乗って座ると、オレのために取り分けてくれた肉を口元まで持ってきてくれた。いただきます。もぐもぐ。

オレは食べなくても生きていけるが、人の記憶があるからか、食べるのが好きだ。雪の森ではずっと果物ばかり食べていたから、久しぶりの肉が美味しい。

食事が終わると、副隊長さんが神罰が下った日からのことを教えてくれた。

オレが部隊長さんの部屋で魔力を暴走させたあの日、部隊長さんからウィオとオレを保護するようにという出動命令を受けて、小隊のメンバーも王都中を探し回ってくれた。そんな中、王城にたくさん雷が落ちて、ウィオに何かがあって神罰が下ったんだと、なぜか分かったらしい。

その後、国中で魔物が増えて、第三部隊は遠征続きだそうだ。その中でもやっぱりここミディルの森の魔物が一番多く、頻繁に目的地となる。しかも、ウィオはここに住みついているらしい。

『ウィオ、なんでここに住んでるの？』

「王都に帰るのが面倒だからな」

『ダメだよ。一度王都に帰ろうよ。お父さんやお母さんも心配しているよ』

「ルジェのことを心配していらしたから、喜ばれるだろう」

『ウィオのことだって心配してるよ』

お父さんもお母さんも、実はウィオに対して過保護な一番目のお兄さんも、きっと心配している。

それに、森の中に住むなんて、そんな世捨て人のような生活はダメだよ。

オレは瘴気が濃くなってしまったこの森を浄化したい。でもその前に、お父さんたちにも心配をかけただろうから、王都に行って会いたかった。

だから、まずは王都に行って無事を知らせてから、お父さんにおねだりしよう。オレ子狐じゃなくなっちゃったけど、可愛さアピールが通じるかな。

◆ ◆ ◆

部隊長から狐の幻獣の正体を聞いたその日。王城に神罰の雷が落ちた。

それを見た瞬間に、ああ、隊長に何かあって神罰が下ったんだなと、なぜか分かる。隊長と狐は、部隊長のすぐ目の前でこつ然と消えたそうだ。

三日後。第二王子が神の怒りを買ったために王城に神罰が下された、と国からの正式な発表があった。さすがにあれだけ派手に、誰が見ても神罰だと分かる形で裁きが下されたので、隠せなかったようだ。僅かでも第二王子に加担した者は、神罰により命を落とした。

騎士団は第一部隊の一部が神罰を受けたものの、第二部隊と第三部隊はほとんど影響がなかったので、立ち直りは早かった。だが、近衛騎士団は半数が神罰により命を落としたため、王城警備の第一部隊と合同で再編成するしかなくなる。

魔術塔も、魔術師長を含め半数以上に神罰が下った。

国の中枢も三分の一が神罰を受けた。それだけ第二王子派がいたということか。実務は今でも混乱しているようだ。

隊長のご家族は隊長の不在を悲しむ間もないくらい、仕事に忙殺されているらしい。城で会った隊長の兄君は、「ウィオラスのことを考えなくて済むからいいんだけどね」と疲れた顔で笑っていた。

そして、公にはなっていないが、教会にも神罰が下ったといううわさがある。

加えて、あれ以来、王都周辺での魔物の出現率が上がっていた。第三部隊はほとんど人数が減っていないとはいえ、主戦力の隊長を欠いた影響は大きい。今は部隊長が前線に出て、抜けた穴を埋めている。

魔物による被害は続いているが、その年の秋はほぼ例年どおり農作物が収穫できて、国中が安堵した。神罰は人に下されたのであって、土地には下されていないと分かったからだ。もし土地に下されていれば、この国から多くの人が逃げ出したに違いない。

それを知って侵略に乗り出そうとした国もあったようだが、なぜか実行されなかった。外敵にまで手を回す余裕がなかったので、実行されていたら、国境の街の幾つかを奪われていただろう。

そして、神罰が下って一年後。隊長がミディルの森で発見された。

姿を消す前は瀕死だったという隊長に怪我はなかったが、ミディルの森であの狐に出会う直前までしか記憶がなかった。

俺たちが狐の名前を思い出せないのもそれに関わりがあるのかもしれない。隊長が狐に付けた神の名前の一部だから、隠されてしまったのだろうか。

王都に帰還して家族に会っても、隊長はあまり感情を表に出さない。そういえば、狐と会う前の隊長はそんな感じだった。狐に出会って可愛がる隊長を見て、ああこの人も人間なんだなと思った記憶がよみがえる。昔の、心まで凍っていると言われていた頃に戻ってしまったが、以前とは段違いに魔法の威力が増している。手の甲の紋様も消え、その身に神獣の加護は感じられないらしいが、一年の不在が影響しているのかもしれない。考えても答えは出ないので、そういうものだと受け止めた。

神罰後に変わったものといえば、教会も大きく変わった。以前は高いお布施をしなければ浄化を行ってもらえなかったのだが、今は術者が教会から出かけ、低額で浄化をして回っている。俺たち騎士団もかなりお世話になっているので、浄化してもらった者は僅かでも寄進するようになった。

教会にも神罰が下り、内部に大きな変化があったのだろう。

そしてあの神罰から五年たち、この国は立ち直ったと多くの人が実感するようになった。

俺たちはもう何度目になるのかも分からないミディルの森の魔物の討伐に来ている。この森の奥で魔物が湧いているようで、騎士団の総力で大本を断つべきではないかという意見が上がり始めた。隊長は一年のほとんどをここで過ごしている。王都にいちいち帰還するのが面倒だと言って、部隊が引き上げても一人で残っているのだ。それがもしかしたら記憶を失った狐に関わることかもしれないので、部隊長も家族も、国王陛下さえも強く言えず、仕方なく容認している。

一度あの狐と感情豊かに過ごしていたのを見たせいか、今の隊長は危うくて見ていられない。食事は栄養さえ取れればいいと内容を気にせず、何かに追い立てられるように魔物討伐を続けている。

俺が遠征に来て最初にすることは、隊長を街まで連れていき数日でも人間らしい生活をさせることだ。俺が引かないと分かってからは、不本意なのを隠そうともしないが従うようになった。

そんなふうにいつものように、まずは隊長を街に連れていって宿で数日過ごしたあと、野営地に戻り、そこを拠点にミディルの森の魔物を討伐しているときだった。

突然隊長が何も言わずに馬を走らせる。俺たちが気づいていない魔物を感知したのかと、追いかけた先に見えたのは、オッソに追いかけられている銀色の狐だ。狐は、隊長が危なげなくオッソを倒したのを見ると、キュンキュン鳴きながら、その懐へ飛びこんだ。

「ルジェ、お帰り」

隊長の呼びかけを聞いて思い出す。そうだ、ルジェだ。

記憶よりも大きくなった狐は隊長の胸元にすり寄って、キュンキュウンと何かを訴えている。そして隊長はその鳴き声に返事をしながら、優しく狐をなでた。

よかった。隊長が笑っている。この四年があるだけに、それだけで胸に来るものがある。

狐とともに野営地に戻ると、隊員から拍手が沸き上がった。口には出さないが、皆、隊長を心配していたのだ。

◇　◇　◇

オレが戻ってきたので、遠征は予定よりも早く切り上げられることになった。

遠征の部隊が引き上げるのと一緒に、ウィオも王都に帰る。みんなウィオがここに住み着いているのを心配していたので、一緒に引き上げることをとても喜んでくれた。

オレの正体は公表されていないし、ウィオについても同じだ。けれど、神罰のタイミングでオレたちが消えたこと、一年後にウィオが帰ってきたことから、神罰の原因だったことはみんな感づいている。多分オレの正体も。

それでも前と変わりなく相手をしてくれるので、オレも前のように気軽に接した。

前回は魔力切れで眠っていたこの街道を、今度はお馬さんの首元に座って眺めながら進む。前を知らないから比べられないけど、増えた魔物のせいで街道を旅する人は減ったそうだ。

途中の宿で、やっと落ち着いてウィオと話せた。森の中では再会を喜ぶのに忙しく、誰が聞いているか分からない街道ではうかつに話ができなくて、時間はあったのにゆっくり話せなかったのだ。

ウィオに隠すことは何もない。オレが目的を持って遣わされた神獣だということ、前世の記憶があったから人恋しくて未熟なままこの世界に降り立ってしまったこと、本来だったら最初に吸収するはずだった知識や魔力を今度は身につけてきたこと、そしてこれからやりたいことを話す。

『増えた瘴気のせいで、魔物が大量発生しているんだ。だから浄化したい』

「手伝おう」

『いいの？　しばらく王都でゆっくりしたほうがいいんじゃない？』

「かまわない」

『ありがとう』

オレの話が終わったところで、ウィオのこの四年間を聞いた。ウィオはミディルの森で魔物討伐をしていた以外には格別話すことはないと言う。本当にあの森に住み着いて、討伐しかしていなかったようで、それは副隊長さんも強引に連れ出すよな、と思った。

実は副隊長さんが小隊長になっていて、ウィオはもう小隊長じゃないただの隊員なんだけど、みんな昔のまま隊長と呼んでいる。ウィオが帰ってきたときに、小隊長に復帰させるなり部隊長に昇進させるなり、何か役職をつけようとしたのに、決まる前にウィオがミディルの森に住み着いてしまい、役職のないまま今に至っているそうだ。

途中で現れたはぐれの魔物を倒しながら順調に進み、懐かしい王都に着く。ただ、王都への入場のために門の前に並ぶ人が少ない気がする。魔物が増えた影響が出ているのだろう。

オレたちは騎士団用の門から中に入った。そして、オレとウィオは騎士団へは行かずにそのままお屋敷に帰る。前回もオレを預けるためにウィオは部隊から離れたから、それと同じだ。

お屋敷に着くと、副隊長さんが連絡してくれていたようで、全員そろって出迎えてくれた。

「ルジェくん、お帰り」

『キャン』

「ウィオラスも、よく帰った」

「ルジェちゃん、お帰りなさい。大きくなったわね」

お母さんとお義姉さんが涙を浮かべている。心配かけてごめんなさい。

ウィオの肩から飛び下りて、お父さん、お兄さんたち、そして執事さんの足に順にすりついていく。ウィオがみんなとハグし終わってから、オレはお父さんの足に前足をかけて、抱き上げてほしいなーと見上げる。お父さんは笑顔で抱き上げてくれた。うん、大きくなってもオレの可愛さは安泰だ。お父さんがオレを抱いたままお母さんとお義姉さんに近寄ってくれたので、二人の手にも鼻先をすりつけて、ただいまの挨拶をした。

それから、みんなでサロンに移って、オレはお父さんの膝の上で抱っこだ。

「ルジェちゃんは、ここに戻ってくるということでいいのかしら?」

お母さんに聞かれたけど、オレにはやりたいことがある。これはちゃんとオレの言葉で伝えたい。初めてやるから上手くできるかな。

『オレね、ミディルの森を浄化したい。だからミディルの森に行くよ。でもそのあと、ここに帰ってきてもいい?』

「まあ、ルジェちゃんの言葉が聞こえるわ」

「私も聞こえた」

『この家の人は特別ね。オレ神獣だから』

「それはルジェくんの仕事なのかな？」

『違うよ。でもオレのせいだから』

　オレはこの国の教会に神罰を下すかどうかを見極めるために派遣されるはずだった。けれど、未熟なままこの世界に降り立ってしまい、自分の使命も知らず、飼い狐生活を楽しんでいたんだ。

　教会はオレという神に連なる者が顕現したことに気づいていたものの、オレが未熟すぎて特定できないでいた。ただし、種族不明のオレがそうなのではないかと疑っていたところに、オレが部隊長さんの部屋で暴走して、その存在をはっきりと認識した。それで第二王子をたきつけてオレを奪い、邪魔なウィオを始末しようとしたのだ。

　その結果、当初の予定とは違う形で、オレと加護を持つウィオを害した人間にまとめて神罰が下った。

「あのとき私は一度死んだのか？」

『ギリギリだったけど助けてくれたみたい。神様でも命をよみがえらせることはできないから』

「ルジェが助けてくれたのではないのか？」

『うーん、なんて言えばいいのかな、ウィオを保護したのはオレじゃない。ウィオが回復したのは治癒の力を持つオレの加護があったからだけど、回復に使われたのはウィオ自身の魔力だよ。あのときのオレにはそんな力はなくて、だから一年もかかった。今のオレなら一瞬で治せるけどね』

「そうか。ありがとう。だが、なぜ瘴気がルジェのせいなんだ？」

そもそも瘴気とは何か。瘴気は、人の負の感情が実体を持ったものだ。それを生み出すのも人だが、浄化するのも人だ。浄化の力を授けられた者たちを教会が保護し、瘴気の浄化を行う。行われなければ、瘴気が過度にたまり、世界のバランスが崩れる。

この国の教会はその務めを私欲のために利用するようになった。浄化のために高額の寄付を要求し、瘴気が濃くなっても浄化を怠ったのだ。それに対し神罰を下すかどうかの判断のためにオレが送りこまれるはずだった。けれどオレのせいで予定がくるい、この国の中枢にいる多くの人が神罰を受け、国が混乱した。それによって負の感情が増え、瘴気も増える。新しくなった教会が浄化を行っているが、追いついていない。

瘴気が増えたせいで魔物が増え、その魔物が他の魔物に倒された場合は、死体の瘴気からまた魔物が生まれる悪循環だ。一度たくさんいる魔物をまとめて倒して浄化しないと、元に戻るには時間がかかる。

「それは欲をかいた人が悪いのであって、ルジェくんのせいではないだろう」

『まあそうではあるんだけど、本来ならもっと狭い範囲に神罰が下されるはずだったから』

「だが、それも人が解決すべき問題だ」

『オレね、前に人として生きていたときの記憶があるんだけど、働いて働いて無理して、次は飼い犬になって、美味しいものを食べてぐーたらしたいって思いながら死んじゃったんだ。だから、第三部隊のみんながギリギリで戦っているのをあんまり見たくない。だけど、あの森の瘴気を浄化したら、それからは働かないで飼（か）い狐（ぎつね）になるんだ！』

「そこはぶれないんだな」

もちろん。ぐーたら飼（か）い狐（ぎつね）生活のために、懸念（けねん）事項はさっさと片づけたいだけだよ。

オレだけじゃ魔物を倒せないから、ウィオも一緒に行ってくれるけど、そうなるとまたあの森の中の野営地でテント生活になる。短期ならともかく、それなりに時間がかかりそうなので、できればあそこに小屋を建ててほしい。お父さん、お願い。

膝の上にお座りで、小首をかしげてウルウルの瞳で見上げる可愛いビーム、どうだ！

「それは国と相談するから少し待ってほしいな。他におねだりはないかな？」

小屋は保留にされてしまったけど、デレデレの顔で代わりのおねだりを聞いてくれたので、可愛いビームは有効だったみたいだ。やったね。じゃあ代わりに、首輪をおねだりしよう。前のものは捨てずに持っていてくれたけど、オレが大きくなっちゃったから、もう入らない。

翌日。早々に採寸されて、その次の日に仕上がったのは、首輪ではなくてスカーフだった。さすがに神獣に首輪はできないからと、ウィオの騎士服に合わせて作ったマントを小さくしたようなかっこいいスカーフを作ってくれた。うれしくて、お母さんのお茶会に乱入して自慢していると、ウィオに回収される。可愛いオレをたくさんの人に見てほしいのに、邪魔しないでよ！

今日はおめかししてお城に来ている。王様と話をするためだ。

新調してもらった、ウィオの騎士の正装とおそろいのマントで、お父さんに抱っこされている。

出発前に、お父さんとおそろいのマントにするか、ウィオとおそろいのマントにするかの論争があって、負けたお父さんが、その代わりにオレを抱っこする権利をもぎ取ったのだ。オレそっちのけで、親子でやりあっていたけど、多分これはお父さんなりの、この四年間ほとんど感情を出すことのなかった息子とのコミュニケーションだから、オレは大人しくされるがままになっていた。

ウィオはお屋敷に帰ってすぐ、全身お手入れされて、貴族のぼんぼんという雰囲気を取り戻している。さすがにあのまま王様に会うのは許されなかったらしい。

馬車を降りてからは自分で歩こうと思ったのに、お父さんがそのまま抱いて歩いてくれる。楽ちんだし、そのまま運ばれよう。

今回は前に王様に会った部屋じゃなくて、会議室みたいなところに案内された。入る前にお父さんからウィオに渡されたので、その肩に移る。オレが加護をあげているのはウィオだからね。

部屋に入ると、全員が一斉に立ち上がった。え、何？　と驚くオレに、神獣相手なら普通は膝をつくものだけど、ルジェくんは嫌がるだろうと思って、この形式になったんだよ、とお父さんが教えてくれる。たしかにそういうの苦手。もしかしてあの一段高くなったところがオレの席かな。豪華な座面の広い椅子だけど、みんなから遠いし、ウィオの膝の上でいいや。

出席者を見回すと、騎士団長さんと第三部隊の部隊長さんがいた。それに教会の人だろう、聖職者っぽい服の人がいて、目が合うと頭を下げられる。教会は上層部が軒並み神罰を下されたから、立て直しが大変だったろうなあ。部屋の壁際に立っている警護の騎士の中に副隊長さんがいるのは、オレの発見者だからかな。

ウィオとお父さんが用意された席に着いたところで、まず最初に、と目の前の王様が頭を下げた。

「第二王子とこの国の者が神獣様と加護を受けた方に対して許されぬことをいたしました。国を代表しておわびいたします」

王様と一緒に全員頭を下げていて、普通に立っているのは、ウィオだけだ。

『もういいよ。ウィオを傷つけたことは許せないけど、この国は十分に犠牲を払ったから。ウィオ、伝えて』

「私を傷つけたことは許せないが、この国は十分に犠牲を払ったので、これ以上の処罰は求めないと言っています」

この国がやったことは許せないけど、関わった人たちは全員、すでにこの世にいない。

ウィオがオレの言葉を伝えて、王様がそれに感謝を述べて、と儀式的なやり取りがあって、挨拶は終わった。本当は誰にでも言葉を伝えられるのだけど、人と距離を縮めるのは、神獣としてはよくない。

全員着席したので、気を取り直してミディルの森の浄化について話し合う。

あの森は瘴気の吹きだまりのようなところだが、今はこの国の瘴気が増えているせいで、魔物の巣窟になっている。その瘴気を元の濃さに戻したい。

最初にお父さんが、瘴気についてオレが話したことをまとめて説明してくれた。本当はオレの代弁者はウィオなんだけど、そういうのには向いていないから、お父さんが話している。さすがお城でいつもこういう会議をしているんだろう、説明が上手だ。それから、オレがミディルの森を浄化したいと思っていることを伝えてくれた。騎士団でも、総力をあげて魔物が湧いているだろうミディルの森の深部へ討伐に向かうべきだという意見が出ていたそうだから、一緒に行ったほうが効率がいい。

「瘴気(しょうき)をなくすことはできないのですか？」

「それは、人の欲をなくせないのか、という質問と同義でしょう」

お父さんが全部代わりに答えてくれるので、オレはウィオの膝の上で少しだけだらんとしている。ぴしっとするのに飽きたのだ。

話し合いの結果、ミディルの森には、第三部隊全員で向かうことになった。王都と王城の警備を薄くするわけにはいかないというのが表向きの理由だが、魔物との戦闘に慣れていない者に来られても邪魔だという第三部隊部隊長さんの言葉が副音声で聞こえるよ。

詳細はこのあと、騎士団で話を詰める、ということでオレの用事は終わりだ。

そこで、教会の人から質問が飛んだ。

「神獣様、他国に対して、この国に攻めこまないようにと神託が下ったといううわさがありますが、ご存じですか？」

オレが何も答えないで無視しているのに、教会の人は何度もしつこく質問する。人との距離を縮めるのがよくないのは、こうやって勘違いする者が出るからだ。人の質問に答える義理など神獣にはない。

教会の人は諦めたが、今度はオレがどこに住むのかという話が始まった。隣のお父さんを見るとあきれている。五年前に神罰を下されたのにたくましいというか、自分は違うと思っているのか。

「神獣様がどこに住むかは神獣様の決めることで、人が決めることではないでしょう」

「貴方は自分の家に神獣様がいらっしゃるから、そのようなことを申されるのでしょう。独り占めなど見苦しいですぞ」

　ないわー。おっさん、それはないわー。

『私がどこで何をするか、貴様ら人間に指図される覚えはない。私が加護を与えているのはウィオラスであってこの国ではない。ミディルの森の浄化も世話になった第三部隊への褒美だ。この国へ攻めこむなという神託もすでに無効。せいぜいあがくがいい』

　かなり頭に来たので、神力を込めて脅しをかけた。みんながいきなり聞こえたオレの声に驚いているけど無視だ、無視。

　ウィオ、もう行こう。これ以上ここにいても仕方ないし。ミディルの森への遠征について、部隊長さんと詳しい話をしようよ。

　お父さんにあとをお願いして、ウィオがオレを抱いたまま立ち上がる。誰も止めないので、入り口近くの席に座っている部隊長さんに近づくと、震えていた。ウィオが気にせず、騎士団に移動しましょうと部隊長さんと騎士団長さん、それに副隊長さんも誘う。三人ともさすが魔物との戦いを潜り抜けてきた騎士だけあって、なんとか立ち上がって部屋を出た。第一部隊と第二部隊の部隊長は置いてきちゃったけど、遠征に行かないからいいんだろう。

「ちょっと待ってもらえますか。足が震えて歩けないんですよ」

『副隊長さん、ごめんね。初めてやったら、神力込めすぎちゃったみたい』

「そういうのは予行演習してからにしましょうよ」

ウィオが意味が分からないという顔をしている。オレの加護があるウィオには影響が出ないので、オレの神力でみんなが震えていることに気づいていなかったようだ。部隊長さんも騎士団長さんも、壁に手をついて深呼吸をし、必死に心を落ち着かせているらしい。

まだ新米の神獣だから、コントロールが甘いんだ。ごめんね。


騎士団長さんの部屋に着いてすぐ、部隊長さんが膝をついた。

「五年前は大変失礼をいたしました」

『いいよ、あれはオレも悪かったし』

「ですが、あのとき私が」

『ウィオが許してるから、この話はもう終わり。ミディルの森の話をしようよ』

部隊長さんが五年前のことを謝ってくれるのを、強引に切り上げる。気にしていないというか、正直めんどくさい。堅苦しいのは好きじゃないんだ。

「みんなに聞こえるように話せるんですねえ」

『勘違いする奴が出るからやらないだけだよ』

「さっきのように神獣らしいしゃべり方にすれば違うのでは?」

『えー、めんどくさいよ』

「おい、ヴィンセント、神獣様に向かってなんて口の利き方を」

「団長、ルジェが許しています。それよりも早く本題に入りましょう」

そう、ミディルの森だ。浄化はオレがするけど、生きている魔物は浄化できないから、騎士団には魔物を倒してほしい。オレには攻撃力がない。

「雪では攻撃できないんですか？」

『動きを鈍らせることはできるけど、吹雪になったら人も死ぬよ？』

「それは困りますね。私たちで攻撃します。浄化は一体ずつですか？」

『夕方に一帯を浄化するほうが楽かな』

「では区画を決めて、そこを掃討することにしましょう」

いつもやっていることの規模を大きくするだけだから、話し合いはサクサクと進む。その結果、騎士団の第三部隊全員と、医務官全員、第三部隊にいたことのある希望者で行くことになった。

治癒ならオレがやってあげるって言ったんだけど、日ごろ現場を拒んで城の中にいる医務官を引っぱりだすいい機会らしい。「使えない医務官を養う余裕はないのですよ」と部隊長さんが笑っているから、きっとクビにするチャンスを狙っていたんだろう。

第三部隊にいたことのある希望者には騎士団長さんも入っている。この条件は自分が行きたいから加えたらしい。神獣と共闘できるということでおそらく希望者が殺到するが、足手まといはいらないから、魔物と戦ったことのある者に限るのだ。

出発は十日後と決まった。

「カエルラとウィオラスが共闘するのは初めてじゃないか？　上級魔法の撃ち合いか」

「そうですね。ですが、加護のあるウィオラスの圧勝でしょう」

「私は魔力でゴリ押ししているだけですから」

ド派手な魔法合戦になるんだろうか。ちょっと楽しみだ。


お屋敷に戻ると、お父さんはまだ帰っていなかったけど、一番目のお兄さんが帰っていた。

「父上は陛下と教会の司教に捕まっているので、置いてきたよ。会議でやらかしたんだって？」

「ルジェをこの家で独占するなと言われて、ルジェが怒っただけですよ」

「周りの国から攻め滅ぼされればいいと言ったって聞いたけど」

なんでそうなるの。そんなこと言ってないよね？　あれ、言ったかも？　思い出してみよう。

「ああ、そういうことですか。ルジェによると、ルジェがいない間はこの国に攻めこむなと、周りの国に神託がなされていたそうです。それはルジェが私のところに戻りたいと願ったからで、ルジェを保護してくれていた父上と母上への褒美でもあったようです。けれど、ルジェが戻ってきたので、その神託は無効になりました」

「なるほど。この国ではなく、ルジェくんの帰る場所を守る神託だったのに、勘違いした者がいたということだね」

『私が加護を与えているのはウィオラスであってこの国ではない。この国へ攻めこむなという神託もすでに無効。せいぜいあがくがいい。って言ったんだけど、これって滅びればいいってことになる？』

それを聞いて少し考えたお兄さんが、オレの頬をつまんで横にひっぱった。

「滅びても知らないよ、だろうね。そういう神獣らしい言葉遣いもできるんだ。こうしていると可愛い飼い狐なのにねえ」

「兄上、ルジェで遊ばないでください」

ウィオが引っ張られて伸びていた頬から、お兄さんの手を外してくれた。大丈夫？　オレの頬、元に戻った？　ウィオがなでてくれるから、きっといつもの可愛い狐に戻ったってことだよね。オレに変顔させたお兄さんは許せないが、可愛いって言ったから許す。

「うちはいきなり最重要な家になっちゃったから、縁談がすごい勢いで舞いこんでるよ。うちの子どもたちなんてまだ三歳と一歳なのにね」

『え、子どもいるの⁉』

「聞いてない？　というかウィオラス、私の子どもが生まれたことを知っているかい？」

「知りませんでした」

こらー。ダメでしょー。森に住みこんでいて、お祝いもしていないなんて、叔父として失格だよ。今からでもちゃんとお祝いを用意して。

翌日。会わせてもらったお兄さんの子どもは、三歳の女の子と一歳の男の子だ。

ウィオと話して、子どもの前では普通の狐のフリをすることに決めた。本当は周りのことが分かるようになるまで、オレはこの子たちと会わないほうがいいのかもしれない。こんな小さな子を利用するなどと思いたくないが、巻きこまれたら傷つくのはこの子たちだ。

　女の子はおしゃまさんで、オレのスカーフで着せ替えをして遊んでくれた。男の子はさすが子ども、オレの頭をバンバン叩いて、周りの人たちを蒼ざめさせる。なるほど、だから今まで会わせなかったんだな。あー、耳はやめてー。大きくて引っ張りやすいんだろうけど、けっこう痛いんだよ。ウィオが手を外してくれたので、その手をぺろぺろなめてあげる。放してくれてありがとうと思ったのに、鼻をむずっとつかまれた。乳母さんらしき人が倒れそうだ。

　さすがにお義姉さんが子どもたちを、というか弟くんをオレから離した。弟くんはまだ遊びたいと泣き出したけど、乳母さんによって別の部屋へ連れていかれる。まあね、子どもらしい微笑ましい行動だけど、相手が神獣となれば許されない暴挙だもんね。お義姉さんに謝られたけど、これで怒るくらいなら最初から会おうとしないから、気にしないで。そのままやんちゃに元気に育つんだよ。

『可愛かったね。ウィオは自分の子どもが欲しいと思ったりしないの？』

「ないな。どう扱っていいのか分からない」

『ウィオの子どもなら、無条件で加護をあげるのに。縁談来てるってお兄さん言ってたよ？』

「ルジェの相手で手いっぱいだ」

『オレそんなに手かからないよ！』

　ウィオは多分、人間不信だ。瞳にまで属性の色が出ているのは精霊に愛されているからで、ウィオの周りには氷の精霊が集まる。部隊長さんも同じで水の精霊が集まる。そういう異質なものを人は敏感に感じ取る。おそらく今まで自分が異質だと思い知らされたことが何度もあったのだろう。

いつかウィオが心を許せる相手と出会えるといいな。

◇◇◇

ミディルの森の掃討作戦に向けて、騎士が王都を出発する。

掃討作戦に第三部隊全員が参加するとあって、王都の見送りは盛大だ。最近明るい話題がなかったので、お祭り騒ぎを楽しんじゃえ、というやけっぱちな感じがしなくもない。

オレはウィオのお馬さんの首元に座った。オレの正体は公表されていないので、知らない人が見れば使役獣だ。「狐さんがいるよー」と子どもが言っているのが聞こえたので、サービスでもふもふの尻尾を振ってあげた。みんなが安心して暮らせるように頑張ってくるから、応援お願いね。

第三部隊経験者としての参加者には、騎士団長だけでなく近衛団長までいる。休憩のときに話したところ、「王家の印象をよくするためです」と言って参加をもぎ取ったらしい。どう見ても本人が参加したかったようにしか見えないけど。第一部隊、第二部隊からも小隊長が何人か参加していて、主力がほとんど参加している気がしないでもないので、王都の警備が心配になるよ。

指揮官は騎士団長と第三部隊の部隊長とで押し付け合って、結果、予定になかった前騎士団長が参加することになった。野営地から全戦局を把握して指示を出す役割なので、前線で戦いたい脳筋は嫌がったのだ。前騎士団長は老体に何をさせる気だと言っているが、まんざらでもなさそう。

街道を移動する騎士団の後ろを多くの旅人や商人がついてくる。彼らが襲われても積極的には助けない代わりに、ついてくることを黙認した。最近は魔物が多いので移動が大変なんだそうだ。

移動中、さすがにこの人数では全員分の宿は取れないので、街中の広い場所、例えば領主の館の敷地とか、教会の開けたところで野営をする。街中の広場にいると、住民がいろいろ差し入れを持ってきてくれて、食事がにぎやかだ。裏を返せば、それだけ魔物が脅威になっているのだろう。

ウィオとオレは、もしも正体がばれたときにパニックになるので何卒、と言われて宿に泊まっているけど、広場に顔を出すとオレのふわふわもふもふボディが子どもたちに大人気だ。可愛い狐が騎士団のマントみたいなスカーフをしているのだ、人気にならないわけがない。請われるままに子どもたちの遊びに付き合っていたが、お手おかわりをしているのが見つかったときは、ちょっと恥ずかしかった。

あとで正体を知る人たちの心臓によくないのでやめてほしいと言われ、副隊長さんだけがそれを聞いて笑っていた。オレの情けない子狐時代を知っているので、遠慮がない。

そうそう、ウィオは今回から正式に小隊長に復帰したので、副隊長さんは副隊長に戻っている。責任ある立場にはいたくないから、降格になるけど納得しているらしい。

ミディルの森の野営地には先発隊が入り、全員が泊まれるように場所を確保していた。オレとウィオは野営地の一番いいところに張られたテントに案内される。隣が指揮官である前騎士団長、周りを団長や部隊長に囲まれている。オレを守るために組んでくれた厳戒態勢のようだけど、攻撃手段がないだけで、魔物にやられても死なないよ。

仕方がない、ここはオレの力を見せて信用してもらう場面だ。真面目に結界を張ってみよう。野営地を取り囲む壁をイメージして魔力を広げる。うん、できた気がする。

「ルジェ、何をした？　魔力を感じた」

『野営地の一番外側に、魔物が入ってこれないように結界を張ってみた。多分できたと思う』

「神獣様、何かされたか？」

派手に魔力を流したからか、みんなに気づかれた。

「ルジェが野営地の外側に結界を張ってみたそうですが、初めてなので効果のほどは分からないようです」

「では、しばらく様子を見ましょう」

みんなテントに荷物を広げているが、オレはやることがなく暇なので、結界を見に行く。

ウィオに一声かけて、野営地の端へ足を向け、オレの魔力で壁ができているのを確認する。よし、大丈夫そうだとテントに戻ろうとして、反対側の隅で騒ぎが起きているのを、オレの高性能な耳が拾った。なんだろう。

てとてとと駆けていくと、副隊長さんが結界の外側でとまどっていた。あ、この結界、人も通れないのか。

『魔物を入れないように結界を張ったら、副隊長さんもはじいちゃった。ごめんね』

「そういうのは予行演習してからにしてもらえませんかね、ほんとに」

「どうした」

「団長、お狐様の結界に阻まれて、野営地に入れませんでした」

副隊長さんがちょっとオコだけど、ごめんね。わざとじゃないんだよ。試す機会がなかったんだから、許して。結界は消したから。

うーん、魔物だけ入れないようにするのってどうすればいいんだろう。それとももっと大きい範囲に張って、ここから出るなってするのがいいのかなあ。ウィオに相談しよう。

相談の結果、なんらかの方法で結界の外に出た隊員が入れなくなり魔物に襲われると命にかかわるので、結界は張らないことになった。王都に張ってある、魔物だけ通さないという結界をちゃんと見てくれればよかったな。人が作れるならオレも作れるはずだ。オレ、チートな神獣様だし。ただ、条件付けがよく分からない。そういうのは神獣に必要ないからか、オレの知識にもないんだよね。

作戦本部のテントに集まって、これからどうやってミディルの森の掃討作戦を進めるか、会議をする。オレもウィオの膝の上に座って参加した。このテントにいる人は全員オレの正体を知っている。

ミディルの森の大きな地図を広げて、まずは魔物の分布を大まかに把握するために、どの小隊をどこに派遣するかって話をしているけど、オレ探せるよ。地図を見ながら、森の奥に向けて魔力を広げ、そこにひっかかる魔物を把握していく。

『あの辺とあの辺と、あとあそこにいっぱいいるよ。あ……』

「どうした」

『オレの魔力を感じて、興奮してる？　活発になっちゃった』

「だから、予行演習してからにしてくださいって」

『ごめん。まだ新米なんだもん』

「隊長、何ができるのかちゃんと把握してください。飼い主の責任ですよ」

ウィオと副隊長さんとコソコソ話していたのに、気づくとみんなが見ていた。

「何かあったのか？」

「魔力感知で魔物の位置を把握したのですが、そのときに流した魔力で魔物が活発になって動いているそうです」

「そ、そうか……。動く前の位置は分かっているのか？」

「この三か所に集まっていたそうです」

「そこが吹きだまりなのではないでしょうか」

「可能性は高いな。そう仮定して一つずつ潰していこう」

一個目の推定吹きだまりに向けて、五つの隊で囲いこむように進んでいくことにする。隣の吹きだまりに一番近いところにウィオの隊、その次に部隊長さんの隊と、上級魔法が使える人を配置し、他の部隊や近衛(このえ)からの参加者もそこに入れる。新人は逆サイドに配置換えだ。オレ、役に立てているよね。


作戦初日は日帰りだ。偵察も兼ねているので、無理はしないよう、進めるところまで進んで、時間になったら野営地に戻るようにと、指揮官である前騎士団長から指令があった。

出発前、ウィオの隊の指揮官でまたもめた。ウィオはオレの世話があるからと辞退し、副隊長さんは近衛騎士団の団長がいるんだからと譲り、外部参加者はよそ者だからと辞退し、と押し付け合い、結局、副隊長さんが負けた。応援するから頑張って。

全員で固まって森の奥に向けて進んでいくと、最初の魔物に遭遇した。またオッソだ。つくづく縁があるなあ。

『魔物を通さない結界、試してみてもいい？』

「ああ」

遠くに見えるオッソを四角い箱の中に閉じこめるイメージで、周りに魔力を集める。オッソはそこに閉じこめられたようで、四方を阻まれ見えない壁に体当たりしている。

「ちびっこ、何をした」

そういえば、リーダーである副隊長さんに伝えるのを忘れていた。もがくオッソを見て困惑している隊員たちに、ウィオが代わりに説明してくれた。

「ルジェが、魔物を通さない結界を試してみた」

「で、人間が通れるかはどうやって確かめるんですか？」

『あ』

「今気づきましたって顔をしないでもらえませんかね……」

だから指揮官はやりたくなかったのにって副隊長さんがすねてる。副隊長さん、ごめんね。

「狐くん、あの結界に攻撃しても、狐くんにダメージは行かないかな？」

『キャン』

「じゃあ逆に、あの結界に攻撃しても、我々は反撃されないかな？」

『キャン』

「では、結界の外から攻撃できるか試してみよう」

この中では頭脳派らしい近衛団長さんが、場を仕切ってくれるので任せる。

まずは魔法から試す。魔法が反射してもいいようにみんなが離れてから、近衛団長さんが弱めの風の魔法を放つと、結界がはじいてしまった。それから強めの魔法を叩きこむも、やはりはじかれる。「次、誰か水を」という声に応え、水魔法が使える隊員が魔法を放ったが、やはりはじかれた。

結局、剣や矢ははじかないが、魔法はウィオの魔法以外ははじくと分かる。ウィオの魔法をはじかないのは、オレの加護があるからだろう。

では倒してしまおう、とウィオが動かない的に魔法を放って簡単にとどめを刺したあと、オレがさくっと浄化して、人が通れるか試したら人も通れなかった。失敗だ。

「狐くん、もしかして魔物を魔力の塊と定義したのかな？　それで、魔法も人も通れなかったんじゃないかな？」

『クーン』

「魔物を瘴気の塊と定義してみてはどうかな？」

『キャン！』

各小隊の副隊長以上はオレの正体を知らされているので、作戦会議では神獣様と呼ばれるものの、正体を知らない一般の隊員がいるところでは、みんなそれぞれの呼び方をしている。ここにいる隊員はウィオの小隊の隊員がほとんどだから、みんなにばれていそうだけど。

そしてオレは、騎士団長さんと第三部隊部隊長さんと副隊長さん以外には言葉を伝えないことに決める。オレが伝えたいと思った相手以外にはどうせ伝わらないのに、伝えないと決めた相手と話すと、なぜか鳴いてしまう。それを聞いて、副隊長さんが笑うけど、なんでかそうなっちゃうんだ。

本題の結界に話を戻すと、近衛（このえ）団長さんにアドバイスをもらいながら実験に付き合ってもらい、無事に魔物だけ通さない結界が完成した。瘴気（しょうき）の塊（かたまり）を通さないと条件付けすると上手（うま）くいったのだ。魔物が魔法を使う場合は、魔物の魔法も通してしまうが、それを防ぐとこちらからの魔法も通じなくなるので、そこだけ注意だ。

結界が見えないのは不便なので色を付けてはどうかと言われ、最初は紫にしてみたところ禍々（まがまが）しくなり、その後いろんな色を試したものの、無難に半透明の白に落ち着く。

その日のオレたちがいる班は、結界に閉じこめられている魔物に向けて魔法を放つという、訓練のような討伐を行った。

野営地に戻ると、実験しながら帰ってきたオレたちの班が一番遅かった。何かあったのではないかと心配されていたようなので、副隊長さんがオレの実験について報告する。

それで今日の討伐は終わったが、オレにはまだ仕事があった。というか、これからが本番だ。他の班が倒したまま放置している魔物の瘴気（しょうき）を浄化するのだ。

他の班が進んだ場所を地図上で教えてもらい、多分この辺りだろうと当たりをつけて、オレの魔力を薄く広げる。そして、その魔力の場にオレの神力を一気に流しこんで瘴気を浄化した。

瘴気は人の負の感情が実体を持ったものだ。つまりものすごくマイナスになっているので、そこにプラスのものを加えてやることで、ゼロになる。それが浄化だ。消すのではなく、フラットな状態に戻すのだ。今回の場合、プラスのものはオレの神力だった。

身体から一気に神力が流れ出る感覚がして、やばいかもと思ったところで、オレは気を失った。

目が覚めると、眠っているウィオの胸に抱えられていた。暗さと静けさから、深夜のようだ。

オレが身じろいだことで、ウィオも目を覚ます。

『ごめん、起こしちゃった？』

「いや、いい。大丈夫か？　浄化で意識を失ったんだ」

『ごめんね、ちょっと力加減を間違えちゃった』

昼間も実験で魔力を使っていたし、魔力切れなんじゃないかとウィオが心配してくれるけど、ちょっと違う。でも心配かけてごめんなさい。

もう回復しているし問題ないと説明すると、ウィオは安心して、もう一度眠るために目を閉じた。

魔力と神力は別物だ。魔力はこの世界に生きるものであれば量の違いはあれど持っているものだ。神力は神に連なるものしか持たない。オレは周りにある魔力を常時取りこんでいるし、身体は魔力が実体化したようなものなので、魔力切れになることはない。子どものときに魔力切れになっていたのは、魔力を収める器がまともにできていなかったからだ。

一方、神力はオレの存在そのものなので、無尽蔵に湧いている。けれど今回、その湧く量よりも多く消費してしまったために一時的に神力が激減し、存在があいまいになりかけた。すぐに止めたから本当に一瞬のことだったので問題ないけど、ウィオに心配をかけてしまった。ごめんね。

しばらくすると、ウィオの落ち着いた寝息が聞こえてくる。心配して浅くしか眠れていなかったのだろう。手の甲のオレの加護の証（あかし）である紋様をなめて、軽く治癒の力を流しこんだ。ゆっくり眠ってね。


翌朝。起きたら会議中のウィオの膝の上だった。え？　なんで起こしてくれなかったの。

「神獣様、お加減はいかがですか？」

『キャン』

元気よく返事したのに、なんかめっちゃ心配されている。ウィオはオレが朝起きなかったから、まだ影響があると思って起こさないでくれたっぽい。いくらオレが図太くても、この状況で寝坊したって言えない……

前騎士団長からの目くばせのあと、隣にいる副隊長さんに質問された。オレの言葉が分かるから、指名されたらしい。

「浄化はしばらく休んだほうがいいですか？」

『元気だよ。もう問題ないよ』

「毎回浄化をするとこうなるのですか？」

『もうならないよ。ちょっと力加減を間違えちゃった』

「浄化の範囲が広すぎたんですか？」

『ううん、範囲はもっと広くても平気なんだけど、うーん、一度に弓に威力を込めすぎて、弓本体が吹き飛んだ感じ？』

「……初めてやることは、もうちょっと慎重にやったほうがいいんじゃないんですかね。本当に体調は大丈夫なんですね？」

『ごめん。大丈夫』

「隊長がすっごい心配してたので、謝るなら隊長に。今後は慎重にお願いしますよ」

　副隊長さんはキレ気味だ。ごめんって。ウィオもごめんね。もう大丈夫だよ。今日は、寝坊しただけだよ、と首に巻き付いてすりすりする。ほら、毛並みもいつもどおり、もふもふでしょ。

　オレからの聞き取りが終わると、副隊長さんが出席者に「コントロールを誤って自滅しただけで、もう平気だそうです」と通訳した。言い方！　間違ってないけど、もうちょっとオブラートに包んで！　みんな反応に困っているよ。オレの言葉が理解できる部隊長さんが、笑いをかみ殺している。

　神獣の威厳ってなんだろう。

　その後の会議で、オレは今日一日、ウィオと近衛団長さんと一緒に留守番と決まった。

　昨日の実験を見ていた副隊長さんが、頭脳派の近衛団長さんと一緒にコントロールの訓練をしたほうがいいと言い、総指揮官である前騎士団長さんも賛成した。オレ、かなりノーコンだと思われているな。

「ということは、知識はあるものの使用した経験がないので、加減が分からないということですか？」

『キャン』

ウィオを通して、オレから聞き取り調査をした近衛団長さんが総括してくれる。まさにそのとおりだ。新米なんだもん。多分本当はいろいろ試してから人の前に出てくるんだと思う。でもオレは神獣として活躍する気なんかないし、飼い狐志願だからさ。

「近衛団長、この情報は王家にも伝えるべきではないだろう。ウィオラス小隊長、我々に神獣様に関して知り得たことを漏らさないという秘密保持の契約魔法をかけなさい」

『オレやれるよ？』

「ルジェができると言っていますが」

「それはやめたほうがいいでしょう。人で解決できることは人で行ったほうがいいと思います」

「そうだな。神獣様の契約に興味を持つ者が出る可能性もある」

なるほど。たしかにオレはもうちょっと慎重になったほうがいいのだろう。でもさ、契約魔法を使うなら、言葉を分かるようにしてもいいよね？　ウィオに通訳してもらうの、めんどくさいんだ。副隊長さんたちと条件同じだし。

そう言うと、ウィオが好きにすればいいと首元をなでてくれる。うれしくて、すりすりして甘えているうちに、いつの間にかウィオの膝の上でぐねんぐねんになっていた。

「そうしていらっしゃると、失礼ですが飼い犬のようですね」

はっ、オレの威厳が。あわてておすましお座りしたけど、遅かったかも。

契約を済ませたあとは、昨日、魔物に怪我を負わされて休んでいる隊員の中から瘴気にやられている人たちを選んで、秘密保持の契約魔法をかけたうえで、浄化の実験を行った。

結論から言うと、オレの魔力で作成した雪に神力を乗せるのが、範囲が見えて分かりやすく、効率もよかった。オレ、雪の神獣だしね。

それから、夕方は討伐を行った範囲に雪を降らせて、その雪に神力を乗せた。討伐も浄化も順調に進む。

そして十日ほど経って、医務官から気になる報告を受けた。

「森の薬草が変化しているそうですが、心当たりはおありですか？」

そう言って見せられた薬草には、神力が宿っている。

『あー、オレの神力が薬草に宿ってる。どうしよう』

「困るのか？」

『エリクサーの原料になるよ、その薬草』

オレの言葉の分かる人たちがハッとした。前騎士団長さんだけ顔に出さなかったのは、さすがだ。

ばらまいた神力が多すぎたらしい。土に宿ったオレの神力はただちに回収したけど、それで変質した草は戻せない。木や動物にとっては変質を起こすほどではないが、草には十分な量の神力をばらまいてしまった。また副隊長さんに怒られちゃう。

その日の議題はすでに終わっていたので、オレの言葉が分かる人たちだけを残して、他は解散になった。人払いをしたうえで、問い詰められる。いや、実際に問い詰められてはないんだけど、オレの心情的にね。

「先ほどのお言葉は、どういうことでしょうか」

『神力が宿った薬草を錬成するとエリクサーになるって、知識として持ってるだけ』

「この薬草単体でですか？」

『他にも必要な原料があるから、その薬草だけだと作れないよ』

「エリクサーの作り方は人には伝わっていません。神によってもたらされるものだと言われています。ですから、これだけで作れないのであれば、そこまで大きな問題にはならないでしょう」

それで、みんなの空気が緩む。うかつな発言をして、ごめんね。

「解決すべきは二点、なぜ薬草に神力が宿ったのかと、その薬草をどうするかですね」

前騎士団長さんがサクサクと話を進めていく。できる人は会議が短いっていうのを体現していた。

神力が宿ったのは、オレが雪に混ぜて降らせた量が多すぎたからだ。ただ少なくすると魔物の瘴気を浄化しきれない。

『少なくして長時間降らせるか、一体一体浄化していくか、どっちかだと思う』

「では、毎晩、森全体に降らせて様子を見ましょう。一体一体浄化していくと、今のスピードで進められなくなります。あとは変質した薬草ですが」

『とびっきり効果のいいポーションができるよ』

「すべて採取して、ここでポーションにして使い切ってしまうのが一番無難でしょうか」

前騎士団長さんの提案どおりに進めることになった。毎度ご迷惑をおかけします。

通常、魔物の討伐では、倒したあとに燃やし尽くすために時間を取られるけど、今回は魔物を倒したまま放置して次の魔物を探しに行けるので、かなりのスピードで進んでいる。魔物が集まっていた場所のうち二か所はすでに討伐が終わり、今は三か所目だ。これを終えれば、おそらく五年前と同じくらいの瘴気の薄さになるだろう。本格的な冬になる前に帰れそうだ。

一方、今までなんだかんだと理由をつけて遠征に参加していなかった医務官たちは、今回も仕方なく参加したもののテントに籠って出てこない。全員参加ということで引っぱり出されたので不承不承ついてきたが、そもそも仕事をする気がないのだ。

だが今回は正当な理由なく仕事をしなければ解雇と事前に伝えられている。今まではそれでも貴族だからと横やりが入ってクビにできなかった者たちを、ここで全員解雇するつもりのようだった。だって、今回はオレが参加している。医務官が仕事をしないせいで神獣様が助けてくれたとなったら、貴族だろうとかばえない。

ということで、神力の宿った薬草を使ったポーション作りは、仕事をしない医務官に任せた。オレは自分の神力の宿ったものを追跡できるからネコババはできない。今日中にポーションを作成するか、騎士の治癒を行うか選ばせると、全員がポーション作りを選ぶ。

そしてタイムリミットの毎日夕方行っている作戦会議。全員が体調不良で作れなかったと悪びれずに報告した。すごい。そのメンタルに感動すら覚える。あれくらいのいい加減さで仕事していればよかったんだよ、前世のオレ。しかも一人以外、みんな薬草を一部返していない。作成して失敗したと言っているけど、その薬草テントにあるよ。

もう下がってよいと言われて、めんどくさいことが終わったとばかりに自分のテントに戻っていく医務官を、みんな冷めた目で見ている。

「神獣様、大変恥ずかしいのですが、我が騎士団の医務官ではポーションが作成できないので、お手数ですが作成していただけませんか？」

『仕方がないな。華麗なる我の術をとくと見るがいい』

「ちょっと待ってください。ノリノリのところ申し訳ないんですが、少しずつ作ったほうがいいんじゃないでしょうか？　またとんでもないもの作ったりしませんよね？」

前騎士団長さんに芝居(しばい)がかって頼まれたので、オレも芝居(しばい)がかって作ろうとすると、副隊長さんに止められた。あり得るかも。

「ルジェ、ポーションを作ったことはあるのか？」

『ないよ。でも作り方は知ってるよ』

「狐(きつね)くん、一つずつ作ろうか」

近衛(このえ)団長さんにも止められる。オレ信用ないな。

ポーションの瓶に、薬草と水を入れてもらって、ポーションになれーって思ったら完成だ。

できたことを報告すると、医務官長がじっくり見て、瓶を取り落としそうになった。

「じょ、上級ポーションの、最高級のものです。欠損以外の怪我は治せます。しかも、浄化の作用がついているようです。初めて見ます」

あ、副隊長さんがそらみろって顔をしている。

「狐くん、どうやって作ったのかな？」

『ポーションになれーって思っただけだけど』

「次は効果の低いポーションになれー、で作ってみてくれるかな？　流す魔力も少なめにね」

それでできたものも、最高級でこそなかったものの上級ポーションで、浄化作用がついた。

医務官長が試しに作ってみると、やはり浄化作用のついた上級ポーションができたので、浄化作用はオレが作ったからではなく、薬草に宿った神力の影響のようだ。

思いがけず、教会に頼らなくても浄化ができる方法が分かってしまった。作業する医務官長の手が震えていたのは、見なかったことにしよう。

残りは全部瓶に水と薬草を入れてもらって、医務官長のポーションと同じポーションになれー、でオレがポーションに変えた。

ウィオがオッソの上位種にやられた傷も、このポーションなら治せただろう。第三部隊でここぞというときに使ってください。

『あの医務官たちが隠し持ってる薬草は引き寄せちゃっていい？』

「何人ですか？」

『四か所だから四人かな』

「医務官長、取りに行きますのでついてきてください」

『じゃあ、ピカピカに光らせるね』

ウィオの腕に抱かれてついていったけど、オレたちはテントに入る必要もなかった。テントの外からでも分かるくらいピカピカ光っていたから、隠しようがなかったのだ。光らせすぎちゃったので、周りの騎士たちが何事だとテントから出てきちゃったけど、気にせず休んでいてね。

四人の医務官はヤバいくらいに貴重だと判明した薬草を着服したので、重い処分が確定した。

そんな医務官のクビ確定イベントはあったものの、討伐は順調に進み、三つ目の吹きだまりの周りの魔物もだいたい倒された。あれ以来、変質した薬草は見つかっていないし、魔物の死体が瘴気をまき散らすこともないので、今の神力の薄さが正解のようだ。

これから五日間、雪を降らせて、討伐は完了になる。五日後に一応確認に来るけど、それまでずっといてもすることがないので、街へ移動だ。

確認のための一部だけ残して、他の隊員は先に帰るという話もあったが、凱旋は派手に行こうということで、全員一緒に帰ることになる。


王都の門を潜ると、多くの住民が出迎えてくれていた。その中を、参加した隊員全員で列を組んで進む。久しぶりの明るい話題とあって、街中はお祭りムードだ。

一番人気は近衛団長さん。王様の警護がお仕事で、街中に出てくるのは王様が出てくるときだけなので、レア度ＳＳＳだ。「近衛の団長がいるらしい」「どれだ」と探している声が聞こえる。騎士団長さんや部隊長さん、ウィオも人気だけど、街中の警備を担当している第二部隊から参加している隊員も、日頃、顔を見知っている人たちとあって、たくさん花をもらっている。

ウィオの馬に乗って騎士団のマントとおそろいのスカーフをつけているオレは、もちろん大人気で、もらった花の数は断トツだ。子どもたちが花を持って近寄ってくるのを受け取って、ウィオがスカーフやふわふわの尻尾にさしてくれる。全身、花だらけだ。

今回は騎士団の施設ではなく、お城の広場に続く門から入城する。お城でもたくさんの人が迎えてくれて、広場には王様までいた。

馬を預けてから整列して、指揮官である前騎士団長さんが討伐完了の報告をし、王様の労いの言葉で終わりだ。

オレはウィオの足元でそのやり取りを聞く。今後、国と関わる気はない。オレはウィオの飼い狐だけど、国に飼われる気はなかった。過去には王様に加護を与えて、国の守護神獣となった例もあるけど、オレは働きたくないんだ。そんな責任ある立場なんて、まっぴらごめんだ。

ウィオはこれから騎士団の施設で遠征の後片づけや報告があるものの、その後は七日間のお休みだ。遠征のあとはいつもなら五日間だけど、今回はご褒美で少し長い。

オレも報告についていくつもりだったが、お城にいると捕まって面倒なことになるかもしれないと、一番目のお兄さんに預けられて先にお屋敷に帰ることになる。隊のみんなにお別れの挨拶ができなかったけど仕方がない。捕まるのは嫌だから、さっさと帰るね。それにお風呂に入りたい。

ウィオをお城に置いたまま、お兄さんと一緒にお屋敷に戻ると、そこもお祝いムードだった。いつもより飾ってあるお花が多い。

お兄さんはオレをお屋敷に届けたらすぐにお城に戻り、オレは執事さんにお風呂に入れてもらっている。泡が灰色になっているので、だいぶ汚れていたみたいだ。遠征の汚れがほとんどだけど、もらった花の花粉もついているしね。

さらさらのふわふわになったオレは、執事さんに甘えまくった。お祝いムードでテンションが上がっているのもあるし、ウィオやお兄さんに置いていかれたさみしさもあるし、お母さんたちは今日もきれいなドレスなので、選択肢は執事さんしかないのだ。

執事さんはお仕事を中断して、飛びついたオレを抱きとめて首の周りをなでてくれた。もっともっとすり寄っていると、ソファの上に置いて、全身をなでてくれる。

「ルジェちゃん、今日は甘えんぼさんね」

『久しぶりのお屋敷が、帰ってきたって感じでうれしいから』

「まあ、ここを帰る場所だと思ってくれてうれしいわ」

オレがこのお屋敷で過ごした時間は大して長くはないけど、この世界でいた場所と言えばミディルの森かこのお屋敷なので、必然的にここが帰る場所なのだ。

オレの甘えように、お母さんとお義姉(ねえ)さんが羨(うらや)ましいわねえと言っている。でも、これぱっかりは許してほしい。

『お母さんもお義姉(ねえ)さんも大好きだよ。そのきれいなドレスに爪が引っかかるのが怖いだけで』

「お義母様(かあさま)、今こそあの服の出番ですわ」

「そうね、用意してちょうだい」

なんとお母さんたちは、オレをもふる用のコートを作っていた。ドレスの上からすべてのレースが隠れるように羽織る、いわばドレス版かっぽう着だ。二人のレースが全部隠れたのを確認して、オレはお母さんの膝にジャンプした。わーい、なでてー。

ウィオが騎士団での後片づけを終えてお屋敷に帰ってきたとき、オレはお母さんの膝の上で、ぐねんぐねんになっていた。お母さんもお義姉さんも、絶妙な力加減でなでてくれるので、気がつくと、へそ天になっていたのだ。

「あら、ウィオラス、お帰りなさい」

「ご無事で何よりですわ」

「母上、義姉上、ただいま帰りました。ルジェ、すごい格好になっているぞ」

『飼い狐だから、いいんだ』

――働きすぎて身体を壊したオレは、次は飼い犬になりたいと思いながらその生涯を閉じた。そして与えられた二度目の命、今度は働かないで、好きなことをして生きていきたい。オレはそれができる神獣なのだ。

ウィオに出会い、お屋敷に居場所を作ってもらった。この世界に大切な人たちができた。この人たちと一緒に生きていきたい。それを邪魔する奴には、神罰を下しちゃうからね。

オレの飼い狐生活は始まったばかり。ぐーたらするぞー。

第五章　冒険者の使役獣

『マトゥオーソ？』

「ああ。ルジェに浄化に来てほしいと、隣国マトゥオーソから依頼があったそうだ」

「この国の教会が非協力的になったせいで、カリスタの森を挟んだ隣国のマトゥオーソにも影響が出たんだ。隣国がカリスタの森の対応をしてくれたおかげでミディルの森の対応に専念できていたこともあり、陛下も無下にできないようでね。ルジェくん、どうかなあ？」

　お屋敷で念願のぐーたら飼い狐生活を満喫していると、隣国への派遣要請が来た。今までもたくさん来ていたけど、オレのところに来る前にすべて断ってくれていたらしい。ただ、お世話になった隣国だけは断りきれなかったようだ。

　オレがウィオと出会ったミディルの森はこの国オルデキアの北のほうにあり、カリスタの森は西にある隣国マトゥオーソとの国境にある。カリスタの森のこの国側にはあまり人が住んでいないが、森を越えたマトゥオーソ側には穀倉地帯があり、多くの人が住んでいる。

　この国で魔物が増えると同時に、カリスタの森でも魔物が増えた。その影響は、この国の側ではなく、むしろ隣国の穀倉地帯に大きく出てしまった。魔物が増えて、この国で一番大きく被害が出たミディルの森は、オレが浄化して平常に戻ったので、カリスタの森の浄化もしてほしいと隣国マトゥオーソから要請が来たのだ。

オレの存在は、各国には内密に伝えてある。神罰関連で神託もあったので、伝える前から知っていた国もあったようだ。

『ウィオが行ったほうがいいと思うなら行くよ』

「私は国の要望を聞く前例を作らないほうがいいと思う」

ウィオは自分が騎士団に所属しているせいで国がオレをいいように使おうとするのではないかと、ひどく警戒している。ミディルの森の浄化後に、このままだと自分の騎士の身分がオレの足かせになりかねないから騎士団を辞めると言い出した。オレが反対し国にも引き留められたので、実現はしていない。たしかに神獣の加護を受けた者が王に忠誠を誓う騎士団に所属しているのはよくないとは思うけど、せっかくウィオが手に入れた居場所と仲間を、オレのせいで手放させたくはない。

だからオレは騎士団の訓練場には顔を出さず、ウィオが魔物討伐の遠征に行くときだけただの狐の使役獣としてついていっている。浄化も治癒もしないので、遠征先でのオレの仕事は癒やしを提供することだ。

『でも、行ったほうがいいから、お父さんは突き返さなかったんでしょう?』

そう、オレにまで話が来るということは、お父さんが突き返さなかったということだ。

お父さんはオレとの関係もあって、今や国内での発言権がかなり強く、オレへの要望は一度お父さんを通すことになっている。そのお父さんがオレのところまで話を持ってきたのだから、簡単には断れない事情があるのだと思う。詳しく聞くと、オレの立場を思うと断ったほうがいいが、この国の安定のためには受けたほうがいい、というものだった。

隣国マトゥオーソは大国で、国力も軍事力もかなりの差がある。オレ欲しさに攻めこまれると、この国は勝てない。この国が原因で増えた魔物の対応に協力しないとなると、戦争の大義名分を与えてしまうし、この国が神獣を独占していると主張されるかもしれない。それでオレの自由が奪われるのは困るが、国の要望で他国に派遣するという前例は作りたくない。お父さんも決めかねていた。

「父上、人の都合にルジェを巻きこむわけにはいきません」

『じゃ、森をこちら側から浄化するのは？　こちら側の森の中の魔物をウィオたちが倒して、オレが浄化するときに、間違って向こう側の森も浄化しちゃうっていうのはどう？』

「それが一番無難そうだねえ」

「ルジェ」

『ウィオ、オレはお父さんとお母さんの住むこの国が戦争になるのは嫌だよ』

きっとそんな事態になれば、ウィオはオレを連れてこの国を離れる。だけど、いろんなつながりを持つお父さんとお母さんは残るんじゃないかな。

人間たちの力関係にオレが口を挟むのはよくないが、現実的にオレの生活が脅かされるなら話は別だ。オレはこの飼い狐生活を守りたい。ただ、オレが守りたいのはこの生活と大切な人たちであって、この国ではない。そこは間違えないでもらわないと。

「父上、やはり私は騎士団を辞めます。この家からも除籍してください」

『ウィオ、そんなのダメだよ。オレのせいでウィオが家族や仲間をなくすのは嫌だ』

「でもそれが最善だよ、ルジェくん。貴族の籍を抜いたところで、ウィオラスが私たちの家族であることは変わらない」

加護を与えているウィオが騎士団に在籍しているから、オレはこの国の所属と思われてしまう。ウィオが騎士団を辞め、さらに貴族でなくなれば、この国とつながりはあるものの、所属とは一応みなされなくなる。

「ルジェ、冒険者になるから、一緒にいろんなところへ行かないか？」

『魔物の討伐をするの？』

「そうだな。珍しい素材を探す依頼もあるだろう。ルジェには使役獣のフリをしてもらうことになるが」

『それはいいけど』

「騎士になりたかったわけじゃないから、辞めることになっても惜しくはないんだ。隊の仲間とはまた会える」

「ルジェくんもウィオラスも、この屋敷に住んでくれていいんだ。出ていくと、妻がすねるよ」

結局、隣国からの要請は受けず、ウィオは騎士団を辞めた。もちろん騎士団からも国からもいろんな条件を提示して引き留められたが、ウィオの意志は固かった。

そして貴族の籍も抜け、平民のウィオラスになる。

早速、平民としての初仕事、冒険者の登録に行った。

ウィオは髪の色もあって目立つし、氷の騎士と呼ばれ有名なので、登録のためにカウンターに声をかけると、すぐにギルド長の部屋に案内される。

「ウィオラス様、ご登録とのことですが……」

「平民なので敬語は必要ありません。冒険者の登録と、使役獣の登録もお願いします」

「その、使役獣とは、そちらの、その……」

「狐（きつね）です」

「……、冒険者ギルドの統括長とここ王都の長である私は存じあげておりますが、他の者は知りませんので、ご無礼があるかと思います。何卒（なにとぞ）ご容赦（ようしゃ）ください」

「分かっています。狐（きつね）の使役獣のフリをすることは納得しています」

オレの存在は国の中枢にしか知らされていない。ミディルの森のことは、騎士団の総力をあげて魔物を狩ったことで瘴気（しょうき）が収まったことになっていた。

ウィオは庶民にも氷の騎士として知られていて、ミディル森討伐の出発と帰還の際に狐（きつね）を連れていたので、オレは使役獣として認識されている。だからそのまま狐（きつね）の使役獣で通すのだ。

「ギルドの決まりで、使役獣の印にプレートをつけていただかないとならないのですが……」

ギルド長が恐縮しながら、オレの名前と契約主であるウィオの名前が書かれたプレートを渡してきたが、もちろん対策済みだ。……お母さんが。

ウィオの冒険者用のマントに合わせたスカーフを作り、そのアクセサリーとしてプレートを短いチェーンで留めるようになっているのだ。

早速プレートをウィオがつけてくれた。

『似合う？』

「ああ」

『これでウィオの相棒だね』

うれしくてウィオの肩に乗って頬にすりすりすると、なでてくれた。これから、ウィオとオレは冒険者だ。


ギルド長から冒険者のランクについて説明がある。戦闘職についていた者なら中堅ランクから始められると言われたが、初心者ランクから始めることにした。平民になったとはいえ、お屋敷の離れに住んでいるので宿代や食費もかからず、急いで稼ぐ必要もない。いろんな経験をしながら少しずつランクを上げていこうと、ウィオと決めたのだ。

初心者ランクの依頼を紹介してもらい、人気のなさそうなものを選ぶ。王都の用水路の掃除だ。冒険者に夢を持っている若者はやらないだろう。ギルド長から、神獣様とその加護を持つ人にそのようなことはさせられません、という焦り(あせ)を感じたが、ウィオもオレも気にしない。

初依頼の用水路掃除の日。集合場所に集まったメンバーを見ると、冒険者に登録したての懐(ふところ)がさみしそうな若者ばかりだった。半日で危険がないわりには料金がいいので、装備を買うためと割りきっている者もいる。オレたちはそんな若者とグループを組んで、橋の下を担当した。

係の人に引率されて、担当する区画に移動し、掃除を始める。そこに見まわり中の第二部隊の騎士が通りかかった。中に、ミディルの森の一斉討伐に参加した騎士がいる。

「第三部隊の小隊長？」

「退団して、今は平民です。今日は冒険者の依頼で、用水路掃除をしています」

騎士は納得していないような表情で頑張れと言って、去った。それを見ていた冒険者の若者に声をかけられる。

「あんた、やっぱり氷の騎士だよな？」

「退団したので騎士ではない」

ウィオの取りつく島もない返答に、若者くんがビビっているけど、怒っているんじゃなくてこれが普通で、コミュニケーションが苦手なだけなんだ。そう教えてあげたくなる。

それから半日。なんとなく遠巻きにされてほとんど会話のないまま、橋の下と周りの水底にたまったゴミを集めて燃やし、集めて燃やし、を繰り返した。燃やしやすいように、ウィオが魔法でゴミの水分を飛ばしているので、乾かす必要がなくすぐに燃える。

ときどきちゃんと仕事をしているか、監督の人が確認に来た。サボっていると、依頼料がもらえないのだが、若者くんたちは監視の目がなくとも真面目に仕事をしている。さすがに元騎士の前ではサボれないよね。オレはちゃんと、ウィオを応援するという仕事を、ウィオの肩の上で頑張った。

決まった時間になったところで終了の合図があって、依頼達成の証明書が渡される。ギルドでこれを見せて依頼達成報告をすると依頼料をもらえるが、半日用水路にいたので匂いが染みついていて、このままで行くと文字通り鼻つまみ者になりそうだ。

ウィオは器用に水をシャワーにして降らせて全身をぬらし、水を集めて乾かした。騎士団の遠征で身につけた技だ。

オレ自身は、臭いよ消えろーと願うと消える。使えるというのは分かるが、使い方は結果を想像して魔力を流すだけなので、詳しいことはオレにも分からない。

若者くんたちはそんな技能もなく汚れたまま、参加者同士で話をしながらギルドへ向かう。有名な元騎士なのに自分たちと同じ初心者の依頼を受けているウィオに話しかける猛者はいないので、ぼっちだ。

『初めての依頼、お疲れ様』

「応援ありがとう。次はどんな依頼がいいか、やりたいのはあるか？」

『ウィオと一緒ならなんでもいいよ』

どうせ、オレは応援しかできないのだから、ウィオがやりたい依頼を受けてほしい。そんな話をしながら、ギルドへ歩いた。


次の日からも、初心者ランクの依頼の中で人気のないものを選んで受けた。王都から徒歩では日帰りできない距離の丘にある買い取り価格の低い薬草の採取とか、工事現場の手伝いとか。

そんな依頼をこなして数日、ギルド長から呼び出された。

「騎士団から、用水路の掃除をするくらいなら騎士団の魔物討伐に同行してほしいと、依頼が来ています。初心者ランクでは指名依頼が受けられませんので、保留にしていますが」

「騎士団や国からの依頼は受けません。指名依頼は断ることが可能ですよね？」

「そうですが、実質は不可能です。国からの依頼となると……」

「ルジェ目当ての依頼とそうでない依頼をはっきりと分けることはできないでしょうから、指名依頼はすべて断ります」

「そうですね。分かりました」

まあそうだよね。用水路掃除は駆け出しの冒険者にもできるけど、魔物討伐は騎士団か、中堅・上級ランクの冒険者にしかできない。冒険者の生活は楽しいが、ウィオの能力を考えると、宝の持ち腐れだよなあ。

『ウィオ、先にカリスタの森の浄化を終わらせない？　それから、のんびり冒険者しようよ』

「そうだな。そのほうが横やりも入らないか」

中堅ランクに上がってからカリスタの森に行くつもりだったけど、予定変更だ。ギルドには冒険者稼業はしばらく休むと伝え、カリスタの森に一番近い村に移動した。

拠点とする村とカリスタの森の間には大きな河が流れているので、魔物がこちら側に来ることはほとんどない。ここから森に通って浄化を行おう。

村には小さな宿があったので、長期滞在をお願いした。といっても小さな村、ほとんどお客さんが来ないため、農業の傍(かたわ)らやっている、部屋だけ貸すものだ。めったに来ない外からの客で、しかも長期滞在だから、最初は珍しいもの見たさに用もないのに村の人が遠巻きに見に来ていたが、それも数日で落ち着く。王都から離れた村だからか、ウィオが元騎士だとは気づかれていない。

森の魔物を狩るため滞在するので食事を用意してほしいと交渉した結果、ご近所の家の持ち回りで作ってもらえることになった。貴重な現金収入になるので、みんな乗り気だ。お屋敷から保存のきく食べものを持たせてもらったけど、作りたてのほうが美味(おい)しいよね。

森へは河を渡っていく必要があり、そこはウィオの氷魔法の出番だ。川の水の一部を凍らせて橋を作り渡る。村人が渡ると危ないので、毎回渡り終えたら解かしている。

魔物の退治では、オレの結界が大活躍だ。今日はこの範囲と決めて、まずその一番外側に魔物が通れない結界を張って逃げられないようにする。そして、その中にいる魔物の居場所を一体ずつ特定し、その場所にまた小さな結界を張って魔物を閉じこめた。すべての魔物を小さな結界に足止めしたところで、片っ端からウィオの魔法で魔物を倒し、オレが浄化していくのだ。人がいないからこそできる方法で、探し回らなくていいので、効率がいい。

ただ、ミディルの森と違って、頻繁(ひんぱん)に魔物討伐をしていないので、馬が通れるような獣道(けものみち)がなく、徒歩になる。村から日帰りできる範囲の魔物を倒し、そろそろ泊まりがけで進む必要が出てきた。

「携帯食を用意したけど、これで三日分足りるかい？」

「ああ、十分だ。三日後に帰ってきたらまた宿に泊めてほしいが、必ず帰るとは限らない」

「予定が変わるのはかまわないが、無事に帰っておいでよ」

「努力する」

村の人に三日分の携帯食を用意してもらって、森に入る。テントとシュラフがあればオレの結界で夜は無事に過ごせるので、これからは森の中で二泊することにした。

初日と三日目が移動で、二日目が今までと同じ要領での魔物狩りだ。

森の中で二泊して、村に帰って二泊している間に携帯食を作ってもらい、また森の中で二泊して、と広い森を攻略していく。

この討伐は依頼ではないので、討伐証明となる魔物の一部を保存する必要がなく気楽だ。

国境を越えない範囲での森の一番奥までは、この村よりも王都側にある森の入り口となっている別の村から騎士団が討伐に行っている。オレたちが王都から遠い側の村から討伐を進めると、お父さんが伝えてくれたのだ。こちらが討伐を終える頃には向こうも終わっているだろう。

森をウロウロして、二日間村で休んで、というサイクルで、少しずつ場所を移動しながら魔物を狩っていく。最初の頃に狩った辺りでまた魔物が湧いていることもあるが、数はそう多くない。

こうして夏の終わりから始めたカリスタの森の討伐を、冬になる前に終えた。王都に近い側の森の討伐もすでに終わって騎士団は引き上げている。国境を越えた向こう側でも、討伐をしている気配があったので、お父さんからの情報をこの国が伝えたのかもしれない。

森全体の瘴気を浄化するため、オレの魔力を森全体の上空に広げて雪を降らせ、その雪に薄く広くオレの神力を乗せていく。この方法が一番効率がよく、風向きでたまたま国境を越えたと主張できる。神力の調整はミディルの森で経験済みなのでばっちりだ。さすがに隣国で騒動を起こすわけにはいかないので、慎重に行った。

五日間、雪が降り続け、あがった頃には、この地域の瘴気は普通に戻っているはずだ。

「ルジェ、お疲れ様」

『ウィオも。王都に帰ろう。お屋敷のご飯が食べたい』

広い範囲に降り始めた雪を見て、ウィオがよく頑張ったとなでてくれた。オレは首に巻き付いて甘える。たくさん頑張ったから、このあとはお風呂に入ってお屋敷でのんびりごろごろしたい。

でもその前に、食事を作ってくれた村の人たちに無事に終わったと報告しないとね。

「――帰ってきたのか。森に雪が降ってるから、心配してたんだよ」

「ああ、やることは終わったので、引き上げる」

『ご飯ありがとう』

「使役獣も食事に感謝している。助かった」

「いいさ。こっちはお金をもらって、森が安全になる。いいことずくめだ」

長い間滞在していたからか、言葉だけじゃなくて本当に心配してくれていたようだ。最終日の夜は、ご飯を作ってくれていた家からそれぞれ一品持ち寄っての、ちょっとしたパーティーを開いてくれた。いかにも家庭料理って感じの、素朴な味で見た目はあまり考えられていないものだけど、この村でとれた野菜を使っていて、美味しい。

「お城に神罰が下ったって聞いてさ、それから魔物が増えたっていうから、いつあの森から魔物があふれだしてくるのか、みんな怖がってたんだよ」

「今までは河のおかげでこっちの村までは来なかったけど、あの河を越えられる魔物だっているんだろう？」

「この森では会わなかったが、泳げる魔物もいる」

「騎士団も来てくれないし、あんたが来てくれてほんとよかったよ」

間に大きな河があるとはいえ、森が見えているのだ。不安は当然だろう。

被害が出ていない状況では騎士団に要請も出せず、自分たちではどうすることもできなかったところにウィオが来たから、協力的だったのだ。森に行くのに持たせてくれた食事も、日持ちするようによく考えられていたし、オレ用には味付け前のものを取り分けてくれていた。初めての冒険者生活に浮かれていないで、もっと早くに討伐に来るべきだったなと反省する。

でもこれで、国内に瘴気(しょうき)が大きく偏(かたよ)っているところはもうない。また冒険者のレベル上げに勤(いそ)しんでも大丈夫だ。

見送りに出てくれた村の人たちに挨拶(あいさつ)し、二か月以上滞在した村をあとにした。

近くの街まで歩き、そこから王都までは馬車を借りて、のんびりと移動しよう。馬車を買って国内を旅行するのも楽しそうだ。

『これからどうするの？』

「まずは屋敷に戻ってのんびりしたいだろう？　そのあとは冒険者のランクを上げるかな」

野営地で食事をとりながら、今後の相談だ。

街道の脇には、馬車を止めて休憩や野営ができるように、ところどころ空き地がある。国や領が整備したものもあるが、だいたいは旅人が使ううちになんとなくできたものだ。

ここもあまり整備されていないただの空き地だが、オレたちは馬車の荷台に荷物をほとんど置いていないので、荷台にシュラフを広げて眠れた。

周りの枯れ木を拾ってたき火をして、街で買った日持ちのするパンをかじる。

『ウィオ、馬車が来る。馬が足を怪我して、あまり進めないみたい』

「どっちからだ？」

『オレたちが向かうほう』

遠くからの馬のいびつな足音と馬を励ます人の声を、オレの高性能な耳が拾った。太陽が沈んで、辺りは薄闇だ。急がなければ、暗闇に包まれてしまう。

ウィオが近くの木に手綱をくくりつけていたオレたちの馬車の馬を放して乗ったので、オレも飛び乗る。音のしたほうへ近づくと、前足を怪我した馬の両側を男の人が歩いていた。

「私は王都へ向かう冒険者だ。今夜はこの先の空き地で休むところだったが、馬が足を怪我しているのを私の使役獣が聞きつけたので来た。よければ手伝おう」

「ありがたい。この先の村の者です。街に野菜を売りに行った帰りに、馬が足を怪我して走れなくなりました」

村を代表して街へ行き収穫した野菜を売って、冬支度の防寒具などを買って帰るところだそうだ。お互いに名乗って了承をもらったので馬車に近づく。最初は警戒していた村人は馬に乗ったオレを見て顔をほころばせた。こんな可愛い狐を連れた悪人はいないから、安心して。

ウィオと村人が馬車から足を怪我した馬を外し、ウィオが乗ってきた馬を馬車につないでいる間、オレは馬に怪我の具合を聞く。もともとよくなかった足を、足元の悪いところを走って痛めたようだが、骨は折れていない。いきなり治ると驚かれるので、とりあえず空き地まで歩ける程度の軽めに治癒をかけた。

　村人が馬車をゆっくり走らせ、ウィオが足を痛めた馬を引き、オレはその馬の背に乗って移動する。無事空き地まで戻り、ウィオが馬を木につないだところで、馬の足の怪我を完全に治してあげた。これで一晩寝たおかげで治ったと思ってもらえるだろう。

　お互い頬を寄せてすりすりすると、感謝の気持ちが伝わってくる。最初に話をした動物が馬だったからか、オレは馬が好きなのだ。治ってよかった。怪我をしていた馬と、ウィオが借りた馬の二頭と心ゆくまでたわむれたオレは、ご機嫌になる。この野営地が魔物に襲われないように、結界を張っておくから、ゆっくり休んでね。

　翌朝早く、村人たちは感謝しながら、村に向かって出発した。お礼に防寒具をくれようとしたけれど、それはウィオが断る。冒険者でも身なりがいいので、ウィオを上級ランクだと判断したのか、村人たちはすぐに引き下がった。その代わりに今度通りかかった際は寄ってくれと何度もお礼を言われる。

『王都までの村に、珍しい野菜とか果物とかあるかなあ？』

「寄った街で聞いてみるか。あの村の果物が気になるんだな」

　食いしん坊がばれて、ウィオに笑われた。助けた村人たちの村では、夏に桃に似た果物が取れるらしい。季節が違うから今は食べられないけど、美味しそうだ。

ウィオと初めて会ったときは、それまでずっと果物を食べていたからか肉が食べたかったけど、果物も野菜も美味しいものはなんでも大好きだ。

次の街で、ウィオは市場に寄ってオレのための果物を買い、さらに珍しい野菜や果物がないかを聞いてくれた。

「それだったら、ルリューベっていう野菜がここから王都側に行ったところにある村で採れるよ」

「ルリューベ？」

「そう。面白い見た目で、生のままでも食べられる野菜だよ。最近作るようになったものだから、たまにしか入らないんだ。私の紹介って言えば売ってくれると思う」

『キャン！』

面白い見た目ってどんなのだろう。楽しみだ。オレの期待に気づいたウィオが、情報のお礼にとさらに果物を買おうとする。オレはすごく香りのいい梨の前でお座りして主張した。これがいいなあ。

「狐くんはお目が高いね。それはピルルの実、香りも甘みも極上だよ。ちょっと高いがね」

「五個もらおう。一つ皮をむいてくれるか？」

ウィオが大人買いしてくれる。しかも一つはこの場で食べさせてくれるようだ。肩に乗ると、切ってもらった一切れをオレの口元に運んでくれたので、かぶりつく。もぐもぐ。シャリシャリして美味しい！

『キャン！』

「美味しいのか。よかったな」

ウィオと半分ずつピルルを食べて満足し、お礼を言いながら甘えると、なでてくれた。美味しいものを分け合って食べると幸せだよね。仲のいいオレたちに八百屋の人も笑顔だ。

街を出て、教えてもらった村に向かう。面白い見た目の野菜ってどんなのだろう。

ワクワクしながら教えてもらった村を訪ね、街の八百屋の店主から紹介されたことを伝えると、村長のもとに案内された。最近代替わりをした村長が、他の村と差別化を図るために外国の珍しい野菜を試験的に作っているそうだ。

村長が見せてくれたルリューベは、カブの根から葉が生えたような不思議な形だった。生でも火を通しても食べられるけど、生で食べる場合はシャキシャキした食感を楽しむそうだ。ただ、皮が硬いので厚くむく必要がある。

「料理人に任せたいので、まとまった量をもらえるか？」

「あんた貴族か？」

「いや、冒険者だ」

冒険者で料理人がいるって、謎だろうね。村長は納得していないようだったけど、だったらこっちの野菜も買わないかと、隣の畑へ案内してくれた。そこには、不思議な見た目のカリフラワーのような野菜がある。

「ロッコネリっていう野菜だ。これからの時季採れるんだが、ゆでてサラダにすると美味い。見た目で子どももも喜ぶぞ」

しげしげと眺めていると、「そこの狐もな」と言われた。自然の造形美というか、まじまじと見ていると目が回りそうな形だ。これってフラクタル構造だよね。こっちの野菜はまだ時季が早いからと、少しだけ売ってもらう。評判がよかったらこの村の宣伝をしてくれ、と少し値引きしてくれたので、ここが商機だと思ったのだろう。気に入ったら、また買いに来ていいと許可をもらって、村をあとにした。

『オレ、この国を出ても平気かなあ？』

「美味しいものを探しに行きたいのか」

『ばれた？　いろんな料理食べてみたいなって思って』

「ルジェが人の都合に合わせる必要はないんだ。美味しいものを探す旅に出よう」

ウィオはいつだってオレの希望を一番に考えてくれる。たとえそのために国と対立することになったとしても、変わらないだろう。だから、オレは国と対立するような状況を作りたくない。お父さんに相談してみよう。

「お帰りなさいませ」

「シェリス、近郊の村で珍しい野菜を手に入れたので、料理してほしい。馬車に積んである」

「かしこまりました。後ほど、料理長をお部屋へ向かわせます」

さすができる執事さんだ。これだけで話が通じる。通じちゃうからウィオがしゃべらないのかも。

オレは久しぶりのお屋敷にテンションが上がって庭を駆け回ったあと、執事さんにお風呂に入れてもらった。二か月も森にいたから、石けんでもこもこにされると、泡が黒くなる。二度洗いでやっときれいになったので、湯船でのんびり泳いだ。人間のように高い温度は無理だが、温かい湯がとても気持ちいい。雪の神獣だからって、お湯に入っても解けはしないのだ。

執事さんに見守られながら泳いでお風呂を堪能してから上がり、タオルドライのあとに執事さんの風魔法で乾かしてもらってから、ウィオに手渡された。

「さらさらになったな」

『執事さんのお風呂は最高だよ』

「恐れ入ります」

執事さんにもオレの言葉が分かるようにしている。

ミディルの森の浄化の際、ウィオと秘密保持契約書を結んだ人だけにオレの言葉が分かるようにすると決めた。でもその前から、この家のウィオの家族と執事さんには分かるようにしている。執事さんも家族みたいなものだし、お父さんと秘密保持契約を結んでいるから問題ない。

今オレの言葉が分かるのは、この家の人以外だと、騎士団長さん、前騎士団長さん、近衛団長さん、第三部隊の部隊長さん、今はウィオの後を継いで小隊長になった副隊長さんだ。

ウィオが帰ったからと子どもを除いた家族全員が集まった夕食に、ルリューベとロッコネリが登場した。カリスタの森の話題よりも、初めて見る野菜の話で盛り上がっている。

ちなみにオレが神獣だと分かってから、オレの食事は小さなテーブルの上に用意されるようになった。神獣様に床で食べさせられない、ということらしい。オレは美味しければなんでもいいんだけどね。

「こちらが、ウィオラス様がお持ち帰りになった野菜でございます。ロッコネリはゆでてサラダに、ルリューベは生はサラダに、火を通したものはポタージュスープにしております」

料理長が説明してくれる。初めてだから今回は素材の味を活かした料理にしたそうだ。オレにも薄味で用意してくれた。ルリューベはキャベツみたいな味だ。カブみたいな見た目でキャベツ。視覚と味覚で混乱する。ロッコネリは見た目は派手だけど、優しい甘さだ。

「このロッコネリは、お食事会に出したいわね。見た目にインパクトがあっていいわ」

「そちらはこれからの季節の野菜だそうで、少ししか手に入りませんでした」

「シェリス、料理長と相談して、可能なら入手してくれ」

「かしこまりました」

珍しい野菜は好評だ。特に見た目が面白いというのがポイントが高いらしい。ウィオに寄り道させたオレもうれしい。

でも、オレの本題はここからだ。食事が終わって、サロンでくつろぐお父さんの膝に飛び乗った。

「ルジェくんが村に行きたいと言ったんだって？」

『珍しい野菜や果物が食べたくて。オレ、他の国の料理を食べに行きたいけど、大丈夫かなあ』

「ルジェくんの好きにすればいいんだよ。国のあれこれは人の考えることだからね。でも、ときどき帰ってきてくれないと、さみしいな」

『美味しいもの持って帰ってくるよ』

お父さんにお腹(なか)を見せると、優しくなでてくれた。お父さんと一番上のお兄さんはこういうときに優しくなでてくれる。二番目のお兄さんとウィオはわしゃわしゃしてくれる。兄弟でも違っていて面白い。

ウィオはこの家と貴族から除籍されたので、このお屋敷も出るつもりだった。けれど、それをお父さんが止めた。家族には変わりないというのもあるけど、オレは神獣で、ウィオは神獣の加護を持つ者だ。お父さんたちはオレに滞在してもらう側だし、宿をとればおそらく他の貴族から誘いが来ると言われ、このお屋敷にとどまっている。

でも一応けじめとして、母屋のウィオの部屋ではなくて、離れを借りていた。

しばらくは、このお屋敷でのんびりしながらウィオの冒険者ランクを上げるから、旅に出るまではお父さんたちにたくさん甘えよう。

久しぶりに冒険者ギルドに行くと、すぐにギルド長の部屋に案内された。

初心者ランクは依頼を十日受けないと登録が期限切れになってしまうそうで、ウィオの登録が切れてしまったのだ。そういえば、そんな説明あったっけ。

「これを機に、中堅にランクアップしませんか？」

「いえ、もう一度登録からやり直します」

オレがあと何回でランクアップかな、と楽しみにしているのを見ていたウィオが、最初からやり直すと決めた。だって、こういうのってスタンプラリーみたいで楽しいよね。ギルド長はランクアップしてほしいみたいだけど。

「でしたらギルド長の権限で、カリスタの森の魔物の討伐を行っていた期間を休みに加算しないようにします。今日依頼を受けていただければ、登録は引き続き有効になります」

「人気のない依頼があればそれを受けます」

ウィオはすでに自分で依頼を探す努力を放棄している。やりたい依頼もないし、できない依頼もないから、ギルドがやってほしい依頼を受けている。

ギルド長がいくつか依頼を持ってきて、その中から迷子の犬を探す依頼を見つけた。これやりたい！　オレが大活躍できる依頼だ。ウィオ、お願い！

迷子犬の捜索は依頼料が高くないうえに、時間をかけても見つからず依頼が達成できないこともあるため、人気がないようだ。でもオレには関係ない。

ウィオが依頼を受けてくれたので、まずは犬の飼い主に話を聞きに行く。飼い主は、大きなお店を構えている商人のご隠居さんだ。

すぐにご隠居さんに会えたので話を聞くと、その犬「シェルビー」はちょっとおバカな大型犬で、脱走してもいつもなら数日で帰るのに、今回は一週間たっても帰ってこないということだった。遠くまで行って帰り道が分からなくなり困っているんじゃないかと、依頼を出したらしい。

匂いを覚えて、ご隠居さんにご近所で仲良くしている犬を聞いて、いざ捜索に出発だ。

『キューン？（シェルビー知らない？）』

『ワン？（シェルビー？　誰？）』

『キャフキュン（ご隠居さんのところの灰色の犬）』

『ワフワフ（多分狙ってるメスのところだよ）』

前から可愛い子を見つけたのだと話していて、脱走したときも、「かわいこちゃんに会いに行く！」と一目散に走っていったという。なるほど。お気に入りの女の子のところに入り浸っているんだな。その女の子の情報を聞いて向かおう。パン屋さんのところの子だというので、おそらく庶民街だ。近くならすでに見つかっているだろうから、少し離れたところに犬を飼っているパン屋さんがあるか聞くと、一店舗あるようだ。おそらくそこだろう。

目星をつけた地区へ行くと、ワンコはパン屋の前で寝転がっていた。しかも、地域犬のような扱いで可愛がられている。これはご飯も困らないから、帰る気にならなかったんだな。

『キューン（ご隠居さんが探してるよ）』

『ワフ？（ご隠居さん？）』

『キャン、クン（飼い主、おじいちゃん）』

『ワオーン！（おじいちゃーん！）』

あ、いきなり家のほうに走っていった。オレに言われて飼い主を思い出し、会いたくなったようだ。うん、事前情報のとおり、ちょっとおバカかも。

オレがワンコと話している間に、ウィオはパン屋さんやご近所の人にワンコを飼い主が探していることを話し、最近の様子について聞いた。十日前くらいに現れて、パン屋の看板犬にちょっかいをかけては相手にされずに怒られていたそうだ。野良犬にしては汚れていないし痩せてもいないので、どこかの家から逃げ出した犬だろうと、近所の人でご飯をあげていたらしい。子ども相手にもかまないので、可愛がられてもいた。

たまにはここに散歩に来てほしいという住人の伝言を受け取り、ご隠居さんのもとに戻る。ワンコがちゃんと家まで帰れているか匂いを追うと、無事にご隠居さんの家に着いた。一安心だ。

「おお、冒険者の。実はさっきシェルビーが帰ってきまして――」

「ええ。西の庶民街のパン屋の看板犬が気に入ったようで、相手にはされていませんでしたが、そこに住み着いていていました。迷い犬だと思い、近所の人がエサを与えてくれていたようです。子どもたちが可愛がっていたので、たまには散歩に連れてきてほしいと、住民からの伝言です」

「なんと、これだけの時間でそこまで突き止められたのですか」

「使役獣の狐が。鼻が利きますので」

「さすが氷の騎士様の使役獣ですな」

「駆け出しの冒険者です」

オレが犬から聞いたって話せないので、匂いで探したことになっている。そして、ウィオの素性もばれている。髪の毛が目立つから仕方ないね。

そこにワンコが建物の奥のほうから走ってきた。帰ってきてご飯をもらったのか、口元に食べものをつけている。オレに近づこうと、ウィオの足を登ろうとしているので、オレがウィオの肩から下りる。ワンコは体当たりする勢いで身体をすりつけてきた。「ありがとう、大好き」とワウワウ鳴きながら、すりすりされる。親愛の情なのは分かるけど、体格差考えて。オレが飛ばされちゃう。

それに、オレのもふもふの毛に食べこぼしをつけないでよ。

あ、ワンコのあとを追ってきた使用人が、オレからワンコを離そうとしてはじき飛ばされた。ウィオが、嫌ならオレは逃げるから大丈夫だと説明しているけど、小さなオレがワンコに負けるんじゃないかと心配そうにオロオロしている。この体格でちょっとおバカだと、世話をする人は大変そうだ。

でも、ご隠居さんも使用人さんもそんなところが可愛くてたまらないんだろうな。ワンコを止める声に愛情があふれている。いい飼い主でよかったね。

依頼達成のサインをもらい、おじいちゃんに心配かけないようにワンコに念押しして、ご隠居さんの家を出る。今回はオレが大活躍だった。オレは神獣だから、魔物以外の獣(けもの)からは無条件で愛されるのだ。えっへん。

ギルドに戻ると、またギルド長の部屋に通された。受付のお姉さんはウィオを見て目がハートになっている。ギルド内で下手(へた)に絡まれてトラブルになったら困るというギルド長からの無言の圧力を感じた。

依頼達成の手続きをして、次の依頼を選んでもらう。人気のないものをと言っているので、街から離れた依頼が多い。ギルド長も、街から少し離れているけれど馬があれば日帰り可能な採取など、人気はないが早めにこなしてほしいものを振ってくるようになった。

ただ、一つ困ったことがあって、普通の動物はオレを慕うので、食用の鳥などを狩る依頼を受けると、鳥のほうから寄ってきてかわいそうで狩れない。一度だけ受けた食用の動物を狩る依頼は、申し訳ないけど失敗にし、ギルド長にも今後は受けないと、ウィオが断った。調理されたものを食べておいて甘えるなと言われそうだが、スーパーに並んでいるお肉は食べられても、目の前で鶏を絞められたら多分食べられない現代っ子だったんだよ。

そうしたハプニングはあれど、順調に依頼をこなし、冬の間には中堅ランクに上がれそうなところまできた。

中堅ランクに上がるには、既定の数をこなしたあとに、ランクアップ試験を受ける必要がある。試験は、訓練場での戦闘と、森の中での野営だ。戦闘職の人たちがいきなり中堅ランクから始められるのは、どちらも仕事で十分に経験済みと見なされるからだった。

「ランクアップ試験は受けられますか？　受けなくともランクを上げますが」

「受けます」

ごめんね。オレが楽しみにしているから、ウィオが受けてくれるんだ。きっと試験官がやりにくいだろうなと思うけど、見たいの！

ランクアップ試験一日目。今日は戦闘試験だ。

中堅ランクは、世の中一般的に冒険者ならできるだろうと思われることがこなせるレベルだ。

冒険者は初心者、中堅、上級の三ランクに分かれている。薬師などはもっと細かく分かれているらしいが、場所によって魔物も違い、それぞれ戦闘形態も異なる冒険者は、これができればという統一基準を設けにくく、初心者、誰が見ても強い上級、その他大勢、にしか分かれていない。重視されるのは経験だ。上級になるのにはランクアップ試験などはなく、みんなが強いと認めたから上級といった感じで、そういう意味ではウィオは今の時点ですでに上級だった。

試験場となっている冒険者ギルドの訓練場に行くと、これから一緒に試験を受ける若者たちがたくさんいた。

ランクアップ試験は半月に一度、場所によっては一月に一度なので、たくさん人がいる。落ちても三回までは挑戦できるため、再挑戦組もたくさんいるそうだ。戦闘スタイルごとに受付が分かれていて、ウィオは剣士で挑戦だ。

魔法使いでもいけるけど、多分それだと試験を受けさせてもらえないだろう。

他には、斥候や治癒術師などの受付もある。治癒術師の試験は、簡単な治癒と魔物から逃げ切れるかどうかの試験らしいから、オレも合格できるよ。試験官はベテランの中堅ランクの冒険者が務めることが多い。合格の基準は勝つことではなく、戦えると試験官が判断することだ。

成人してすぐの若者が多いので、ウィオは浮いている。周りからものすごい視線を感じるけど、全く気にせず無視しているのは、ウィオが見られることに慣れているからなんだろう。

そんなウィオの肩の上で、オレは愛嬌を振りまいている。あれがうわさの使役獣か、という声が聞こえるけど、どういううわさだろう。可愛いっていうのだといいなあ。

しばらくすると、それぞれの戦闘スタイルの試験官らしき複数のベテラン冒険者が登場し、それを見て周りがざわついた。有名な人がいるらしい。

『あの人、上級ランクの剣士だって。知ってる？』

「知らないな」

ウィオ、そういうの興味なさそうだもんね。周りの話に聞き耳を立てると、上級ランクが試験官をするのは珍しいらしい。多分ウィオのためというか、ウィオのせいなんだろう。ギルド長、ごめんね。

試験官の紹介があって、試験の進め方や合格の基準、発表の方法などが説明されたあと、広い訓練場の中の、それぞれの戦闘スタイル別に決められた場所へ移動する。

「今回、剣士のランクアップ試験を担当する、上級ランクのフィーロだ。皆、緊張せず、普段どおりの力を出せるように頑張ってくれ。試合は受付の順番で行うが、ウィオラス、君は最後だ。他の奴らが自信をなくすからな」

「分かりました」

ウィオは最後になった。ウィオはこの試験官と互角で戦えそうだから、駆け出しの冒険者が見たら自信をなくしても仕方がないよね。

自分の出番までは、ここにいても、別のところの試合を見に行っても、ギルドから出ても、いいらしい。ただし、自分の番になったときにいなかったら失格だ。さっそく一緒に受けている友達の応援に行っている人もいるから、パーティーを組んでいるのかもしれない。パーティーを組む人を探すために、見学に来ている中堅ランクの冒険者もいる。

『治癒術師の試験が見たい』

「分かった、行こう」

『剣の試験は見なくていいの？』

「治癒術師は少ないからすぐに終わるだろう。戻ってきてからでいい」

たしかに。治癒術師のところへ行くと、二人しかいなかった。でも周りから聞こえてくる会話によると、そもそもめったにいないので、二人もいるのはかなり珍しいそうだ。見学に来ているのは、中堅ランクの冒険者として活動していて、治癒術師の勧誘が目的の人が多い。自分たちのパーティーに治癒術師がいれば、ポーションをたくさん用意しなくてもいいので、引く手あまただ。

試験の患者は格安で治癒を受けられる代わりに、治らない可能性もあることを了承した、怪我をした冒険者だった。一人は足を骨折している。もう一人は深い切り傷だが瘴気に侵されていた。

『ウィオ、あの切り傷の人、薄いけど瘴気に侵されているよ。多分治癒の効きが悪くなる』

「瘴気に気づかれていないということは僅かなのか」

おそらく瘴気が薄くて、普通の傷と思われているんだろうけど、オレには見える。瘴気に侵されているとポーションや治癒術の効きが下がるので、あの人の試験結果は悪くなるかもしれない。

試験を見守っていると、やはり治癒術の効きが悪いようで、切り傷は治らなかった。骨折の担当の人は腫れが引いてきたところで止めたが、切り傷の担当の人は結果が現れないので必死で治癒術をかけ続けている。最後は魔力切れで顔色が悪くなったところで試験官が止め、見守っていた仲間の冒険者に支えられて、救護所に連れていかれた。

『ウィオ』

「分かっている」

短く答えると、ウィオは訓練場をあとにして受付に向かい、ギルド長に至急話したいことがあると面会を申し入れる。けれどギルド長が不在だったので、初めて会ったギルド副長に伝言を依頼した。

副長はオレのことをただの使役獣だと思っているので詳しいことが言えず、騎士団で同様のケースを見たことがあるので、瘴気に侵されていないか確認したほうがいい、という伝え方になる。

他の戦闘スタイルの試験も見学して回ってから、剣の会場に戻っても、まだまだ試験は続いていた。剣の挑戦者が一番多いので、ウィオの試合は本当に最後になりそうだ。

上級ランクの試験官は剣さばきに無駄がない。オレにはそれくらいしか分からないが、上手なんだろうなというのは分かる。見ていると、同じように見学していた人が話しかけてきた。

「兄さん、氷の騎士様だろう？　なんで試験を受けてるんだ？」

「騎士は辞めて、駆け出しの冒険者だ。初心者からランクを上げている」

「へえ。騎士団でも試験があるのか？」

すごい。ウィオの話す気はありませんって空気をものともせずに話を続けている。その人のよさそうなところが、ちょっと副隊長さんに似ているかも。ウィオも邪険にせず相手をしていた。

「見習いから本騎士になるのには試験がある。部隊の異動を希望するときにもある」

「剣も魔法も両方か？」

「剣だけ、剣と魔法を使って、の二つの試験だ。近衛だと礼儀作法もある」

「落ちたりするのか？」

「本騎士になるときは落ちる。部隊の異動はできないだけだ」

この人、コミュニケーションの達人だな。ウィオが長文をしゃべっている。

彼は冒険者十年目で、新人を勧誘するためにランクアップ試験を見に来ているそうだ。自分がそういうパーティーに入れてもらって経験を積んだので、同じように新人を勧誘しているらしい。

「新人の指導で気をつけていたこととかあるか？」

「死ななければ、失敗ではない」

「うーん、失敗しても、命があるならそれは失敗じゃないから、気にするなってこと？」

「そうだ。私はずっと第三部隊だったから、本当に駆け出しからは指導したことがない」

「第三部隊は魔物と戦う部隊だよな。新人は配属されないのか」

「されない。それでも命を落とす者が出る」

ウィオは本当に最前線でずっと戦っていたんだ。あのときは死を覚悟したって、オレが命の恩人だって言っていた。これからはオレがいるから、命の危険はないよ。頬にすりすりすると、珍しく胸に抱きなおされたので、頬をぺろぺろなめるのが止まらない。

「可愛いな。その使役獣は何ができるんだ？」

「応援だ」

『キャン！』

うれしい。可愛いって言ってもらえた。ウィオもうれしそうだ。オレは可愛いのが仕事だからね。

今日も頑張って応援するよ。尻尾（しっぽ）をフリフリしてアピールだ。

「……応援か。頑張る気になれるな。どこで見つけたんだ？」

「ミディルの森で、オッソに襲われていた」

「そうか。ご主人様が大好きなんだな」

『キャン！』

そこにギルド長が来た。

「副長から聞きましたが、治癒術師の患者に瘴気があったとか？」

「騎士団でそういう例がありました。治癒術をかけているのにまったく改善が見られないなら、ポーションで確かめてみたほうがいいでしょう」

ウィオがオレのほうに視線を向けたのを見たギルド長が、オレが言ったと確信したようだ。確かめてみると言って、足早に去った。これもあの治癒術師の運ではあるけど、できれば数少ない治癒術師が自信を持って活躍できればいいなと思う。オレは治癒も司る神獣だからね。

それから、剣士の試験を見ながら、この若者は伸びそうだとか、こういうところを伸ばしたほうがいいだろうみたいな話をコミュニケーションの達人としているうちに、ついにウィオの番になった。すでに周りの試験はすべて終わっていて、訓練場にいる人が全員、オレたちのいる剣士の試験場に集まっている。

「改めて、上級ランクのフィーロだ。試験の合格は確定なので、できればオレと手合わせしてくれ。ギルド長からは許可を取ってある」

「かまわないが、私は魔法で押しきるので、剣で期待に沿えるかは分からない」

「よく言う。その使役獣はどうする？　戦えないと聞いたが」

『頑張ってね』

今は見えないけれど紋章のある手の甲をひとなめしてからウィオの腕を下りる。二人から離れて、観戦にきていたギルド長の肩に乗った。人の肩の上のほうが見やすいんだ。氷の騎士様と上級ランクの試合ということで、見物客は大入りだ。ギルドの職員もけっこう観戦に来ている。

試験官の「もう少し下がれ」の声でウィオたちの周りに十分なスペースができたところで、二人の打ち合いが始まった。

オレがウィオの剣をちゃんと見たのは子狐のとき、部隊長さんとの手合わせだけだ。あのときはウィオが一方的に崩されて負けたが、あれから強くなったようだ。と言ってもオレにはあんまり違いが分からない。でもあのときとは安定感がまったく違う。ウィオは多分全力じゃない。「フィーロはここのギルドで最強なんだけどなあ」、とギルド長がつぶやいた。ギルド長には力の差が分かるようだ。

少しずつ、ウィオが相手を崩すようになって、だんだんと試験官の劣勢が目に見えるようになる。そして最後はウィオが試験官の剣をはじいて終わった。

オレはウィオに向かって駆け、地面を蹴ってその肩によじ登った。

『すごかった！　かっこよかった！　また部隊長さんとの手合わせが見たい！』

「部隊長に頼んでみるか」

『ウィオ大好き！』

尻尾（しっぽ）を振りながら下を見ると、試験官がヘロヘロになって座りこんでいる。後半はウィオに遊ばれていたので、スタミナが削られたのだろう。

「これでも剣の腕には自信があったんだがな」

「冒険者としてはかなり強いと思う」

「だがあんたには敵わないし、あんたが最強ってわけではないんだろう？」

「剣だけで言えば、私より強い騎士はたくさんいる」

「これで魔法のほうが得意っていうんだから、あんたもう上級ランクでいいだろう」

えー、野営試験が面白そうだから、明日も受けるよ。


ランクアップ試験二日目だ。今日と明日で、野営試験を行う。名前だけでワクワクする。今日から森の中で一泊して、課題をこなして、無事に帰ってくる、という内容だ。

昨日の戦闘試験と違い、落とすのが目的ではなく冒険者として安全に野営ができるかの確認なので、今まで森の依頼を受けていればこの試験で落ちることはまずない。街中の依頼ばかり受けて中堅ランクになった冒険者が野営ができずに命を落とすことがあったので、この試験ができたらしい。

安全のために試験官が巡回していて、ズルをしていないかだけがチェックされる。ズルと言っても、与えられる課題は難しくはない。通常、巡回の試験官は魔物などが出た場合に試験生を守る以外に特にやることがなかった。同行の試験官には野営の手順などの指導もしてもらえるので、野営の経験が少なかったり自信がなかったりする冒険者は希望する者が多い。

それから、治癒術師の魔物から逃げ切れるかどうかの試験も行われる。森の中を進める体力があるかどうかを見る試験だが、こちらもダメそうなら街中での活動をすすめるだけで、落としはしない。貴重な治癒術師を無駄にしないための苦肉の策だそうだ。

まずは街の門の外に集合し、そこでそれぞれの課題を教えられる。オレたちは、オレが動物を殺したくないというのを知っているギルド長の計らいで、ちょっと珍しい薬草の採取になった。中堅ランクの試験で行く難易度の場所ではないらしいけど、ウィオなら問題ない。ついでに、もし他の試験生が困っていたら助けてやってくれ、と頼まれた。だいぶ落ち着いたとはいえ、瘴気(しょうき)のせいで魔物が増え、危ない場面にあたることがあるそうだ。

持ちものの確認を終えたら出発だが、オレたちはノーチェックだった。ウィオは見せようとリュックを降ろしていたのに。

そこに、魔物討伐に出る第三部隊が通りかかる。

「あれ、隊長とちびっこ。冒険者の依頼ですか？」

「隊長はヴィン、お前だろう。冒険者のランクアップ試験だ。遠征か？」

「なんでランクアップ試験なんか受けてるんですか？　もしかしてちびっこの希望ですか？　相変わらず甘いですねえ。遠征ではなくて森の魔物狩りですよ。ラス、一緒に行きましょうよ」

「私は一泊で薬草採取だ。楽する気だろう。ちゃんと仕事しろ」

ウィオと副隊長さんは友達って感じで、見ているとオレまで楽しくなる。仲間っていいなあ。

副隊長さんはウィオの行く方向を聞いて、じゃあそっちは任せるので別の場所に討伐に行くと言った。まあ二手に分かれたほうが効率はいいよね。

オレは副隊長さんのお馬さんの首元に飛び乗って、お馬さんとお話しする。最近は遠征も少なくなったので、足をゆっくり休められて調子がいいらしい。カリスタの森には別の部隊が行ったそうだ。ミディルの森の浄化までは遠征続きだったもんね。必要なさそうだけど、治癒の魔力をお馬さんに少し流す。

「部隊長に近いうちに手合わせを願いたいと伝えてもらえるか？　家から正式に送るが」

「いいですけど、何かあったんですか？」

「昨日、ランクアップ試験で剣の手合わせをしたら、ルジェが部隊長との手合わせを見たいと」

「甘やかしすぎでしょう」

あ、副隊長さんに捕まった。あれ、頬に傷ができている。ちょっと瘴気（しょうき）を感じるから、魔物にやられたみたいだ。治そうとフッと息を吹きかけたつもりが、間違って雪が出てしまった。

「何するんだ!?」

『ごめん、間違えた』

「いや、絶対ワザとでしょう」

『違うけど、傷は消しておいたよ』

ワザとじゃないけど、実はちょっと心の中で思ったら、ほんとに雪が出ちゃったんだよね。オレの魔法って思ったことが現実になるからさ。これ以上怒られないように、お馬さんから飛び下りてウィオの腕に逃げこむ。ウィオは笑いながらかばってくれた。

オッソに襲われていたオレを助けてくれたのは、お馬さんと副隊長さんだ。本当は彼らにも加護をあげたいけど、副隊長さんは庶民に近い貴族だから、きっと権力闘争に巻きこまれてしまう。だから代わりに、こうやって気づいたときに治癒や浄化をしていた。討伐頑張ってね。

先に出発する騎士団を見送って、冒険者も出発だ。巡回の冒険者の中に、昨日話したコミュニケーションの達人がいた。

「さっき言っていた部隊長って、水の騎士ですか？」

「ああ、私の師だ。剣は全く敵わない」

「魔法を含めたらどっちが強いんですか？」

「おそらく互角だな。魔力は私が上だが、戦術で負ける」

森までの移動中、鬱陶しいと思わないギリギリで当たり障りのなさそうな話題を振って、ウィオからいろいろ聞き出している。さすが達人という感じだ。周りの冒険者も聞き耳を立てていた。本当は自分たちもいろいろ聞いてみたいけど、話しかける勇気がなかったようだ。

森の入り口からは試験だった。試験官の同行を希望した人たちは固まって行動する。それ以外は、ここに来るまでにお互いの課題を確認して一緒に行くことにした人たちもいれば、単独で行動する人もいた。試験官の巡回のために、だいたいどの辺りを目指すかを申告して出発だ。

オレたちはもはや試験生と見なされていないので、巡回も来ない。薬草があると思われる場所辺りに一泊して、周りの魔物を狩ってから帰ってくる。オレたちが一番森の奥まで行くので、何かあった場合は先に帰ってもらってかまわない、とウィオが告げた。試験官よりも強いもんね。

森に入ると、カリスタの森を思い出す。冬の終わりに近づいて雪がだいぶ減っているが、足元は悪い。初心者にはつらいだろう。冬の間のランクアップ試験は、夏よりも浅いところでの課題になるらしい。下手をすると凍死しかねないから、ギルドも慎重になるのだ。オレたちは、オレの結界の中を快適温度に保っているので、野営に関しては夏でも冬でも関係ない。でも足が汚れるのが嫌なので、移動中はウィオの肩の上だ。ときどき冬眠しない動物が寄ってくるので、冒険者に狩られないように隠れるんだよ、と教えてあげながら進んだ。

しばらくして、戦闘音に気づく。

『ウィオ、この先で魔物と人が戦闘してる』

「劣勢か？」

『怪我した人がいるみたい』

それを聞いてウィオが走り出した。こんな森の浅いところで魔物が出るとは驚きだ。魔物は人や動物の魔力に寄っていく。おそらく冬眠した動物が多く、たまたま感知した魔力に引き寄せられるうちに、ここまで来たのだろう。

人の耳でも戦闘音が聞こえるくらいまで近づいた頃、悲鳴が聞こえた。誰かがやられたようだ。

「加勢する。下がれ！」

ウィオが魔物と冒険者の間に割って入って、魔物を剣ではじき飛ばした。飛ばされた魔物を見ると狼だ。むき出した牙が凶悪。体勢を立て直すすきを与えず、ウィオが剣でとどめを刺す。はぐれなのか一匹だけだったようで、少し遠くまで探ってみたが、周りに魔物の気配はない。

冒険者はまだ初心者ランクなのだろう、若くて、装備も不十分だ。三人のうちの二人が怪我をしているので、ウィオが助けに入らなければ、全員やられていたに違いない。しかも、一人のかまれた足にかなりの瘴気が見える。

『ウィオ、あの子の足、浄化したほうがいい』

「ダメだ。あの歯形で瘴気がないのはおかしい」

ウィオがオレにだけ聞こえるくらいの小声でつぶやいた。

「大丈夫か？」

「あの、助けてもらってありがとうございます」

「ポーションはあるか？」

「初級しかなくて……」

「では、怪我の軽いほうにそれをかけろ」

そう言って、ウィオは自分の荷物から上級ポーションを取り出し、かまれた足の傷にかけた。瘴気のせいで傷は治りきらなかったものの、だいぶ軽くはなる。

「え、これ中級ポーションでは……。私たち払えません！」

「これは私が勝手にしたことだから請求しない。それよりも、ここから少し東を通って森の入り口に進め。今、ちょうどランクアップ試験で、試験官が森の中にいる。彼らに助けを求めろ。ここまで特に危険な動物や魔物はいなかったが、その怪我で襲われると危ない。行きなさい」

ウィオがポーションをかけたあとの傷口を簡単に手当てして包帯を巻いたあと、有無を言わさず三人を森の入り口に向けて送り出した。他の二人が肩を貸して足に怪我をした子もなんとか歩き出す。

オレはこっそり、かみ跡を少しだけ浄化した。時間がかかっても後遺症が残らないで傷が治るくらいまで。教会が庶民にも浄化をしてくれるようになったとはいえ無償ではないから、冒険者になりたての彼らが浄化を受けられるか分からない。上級ポーションのおかげで、当初よりは傷が小さくなっているから、ばれないよね？

仕方がないな、とウィオが笑ってくれたので、きっと大丈夫だろう。ウィオも中級ポーションって言われても否定しなかったし。

彼らが十分離れたところで、狼の魔物の死体を浄化して、森の奥に向かう。

それからは何事もなく、人に会うこともなく、薬草が生えていると思われる場所に着いた。

なるほど、断崖絶壁の途中だ。ここで魔物に襲われたら逃げ場がないから、これは上級ランクにしか無理だ。中堅ランクへの試験で来ていいところじゃない。

『オレが行ってもいいけど、薬草をくわえてきたらダメだよねぇ』

「大丈夫だ。一緒に行こう」

そう言って、ウィオが氷で階段を作った。お城の中央にありそうな、広くて長い階段だ。なるほど。橋が作れるんだから、階段も作れるか。

ウィオは階段を上って薬草を採取すると、そのまま氷漬けにした。薬草は採取した瞬間から劣化していくが、この薬草は冷やしても問題ない。これで課題は終わりだ。

今日はこの近くで野営をして明日帰るが、まだ陽が高いので、寝る場所を確保したら魔物討伐をしよう。近くに魔物の気配がする。

この付近に人はいないので、カリスタの森でやっていたように魔物を小さな結界に閉じこめていく。半分は今日倒して、残りは明日倒すことにした。狼の魔物、ロボは魔法を撃ってこないので、群れなければ倒すのに苦労しない。遠くからウィオの氷の矢で閉じこめられたロボを射て、サクサクと片づけていく。カリスタの森にはいろんな種類の魔物がいたが、ここはロボばっかりだった。

森の中は暗くなるのが早い。薄暗くなったところで、試験官に申告したとおりに、薬草のある崖の近くに戻ってテントを張った。そのすぐ外に人も通さない結界を張って、中の温度を快適温度にすると、寝る準備は完了だ。マントを脱いでくつろいでいるウィオは、ここまで来る間に肌寒さを感じていたようなので、懐にくっついた。オレは雪の神獣だけど、もふもふで温かいから、暖をとっていいよ。

『あの初心者の子たち大丈夫かな』

「試験官と合流すれば問題ないだろう。ルジェは優しいな。全く関係ない人なのに」

『前の世界でね、情けは人のためならずって言葉があったんだ。親切にするのは他人のためじゃなくて、巡り巡って自分に返ってくるからだって』

「理にかなってるな」

『オレはウィオと副隊長さんとお父さんたちに、なんの見返りもなく助けてもらえたから』

あのとき、ミディルの森で副隊長さんとウィオに会えたのが、オレの一番の幸運だ。いくら神獣といえども、未熟な状態では保護がなければ生き延びられなかった。

ウィオのお腹にめりこむ勢いですりつくと、背中を優しくなでてくれる手がうれしい。

そのまま夜は、ウィオの懐で眠った。


翌朝。起きて、残っていた魔物を倒して戻り、森の入り口で試験官たちと合流すると、昨日の初心者について試験官から情報があった。巡回中に彼らと会い、森の入り口まで送ったそうだ。

「銀色の狐を連れた上級ランクに助けられたと言っていたから、兄さんたちだろうと思ったよ」

「中級ポーションを使ってもらったが払えないと泣きそうだったぞ」

「騎士団ではああいうときは請求しない。むしろ使わずに森の入り口まで送る手間を惜しむ」

「なるほど。時間と金の天秤か」

そのあたりは、国の組織と民間の冒険者では違うよね。

待っている試験生を見ると、昨日の切り傷を治癒できなかった治癒術師がいた。オレがじっと見ているのに気づいたのか、試験官が昨日の試験はやり直しになったと教えてくれる。ポーションをかけても効きが悪かったので無効になったそうだ。昨日の魔力切れの影響もなさそうだし、よかった。

待っていた最後のグループが帰ってくる。全員そろっていることを確認して、街に向けて歩き出そうとしたときだった。最後に帰ってきたグループの中で怪我をしている若者が治癒をしてくれと、昨日の試験が無効になった人にからむ。

「オレの傷、治癒してくれよ」

「治癒してほしいなら金を払え」

「昨日の試験は無効なんだろう。これで証明できるから無料でいいよな」

治癒術師の仲間がかばっているが、相手はどうやらあまり頭がよくないらしい。ここでの治癒が試験になるなら、なんのためにわざわざ試験が設けられているのか、それが理解できていない。とにかく無料で治癒しろの一点張りだ。一緒に行動していた人たちは、自分たちは関係ないと彼から距離を置いているので、おそらく一人で参加しているのだろう。

試験生同士のトラブルに関してギルドは仲裁しないと最初に宣言しているので、試験官は傍観している。他の試験生も、もちろんオレたちもだ。

このバカは置いて帰っていいかなー、と思い始めたところで、ウィオが動いた。

「治癒してほしいなら金を払え。そうでないなら黙っていろ。我々の時間を浪費するな」

「な、なんだと。あんた騎士だろう。だったら怪我人を助けろよ」

「私は騎士を辞めたが、騎士にとって医務官は生命線だから、医務官ができないと言ったら必ず従う。移動に必要なのは足であって手ではない。手の怪我で、しかも後遺症も残らないなら、戦闘が終わった時点でそもそも治癒術の対象にならない。重症者が出た場合のために、医務官の魔力を温存することが何よりも大切だからだ。それでも治癒しろと割りこむ者は放置する。ということで、これ以上ごねるなら置いていく」

「あんたにそんな権限ないだろう！」

「ないな。だが私が試験官なら、こんな面倒を起こす者を昇格させたいと思わない。私は帰る。それで昇格できなくても、次回また受ければいい」

「俺たちも帰ります！」

ウィオが歩き出すと、他の試験生たちも乗ってきた。みんな森の中に一泊しているんだ、さっさと帰りたいよね。問題児と試験官の同行をお願いした人以外は、歩き始めた。からまれていた治癒術師のチームもだ。

からむ相手がいなくなった問題児も、試験官に促されてしぶしぶ歩き出す。こんなトラブルを起こして昇格できると思っているなら、頭の中お花畑だな。でもあのおバカさん、ウィオに長文を話させたって意味ではすごい。

歩き出してすぐ、からまれていた治癒術師が、お礼を言いに寄ってきた。どうやら昨日の試験が無効になるきっかけがウィオだと知っているようで、二回も助けてもらったと丁寧にお礼を言われる。ウィオが言った、重症者が出たときのために魔力を温存するという方針に驚いたと話を続けた。騎士は集団行動だから、五人前後でパーティーを組んでいる冒険者とはそのあたりはだいぶ考え方が違うだろう。冒険者は一人離脱しただけでも、戦線の維持が難しくなる。

ウィオはさっきの問題児にしゃべったので今日一日分の言葉を使い果たしたのか、それ以降は相づち以外しゃべらなかった。コミュニケーションの達人と試験官が問題児と話しているので、ウィオに話しかける猛者(もさ)はおらず、自然とぼっちになる。

暇なので、問題児が何を話しているのか聞いてみると、何を思ってああいう行動をとったのか、治癒術師や他の冒険者についての愚痴などを、試験官に上手く聞き出されていた。うんうんと聞いてくれるので気持ちよく話しているが、多分それ罠だよ。まあ、それに気づけるくらいの頭脳があれば、あんな行動はとらないか。

『ああいうめんどくさいの、騎士団にもいる？』

「あんなのはただの子どもだ。頭がよくて権力があると、手に負えない」

そうかも。国外へ行ったら、そういうのに会うかもしれない。オレは人を滅ぼしたいわけじゃないので、そういうのとはぶつかりたくないなあ。ウィオが傷つけられないように、気をつけなければ。

前日の朝の集合場所だった街の門の外まで帰り着くと、解散だ。ギルドの職員が待っていて、明日の発表について説明してくれた。いつもなら試験官の冒険者が説明するところを、今回は試験が無効になるというイレギュラーがあったので、職員が来たようだ。

結果は、合格者のみが明日ギルドに掲示される。昨日の試験が無効だった治癒術師は対象外なので名前はないとギルドの職員が念押しした。それから、治癒術師の試験の合否判定については、今後見直されるかもしれないと教えてくれる。

オレの目には、試験が無効になった治癒術師のほうが、魔力量が多く今後の伸びしろがあるように見えていた。治癒には術者の腕前だけでなく、患者の体力や魔力の相性も関わってくるから、一回で正確に判定するのは難しいだろう。いい方法は思いつけないけど、公平に評価されるといいな。

解散後、試験生で飲みに行くようで、一応誘われたが、ウィオは断った。そういえば、ウィオが誰かと飲みに行くのを見たことがない。オレがいるからだったら悪いなあ。

『飲みに行かなくてよかったの？』

「風呂に入りたいだろう？」

『そうだけど。誰かと飲みに行ったりしないの？』

「しないな。私がいると場が白ける」

どうやら、飲みに行くと女性がウィオにばっかり話しかけるので、気まずくなるようだ。しかも本人はほとんどしゃべらないから、周りが場をもたせようと気を利かせ、女性がそれを邪魔されたと感じて怒ってしまう。そんなことがあって、飲み会には参加しなくなったらしい。でも隊で飲みに行くときは、お金だけ払ってたというんだから、律儀だ。


お屋敷に戻ると、一日ぶりのお風呂に入った。今日はなんと執事さん監修のもと、ウィオに入れてもらっている。

国外へ行くなら簡単にはお屋敷に戻れないので、ウィオがオレをお風呂に入れられるようにならなければ、と執事さんが言い出したのだ。執事さんとしては、神獣であるオレのお世話が至上命題らしい。カリスタの森でオレの毛色がちょっと灰色になっていたのが許せなかったようだ。

オレを洗うウィオの手つきは新米パパのようで、危なっかしい。耳に泡が入ったけど、頭を振ったらウィオたちにかかっちゃうし、と我慢していたら執事さんが耳の中をそっと拭いてくれた。

「ルジェ様、嫌なことは嫌だとおっしゃってください」

『でも、ウィオも頑張ってるし』

「やはり、私もついていくべきでしょうか」

「父上が困るだろう。ここにいる間にできるようになるから」

執事さんが同行を真剣に検討し始めたので、これはウィオのお世話スキルをなんとしても上げなくてはいけない。もうちょっとお腹側も、もう少し弱めにして、とオレもしてほしいことを伝えて、ウィオと一緒に頑張った「初めてのお風呂」は、なんとか執事さんの及第点をもらえる仕上がりになった。ブラッシングもブラシを当てる角度まで指導されて、何度もブラシをかけられたオレの毛は、ふわふわさらさらだ。

『ウィオ、ありがとう』

「いや、シェリスに任せすぎだったと反省している」

『オレも執事さんに甘えすぎかなあ』

「シェリスがさみしがるから、甘えてやってくれ」

執事さん、甘やかしてくれるから大好きなんだよね。でも庭を駆け回ると、足を拭かれたり、スカーフを直されたり、オレの身だしなみには厳しい。それも、オレたちがどこからも非難されないようにと気を配ってくれているのが分かるから、余計に甘えてしまうのだ。

執事さんの胸元に飛び上がると抱っこしてくれたので、首元に頬をすりつけてお礼を言う。執事さんは優しくなでてくれた。いつもありがとう。

翌日。ギルドに結果を見に行くと、貼りだされた紙には「上級：ウィオラス」と書いてあった。中堅のランクアップ試験に合格してすぐに上級ランクになっている。上級ランクの冒険者を余裕で下しちゃったし、そもそも騎士団で活躍していたのも広く知られているしね。

周りの話を拾って聞いてみても、みんな納得していた。むしろ「試験を受けるなんて氷の騎士様は律儀なんだねえ」って声も聞こえる。オレのわがままで受けてもらった試験だから、ウィオの悪い評判が立たなくてよかった。

ギルド長の部屋に呼ばれたので向かうと、野営試験中に助けた初心者ランクの冒険者の件だった。

「中級ポーションを使ってもらったが払えないと相談されましたので、分割の出世払いにしてやってください」

「請求はしない予定でしたが、彼らがそうしたいなら任せます」

「冒険者ならきちんと対価はもらうべきです。彼らもそれが分かっているからなんとか払おうとしています」

「分かりました」

「本当に、中級ポーションでいいのですか？　本人の言う怪我と、実際の怪我が合っていません。新人が初めてやられて大げさに感じただけだと皆、思っていますが」

あ、これ上級ポーションを使ったのがばれているな。

「中級ポーションですよ」

「そうですか。運よく瘴気（しょうき）も大したことなく、時間が経てば治るそうです。ありがとうございます」

そう言うと、ギルド長が深々と頭を下げた。これはオレが浄化したのもばれているな。

オレは別に瘴気に侵されている人全員を浄化してもかまわない。オレにはできるし、したところで体調に影響もない。けれどそれは人の世界を混乱させてしまうから、しないでいる。人ができることは人がするべきで、浄化は教会がするべきことだ。

それでも、前世の記憶のせいで、目の前の傷ついた人を見捨てられるほどは割り切れなかった。

この甘さがトラブルを招いてウィオを巻きこまないように気をつけなければ。ウィオを傷つけられたら、きっとオレはその相手を許せないから。

第六章　お城で手合わせ見学

部隊長さんとの手合わせの日程が決まった。

家紋が入った仰々しい文書が行き来して、正式に騎士団の訓練場にご招待されたのだ。

ウィオは騎士団を辞めて、貴族籍からも抜けているから、隅っことはいえ王城に行くにはいろいろと手続きが必要だった。気軽に手合わせが見たいなんて言っちゃって、ごめんね。

お家の馬車で、お父さんと一緒に騎士団の訓練場まで行くと、騎士が整列して待っていた。見覚えのある人ばかりだからきっと第三部隊だ。

格式ばった歓迎の挨拶と、それに対するお礼のあと、部隊長さんの訓練開始の一言で、整列していた騎士たちが、いつもどおりの訓練を開始した。

「カエルラ様、手合わせの希望を聞いてくださってありがとうございます」

「ウィオラス、訓練場では前のとおりでかまわない。申し入れ、うれしかったよ。狐くんの希望だと聞いたけど」

「ギルドのランクアップ試験で、上級ランクの冒険者と手合わせをしたのですが、それを見てルジェが見たいと」

「それは期待に応えないといけないね」

『ふたりとも頑張ってね』

オレはお父さんの腕の中にいるので、お父さんと一緒に見学だ。今日はちゃんと見学する人のための席にいる。お父さんが仕事に行かずに訓練場にいるので、ウィオの試合を見たいのかなと思っていたけど、違った。遠くから近づいてくる足音と気配に続いて集団が視界に入り、その団体が誰だか分かる。王様だ。お父さんがセッティングしたのかな。

『オレ、挨拶したほうがいい？』

「必要ないよ。陛下はたまたま訓練を視察にいらしただけだからね」

なるほど、そういう設定なのか。お父さんがいらないって言うならいいや。

お父さんはオレを椅子において立ち上がり、王様に頭を下げた。

「冒険者になってすぐ上級ランクになったウィオラスが騎士団に訓練に来ると聞いて、視察しに来ただけだ。楽にせよ」

「ありがとうございます」

王様が座ったのを見てからお父さんが座って、オレを膝に乗せる。おすましお座りして王様のほうを見ると、目が合ってしまった。たしか偉い人の顔って見ちゃいけないんじゃなかったっけ。一回尻尾を振って視線を外したけど、王様からの視線を感じて落ち着かない。

王様の視線から逃れるようにお父さんのお腹に頭をすりつけていると、胸に抱き直された。

「ルジェくん、ほら、始まるよ」

始まった試合は、六年前に見たときよりもスピードが上がっている気がする。あのときは一方的にウィオがいなされていたけど、今回は互角に見えた。

「互角に見えるが」

「第三部隊部隊長のほうが余裕があります」

同じように感じた王様の質問に近衛団長さんが答え、それで王様の質問は終わったようだ。もう少し詳しく聞きたかったのに。仕方がないから自分で聞こう。

オレはお父さんの膝から下りて、近衛団長さんの肩に飛び乗る。近衛団長さんには、ミディルの森の浄化でお世話になった。知識は持っていても実践したことがなくて上手くコントロールできずにいたオレの魔法に、いろいろアドバイスをくれて一緒に試した仲だ。

『前は一方的だったけど、今も部隊長さんのほうが強い？』

「ウィオラス殿はこの五年でかなり剣の腕を上げられましたが、部隊長は騎士団の中でもトップクラスですので」

『互角にしか見えない』

「足運びに注目してください。部隊長に比べてウィオラス殿は少し乱れています」

『言われてみるとそうかも？』

注目してみると、たしかにウィオのほうがバタバタしている気がしないでもないような、でも気のせいかもって感じで、分からないぞ。素人にはもはや見分けられないレベルなんだろうな。

「ウィオラス殿は魔法のほうが得意ですので」

『ウィオが魔法込みでも部隊長さんと互角って言ってたよ。戦術で負けるって』

「魔法で押し切れる分、剣の腕や細かい戦術は必要とされていませんでしたからね」

部隊長さんもウィオと同じく目に属性の色が出ているが、水なので攻撃手段としては少し弱い。そのために、ウィオのように氷の魔法で単体だろうが複数だろうが関係なく全部貫いて片づけるのではなく、いかに魔法を交えながら戦うかの戦術が磨かれたそうだ。剣が強いのは本人が好きで鍛錬しているからだという。

そろそろ決着がつきますよ、と近衛団長さんが言ってすぐ、ウィオが体勢を崩したところに部隊長さんが斬りこんで、寸止めした。

周りから自然と拍手が沸き上がる。訓練していた周りの騎士たちも途中から観戦していたようだ。

オレは観覧席を飛び出してウィオのもとに走り、そのまま肩まで登った。

『キャンキャン、キャン！』

「ルジェ、興奮しすぎて言葉になってない」

『アウワウ！　だって、すごかったよ！　部隊長さん強いね！』

興奮してウィオの肩でバッサバッサ尻尾を振っていると、くしゃみが出そうだからやめろ、と尻尾をむぎゅっと握られてしまった。ごめんね。でも勝手に動いちゃうんだ。

すごいね、強いねって、語彙力がどこかに行ったオレが騒いでいる間に、オレを乗せたウィオと部隊長さんが、観覧席に近づいた。王様に挨拶するみたいだ。

ウィオが膝をついて王様に訓練場を使わせてもらったお礼を言っているので、オレはお父さんの膝に飛び移った。

『ウィオ、すごいね。強いね』

「そうだね。うちの息子がこんなに強いなんて、目の前で見たのは初めてだよ。ルジェくん、尻尾がちぎれそうだよ」

そっか。魔物がいるところでないと見ることないものね。オレの高速で振られている尻尾を見て、お父さんに笑われたけど、うれしくて止まらないんだ。

土の上を走ったオレの足を執事さんが拭いてくれて、ぐちゃぐちゃになったスカーフを直してくれるけど、尻尾はまだ止まらない。

「ルジェ、興奮しすぎて落ちるなよ。シェリスが心配している」

オレは六年前に手合わせを見て興奮し、執事さんの腕から落ちた過去がある。大丈夫だよと、執事さんの手をなめて気分を落ち着かせようとするけど、やっぱり尻尾は止まらない。

「よほど楽しかったようだな」

『近衛団長さんが解説してくれたから分かりやすかった！』

「近衛騎士団長は私よりも強いよ」

え？　近衛団長さんを見ると、不敵に笑っている。さてはおぬし、かなりの遣い手だな。

見たいなーっていうオレのわがままで、近衛団長さんとウィオ、近衛団長さんと部隊長さんの試合も行われることになった。近衛騎士と騎士が一緒に訓練をすることはまずないそうで、訓練場にいる騎士も、王様の警護についている近衛騎士もみんな興味津々だ。

ウィオと近衛団長さんの試合は、一方的にウィオが攻めこまれて、防戦一方だった。近衛団長さんの動きはとても優雅で、ガツガツ攻めているようには見えないのに、ウィオは追いこまれている。

部隊長さんの説明によると、ウィオが防げるギリギリのところを攻めているのに、劣勢を跳ね返すすきを僅かに残しているらしい。つまり、近衛団長さんはウィオに稽古をつけているんだ。それだけ力量差があるってことか。ときどきウィオが攻めに転じるけど、すぐに押し戻されている。

だいぶ粘っていたが、最後はウィオが剣を飛ばされて終わった。

『キャンキャンキャン！』

すごい、すごい！

興奮しすぎて、ウィオと近衛団長さんの周りをぐるぐる走り回っちゃう。すごいよ、すごいしか言えないけど、すごいよ。平和な日本で育ったから、剣なんてなじみがないけど、でもチャンバラごっことかしたよね。剣士ってやっぱり憧れるよね。

キャンキャン鳴きながら走り回っていると、副隊長さんに捕獲された。

「ちびっこ、分かったから落ち着け。目が回るぞ」

『キャンキャン、クーン、キャンキャン！』

「はいはい。かっこいいよな。何言ってるか全然分からないけど、落ち着こうな」

かっこいいよね。すごいよね。かっこいいよね。

副隊長さんにゆっくり背中をなでられ続けているうちに、少し落ち着いた。あれ、ウィオは？

我に返って見ると、ウィオはちょっとお疲れだった。二試合続けてだもんね。ウィオの手の甲をなめて、紋章から少しだけ治癒の力を流し入れる。身体に入った魔力に気づいたウィオがなでてく

れた。お疲れ様。かっこよかったよ。

少し冷静になると、狐の身体に精神年齢が引っ張られている気がする。なんでこんなに興奮しているんだろう。でも、かっこいいんだもん。ま、いっか。

「これは、次の試合も期待に応えないといけませんね」

「どうぞお手柔らかに。部下の前であまり無様なところは見せられませんので」

近衛団長さんと部隊長さんのやり取りが、なんだか頂上対決が始まりそうな雰囲気をかもし出していた。

聞いてみると、やっぱり今剣で一番強いのは、近衛団長さんらしい。あまり魔力が多くないので、それを剣で補うように努力し、登り詰めたそうだ。すごいなあ。部隊長さんは二番手争いをしているうちの一人だそうだ。本当に頂上対決だ。

あ、騎士団長さんが観覧席にいる。遠くから、他の部隊の騎士たちがのぞいているのも見える。訓練場中の注目を集めて、試合が始まった。

ガチン、キン、ザザッ。

剣がぶつかる音と、足運びの音しか聞こえない緊張感の中、目まぐるしく攻守が入れ替わる。決まったと思った一撃も受け止めた剣でいなされて、逆に攻めこまれ、さっきまで優勢だった側が劣勢になる。呼吸をするのも忘れるくらい集中して、オレは動きを目で追う。

全くの互角に見えた攻防も、次第に部隊長さんに乱れが見え始めた。

「ほんとに僅かなすきを突かれて姿勢が崩れる。それを立て直す。その動きが少しずつだが重なって体力を奪われるんだ」

そこから部隊長さんは防戦一方で、それでもだいぶ粘ったが、とうとう決着がつく。一斉に拍手が沸き起こった。

剣も突き詰めれば芸術になるのかもしれない。本来は命をうばう道具なのに、二人の試合はとても美しかった。

オレはその感動のまま、礼を終えた近衛団長さんに飛びつき、頬をベロベロとなめる。興奮した犬の行動だと、冷静な部分の自分が自分自身を観察しているけど、止まらない。

『キャンキャン！　すごかった！　きれいだった！』

「ルジェ、近衛騎士団長の顔を汚さないように」

「かまわないよ」

ウィオに注意されたので、近衛団長さんの胸から飛び下りる。次は部隊長さんに飛びついて、ベロベロ。

「負けちゃったからなぐさめてくれるのかな」

『強かったよ、すごかったよ』

チャンバラしていた男の子の魂が燃えるのか、じっとしていられなくて、騎士団長さんと部隊長さんの周りをぐるぐる走り回る。観覧席を見ると、お父さんが立ち上がって拍手していたので、今度はお父さんに突撃しようとしたところで、ウィオに捕まった。

『キャン』

「興奮しすぎだ」

ウィオがオレをしっかりと捕まえたまま、近衛団長さんたちと観覧席に戻る。執事さんが近衛団長さんと部隊長さんにお使いくださいとハンカチを渡したあと、ウィオの腕からオレを抱き上げた。

「ルジェ様、おいたがすぎますよ。落ち着きましょう」

『ごめんなさい』

自分でもちょっとはしゃぎすぎたと思ってシュンとする。足を拭かれてから椅子の上に置かれ、スカーフを外してブラシをかけられた。毛をとかして砂を落とし、再度スカーフをつけられたので、おすましお座りをしてお利口にしよう。「執事最強だな」って言っている遠くの声を高性能な耳が拾ったけど、ご飯をくれる人には逆らっちゃいけないのだ。これ、試験に出るからね。

王様は近衛団長さんと部隊長さんに労いの言葉をかけたあと、ウィオに話しかけた。

「カリスタの森の魔物討伐、大儀であった。国外へ行くと聞いたが」

「恐れ入ります。他国の料理を食べてみたいと思い、いろいろな国を回ろうと思っております」

「そうか。気をつけて、行って参れ」

「ありがとうございます」

『キャン!』

王様は引き上げ、近衛団長さんも警護についていった。お父さんも仕事に行くからと別れて、訓練場に残ったのは騎士団長さんと、第三部隊の隊員だけだ。

部隊長さんの一声で、隊員は訓練再開だ。さっきまでの試合の影響か、みんな力が入っている。

「俺に書類仕事させている間に何、面白そうなことやってるんだ」

「近衛騎士団長が強いと知った狐くんの希望ですよ」

「ウィオラス、国外に行くんだってな」

「ルジェがいろんな国の料理を食べてみたいと言うので」

「それで陛下が突然視察にいらしたのか」

オレの国外へ行きたいという希望をかなえるために、どこかで王様への顔見せを考えていたお父さんが、部隊長さんとの手合わせのついでに場を設けてくれたのだ。勝手に国を出ていくのではなくて、ちゃんと王様も知っていますよ、という儀式だ。事前に知らせると、余計な貴族が来るかもしれないので、騎士団長さんにすら内緒だったらしい。

「ウィオラス殿、カリスタの森の浄化、感謝する。礼をしたいが何かあるか？」

急にあらたまって騎士団長さんが言うので驚いたが、ウィオが何も言わずに頭を下げたので、オレも一緒にお辞儀した。表向きは国の依頼ではなく、ウィオとオレが勝手にしたことだけど、結局国の利益になったのだから、騎士団長さんがお礼を言う気持ちは分かる。

「今回の手合わせで十分です」

「それでは足りないだろう」

『だったら、飲み会に行きたい！』

「飲み会？」

ウィオがずっと飲み会に参加していないと聞いたので、飲み会を企画したいと思ったのだ。参加者は、このメンバーに加えて副隊長さんで、近衛団長さんも可能なら来てほしいな。

「副隊長というのは」

「ヴィンセント小隊長です」

　部隊長さんが、ならばうちでやるかと言いだしたけど、それだと副隊長さんが楽しめないので反対だ。ここはやっぱり居酒屋だよね。

　騎士の人たちがよく行く居酒屋とかに行きたいと言ったのに、個室にしないと周りがうるさいし、それこそ副隊長さんが場違いだと周りの目を気にするからと却下され、個室がとれるお店で妥協した。みんなでわいわいは次の機会にとっておこう。

「狐くんがウィオラス以外の名前を呼ばないのは、何か意味があるのかな？」

『名前は呪だから。オレが力を込めて呼ぶと強制力を持つんだ。だから日ごろから呼ばないようにしてるだけ』

　名前はその存在を縛るものだ。だから神に連なる者の名前は、許可した者以外には聞きとれないし声にできない。ウィオがオレの名前を付けたのは異例中の異例で、オレがまだ存在があやふやで未熟だったうえに、オレ自身が望んだから認められた。

　人の名前にそこまでの力はないが、それでもオレであれば多少は縛ることができるので、必要ない限り名前は呼ばないようにしている。

「狐くん、うちの家に隣国で勉強してきた料理人がいるんだけど、ご飯を食べに来るかい？」

『お父さんに相談してみる』

「そうだね。料理人を侯爵家に派遣してもいいしね」

行きたいけど、行っていいのか分からなかったので、執事さんを見る。今の答えで正解だったみたいだ。部隊長さんの言葉も後半は執事さんにだった。こういうときウィオは、オレの希望をかなえるから当てにならない。執事さんが、また旅行に同行しようか検討し始めそうだ。


今日は馬に乗って、街の外の少し離れた丘へ、採取に来ている。

ウィオは上級ランクになったけど、上級ランクの依頼は泊まりがけが多く、今はお屋敷にいたいので、そういう依頼はすべて断っていた。結果、ランクに関係なく不人気の依頼をこなしている。今日の依頼は、馬がなければ日帰りできない、買取価格の安い花の採取だ。香料になるらしい。

ウィオには指名依頼も入っているそうだが、特例でギルドがすべて受け付けを拒否してくれている。冒険者には非常時にギルドからの強制依頼があるが、これもウィオは免除される。強制依頼には国同士の紛争に関わるものもあるからだ。ただ、魔物の大量発生などのときは受けてほしいと言われていて、そういうものは拒否しない予定だ。

国外へ行くことは、ギルド長には告げた。ギルド長は、オレたちが国を出ることの不安と、自分の面倒ごとがなくなる安堵(あんど)とで、泣き笑いのような不思議な表情になっていた。なぜここまでウィオが特別扱いされているのか、このギルド内ではギルド長以外には知らされていないから、あつれきがあったのかもしれない。ごめんんね。

丘から見る王都はとてもきれいだ。この国は近くの山で採れる石を建築に使っていて、その石がベージュなのだ。そのため、夕陽に染まる王都は赤く輝く。

『きれいな街だね。他の国の王都はどんな感じだろうね』

「水の都と呼ばれるアーグワはとても美しいらしい」

『楽しみだね』

ずっと疎外感を覚え、戦うことでしか居場所を作れなかったウィオが、新しいことに心を弾ませてくれたらうれしい。

夕陽を眺めていて遅くなったので、暗くなる前に急いで街に帰った。


翌日の夕方。地図を頼りに指定されたお店にたどり着くと、こぢんまりとした家族経営のお店だった。中に入ると、ウィオの髪の色とオレを見て、二階だよ、と案内される。狭い階段を二階へ上がり、八人も入ればいっぱいになるくらいの部屋に入った。一番乗りだ。

しばらくすると、みんながそろって到着した。近衛団長さんもいる。

「早かったな。ここは騎士の実家で、騎士がよく出入りしているんだ」

「不測の事態で参加できないといけないからと、ルジェが今日は休みにしました」

「ずいぶん期待してくれたんだね。家からワインを持ってきたけど、狐くんは飲めないよね」

『飲めるけど、飲んだことない。無害化しちゃうかも』

お酒は飲んだことがないものの、飲めることは分かっている。お酒を飲んでもオレはおそらく酔わない。身体に有害なものはすべて無害化してしまうから、お酒を毒と認識すれば無害化しそうだ。

毒じゃないと思えばいけるかな。

「もしかして、毒を飲んでも平気なのかい？」

『人や魔物の毒ではね。神に連(つら)なるものの毒なら効くだろうけど』

「ルジェは人のすることでは死なないのか」

『神に連(つら)なるものを殺せるのは神だけ。でも痛みは感じるよ』

そんなふうに教えていいのかと心配されるけど、たとえ契約魔法で縛られていなくても、神に連(つら)なる者に関することは記録に残せない。部隊長さんが読んだのは、加護をもらった人に関する記述だ。その加護を与えた神についての記述はない。

『だから、何があってもウィオは自分の身を一番に考えてね。ウィオに何かあったら、オレは相手を許さないから』

「ルジェも神罰を下せるのか？」

『それは答えられない。ごめんね。オレにも制約があるんだ』

「難しい話はこれくらいにして、まずは楽しもう」

これ以上は聞かないほうがいいと思ったのか、部隊長さんが話を切り、持ってきたワインを開けてみんなのグラスに注いだ。オレにも浅いボウルに少し注いでくれる。

食事はお任せで頼んであるから、まずは乾杯だ。

「狐(きつね)くんとウィオラスの旅が楽しいものになるように」

「乾杯！」

『キャン！』

ワインをぺろぺろとなめてみたけど、うん、渋い。アルコールは平気そうだけど、狐の舌には、ワインの渋さがキツすぎる。部隊長さんのお家のものってことは、多分すごくいいワインなんだろうから残念。

『オレの舌には無理みたいだから、副隊長さん、代わりにたくさん飲んでよ』

「きっと二度と飲めないだろうから、たくさん飲んでやる！」

「狐くんをうちにご招待することになったけど、ヴィンセントも来るかい？　そのときは貴重なワインを開けるよ」

「謹んでお断りします。きっと味など分からないくらい緊張しますので」

「公爵家よりも狐くんのほうが本来は緊張する相手なのにねえ」

まあそうなんだけど、副隊長さんはオレの子ども時代を知っているからね。

「ちびっこが、ちびっこだった頃から知っていますので、いまいちピンとこないと言うか、失礼だとは分かっているんですが」

『失礼じゃないよ。副隊長さんが最初に助けてくれなければ、多分あのときオッソに食べられて消えてたから』

だから、副隊長さんにはあだ名のほうだけど、オレの名前を呼んでいいと言ってある。けれど、人前では呼んでくれないのだ。

「死なないんじゃなかったのか？」

『あのときは不完全だったから、オッソの瘴気でオレのなけなしの神気は消滅したかも。だから副隊長さんとお馬さんには感謝してるの』

死とはちょっと違うんだけど、まあ似たようなものだ。

「じゃあ、いつかピンチのときは助けてください」

『もちろん』

あれ、オレばっかりしゃべってて、ウィオがしゃべっていない。よし、ウィオに話を振ろう。

『ウィオが騎士団で一番うれしかったことは何？』

「ルジェと会えたこと」

それはオレもうれしいな。

『えへへ。二番目は？』

「ヴィンと部隊長に会えたこと」

副隊長さんが驚いた顔をしているけど、ウィオが唯一打ち解けている相手だから、納得だ。

部隊長さんには、騎士団に居場所を作ってくれたからこうしてオレに会えたと、感謝しているそうだ。それを聞いて部隊長さんがちょっと照れている。部隊長さんは、ウィオが騎士団に入るまでには部隊長になって自分の下につけようと思っていたと教えてくれた。同じ精霊に愛されている者として、ウィオを守ろうとしてくれたんだ。

『目にも属性が現れている人は精霊に愛されているため周りに精霊が集まるんだ。特に子どもはそれを敏感に感じ取るから、疎外しやすい。人は異質なものを排除するからね』

「精霊の愛し子とは、精霊の声が聞こえる者のことではないのですか？」

『人がどう呼んでいるかは知らないけど、音の精霊に愛されると精霊の声が聞こえるよ』

オレの情報にみんなが驚いている。ウィオも驚いているけど言っていなかったっけ。ウィオは水と氷の精霊に愛されているから、周りで精霊がキラキラしているのがオレには見える。

精霊とか幻獣とかについても知っているなら聞きたいと言われたが、今日はウィオのための飲み会だからダメ。また今度。

それから、ウィオの騎士団に入団したての頃の話や、初めて副隊長さんと会ったときの副隊長さんから見たウィオの印象なんかを聞いて、盛り上がった。

騎士団に入団したてのウィオは、線が細くて今のように銀の髪を伸ばしていたので、氷の姫と呼ばれていたんだって。可愛かったんだろうなあ。そんなウィオに無理やり手を出そうとした騎士がいたけど、ウィオが相手のブツを氷の矢で貫いて大問題になったらしい。多分無表情でやったに違いない。ざまあみろと思うけど、ヒュンッてなっちゃう。

入団してすぐに第三部隊に配属になったのは後にも先にもウィオだけで、最初はやっかみを受けたものの、氷の上級魔法を撃ちまくるのを見て、そんな言葉も聞こえなくなっていった。その頃、第二部隊にいた副隊長さんはうわさだけ聞いていて、念願の第三部隊に配属になったときにはウィオとは同じ班になりたくないと思っていたのに、結局ペアになり、いつ氷の矢に貫かれるかと気が気じゃなかったそうだ。

他にもウィオの騎士団でのあれこれを教えてもらう。

ウィオが騎士団でも大切にされていたと知れてよかった。オレのせいで騎士団を辞めることになったけど、辞めてもこうして仲間との交流が変わらず続いていて安心した。

今日は部隊長さんのお家にお呼ばれだ。部隊長さんのお家は貴族の中で一番目に偉い。ウィオとオレだけじゃなくて、一番目のお兄さんも一緒に行く。あちらも部隊長さんのお兄さんが一緒だ。

お兄さんはいかにも貴族って感じのひらひらだけど、ウィオは冒険者だからひらひらが少な目だ。オレはウィオとおそろいのスカーフにしたかったのに、お兄さんとおそろいになってしまった。一度もおそろいにしていないからと、お兄さんに押し切られたのだ。

「ルジェ、一度くらいは兄上とおそろいでもいいだろう？」

『このひらひらが嫌なの』

「可愛いよ。似合ってるよ。よしよし」

オレが嫌がっているのが、おそろいではなくて、ひらひらだと知ったお兄さんが、うれしそうに首元をなでてくれる。けど、可愛いって言葉でごまかされないから。

『執事さん、これご飯食べるときは取ってくれる？』

「汚れるといけませんから、お食事のときは取りましょう」

『じゃあこれで行く』

お食事会なのにひらひらというのが納得できないけど、仕方ないから我慢する。

お兄さんがうれしそうに抱き上げて、いい子だいい子だといつも以上に可愛がってくれた。子どものときはお兄さんのことが怖かったけど、今は平気だしもう和解している。でも思い返すと、お兄さんにはあんまり甘えていないかも。お兄さんがいるときってお父さんもいることが多くて、お父さんが甘やかしてくれるからね。

部隊長さんのお家は、お父さんのお屋敷よりも広くて豪華だった。すごいな。お父さんのお屋敷で慣れたオレでも気後(きおく)れする。先日の飲み会をお店にしたオレ、グッジョブ。

お兄さんに抱かれて馬車から降りると、部隊長さんと、その後ろに使用人が整列していた。壮観。

「ようこそいらっしゃいました」

笑顔の部隊長さんが挨拶(あいさつ)してくれる。今日の招待は部隊長さんのお兄さんからで、彼は次期当主だから、こちらも次期当主のお兄さんが一緒に来ていた。その部隊長さんのお兄さんは、あとで来るそうだ。ちょっぴりモヤッとする。

それから、テーブルがセッティングされているお庭に案内された。今日はガーデンパーティーみたいだ。

「狐(きつね)くん、お庭で遊んでいいよ」

「ルジェくん、行っておいで」

部隊長さんが言ってくれて、お兄さんが地面に下ろしてくれる。オレは執事さんを振り返った。こういうときは執事さんに聞けば間違いがない。執事さんがうなずいてくれたので遊んでいいみたいだ。行ってくるね。

ばびゅーんとロケットスタートを切って、お花がたくさん植えられている場所を越え、林のようになっているところに入りこむ。お屋敷の中なのに林があるって、ちょっと意味が分からない。

林の中をうろうろしているところに、人の声がした。寄ってみると、お仕事をしている人だ。庭師さんかな。オレのスカーフを見て、飼い狐って分かったみたいだ。

「おや、お客様かな」

『キャン』

「ひな鳥が巣から落ちてしまったようなんだよ。食べないでくれな」

地面に落ちて、鳴いている鳥の子どもがいる。巣立ちの練習で上手く飛べなくて落ちたみたいだ。可愛い。怪我はしていないけど、飛べないのが気に入らなくてピーピー鳴いている。親鳥はエサを取りに行っているのか近くにいない。自力で戻れそうにないし、庭師さんも触っていいのか分からなくて困っているから、ウィオにお願いしよう。

パクッとくわえて走り出すと、庭師さんがあわてて追いかけてきて、追いかけっこが始まった。楽しくて、わざとスピードを落とし捕まりそうになったところで逃げて遊んでいるうちに、お庭に着く。

「おや、もう帰ってきたのかい。何をくわえてるんだ？」

『ひな鳥。巣立ちの練習で落ちちゃったみたいで、不満でピーピー鳴いてるの。可愛い』

オレがくわえていたひな鳥を見て、メイドさんが悲鳴をあげた。大丈夫だよ、オレ神獣だから食べないよ。

突然、人のいる場所に連れてこられて警戒しているひな鳥に、すぐ戻してあげるから大丈夫だよと伝えたけど、不満そうだ。一生懸命、羽をバタバタさせて、不満を全力でアピールしている。この子、気が強いな。

「ふわふわだね。怪我はないのかい？」

『ないよ。親鳥がいない間に、飛べると思って巣から出たら落ちたみたい』

「昔のルジェみたいだな」

「みんなが通る道かな」

え、オレこんなに無謀じゃないよ。あれはちょっと興奮しただけだし。オレがすねたのが分かったのか、お兄さんがなでてくれるけど、違うから。そこはきちんと抗議をしたいが、この子の鳴き声に親鳥が帰ってきて上空を旋回している。早く巣に戻してあげよう。

ウィオの手のひらにひな鳥を乗せて、その肩に乗ろうとすると、執事さんに捕まって、林を走り回った足を拭かれた。さすが、抜かりがない。きれいになったところで、お兄さんに抱きかかえられて、部隊長さんも一緒に林へ向かう。さっき振り切った庭師さんがいた。さっきは遊んでごめんなさい。部隊長さんが巣に戻すと説明して、巣の場所まで案内をお願いした。

庭師さんの案内で巣のある木の下にたどり着く。ウィオが氷で階段を作って登り、ひな鳥を戻してくれた。もう無謀なことをして落ちちゃダメだよ。

林から帰ると、テーブルに知らない人が二人いる。なんか偉そうな人たちだけど、誰？

王太子殿下と次期公爵だよ、と小さな声でお兄さんが教えてくれた。王太子って王様の息子だよね？　ウィオを殺そうとした人のお兄さん？

オレの身体から一気に魔力が放出される。それに反応して、林の鳥たちが一斉に飛び立った。

ウィオを傷つけるなら、許さない。

物理的な魔力による圧に、庭にいた人たちが膝をつく。王太子のそばにいた護衛が剣を抜こうと手をかけたのが見えて、オレはさらに圧をかけた。

「ルジェ、やめろ」

『あいつ、剣を抜こうとした。ウィオを傷つけようとした』

「ルジェ、大丈夫だ、落ち着け」

「ルジェくん、とりあえず魔力を抑えて。あの人たちに出ていってもらうから。今のままじゃ動けないからね」

ウィオもお兄さんも動けるみたいだ。オレの中で敵認定されていないからかな。

少し冷静になって魔力を抑えると、部隊長さんが王太子たちを建物の中へ連れていき、護衛も一緒にいなくなる。そこでオレは魔力の放出を止めた。

あ、メイドさんたちが座りこんで泣いている。回復魔法をかけてみたけど、怪我をしているわけではないから当然効果はない。どうしよう。

「ルジェくん、魔法を使った？」

『メイドさんたちに回復魔法をかけたんだ。執事さんは大丈夫？　巻きこんじゃってごめんなさい』

「大丈夫ですよ。彼女たちはお任せください」

そう言って、執事さんがメイドさんたちに優しく話しかけて、立ち上がらせている。

『ごめんなさい。ウィオを殺そうとした人のお兄さんだって思ったら、なんか止まらなくて』

「謝らなくていいよ。陛下が謝罪されたからすべて終わったことだと判断されていたんだろうけど、急に来られると驚いちゃうよね」

「兄上、王太子殿下がいらっしゃることをご存じでしたか？」

「聞いてないよ。次期公爵は王太子殿下の側近だから独断かな」

「ルジェ、帰るか？」

『どうしたらいい？　ご飯は食べたいけど』

そう言うと、ウィオとお兄さんに笑われた。オレがぶち壊しにしちゃったんだけど、今日のご飯をとっても楽しみにしていたんだよ。

机の上に、食器も用意されて、あとはお料理が出てくるだけっていう状態になっているのだ。ひとまず席について待っていようか、というお兄さんの言葉で、オレたちは勝手に席に座った。

お兄さんたちはオレがしてしまったことをなるべく大事にしないように、軽い感じで話してくれる。気を遣わせて申し訳ない。

オレの高性能の耳は、屋敷の中でのバタバタをすべて拾っていた。使用人たちが王太子の対応に部屋を用意するため走り回っているのが聞こえる。お料理が出てくるのは、当分先だろう。

しばらくして、部隊長さんが戻ってきて、突然の予定変更を平謝りされた。王太子の参加は部隊長さんも今日知らされたそうだ。先に聞かされていたらあんな反応はしなかったと思うけど、オレは今回の件に関して謝ってはダメだとお兄さんに言われているので無言を貫（つらぬ）く。そのあたりの難しいことは、あとでお父さんが対応するらしい。お父さんのお仕事増やしてごめんなさい。

「ルジェくんが食事をとても楽しみにしていたので、今日出されるはずだったものを、侯爵家に届けていただくことは可能ですか？」

「はい、すぐに手配いたします」

ということで、帰ることになった。まあこの中で食事だけ出してって言えないよね。でもその前に、謝っちゃダメなのは分かっているけど、これだけは伝えたい。

『部隊長さん、メイドさんたちに巻きこんでごめんなさいって伝えてください』

「ご温情に感謝いたします」


お屋敷に帰ると、ちょうど連絡が届いたところのようで、お母さんとお義姉（ねえ）さんが迎えてくれた。

「ルジェちゃん、大変だったわねえ。突然じゃあ心の準備ができないわよね」

お母さんとお義姉（ねえ）さんに優しくなでられて安心すると、自分の失敗を思い出してちょっと落ちこむ。せっかくご飯を用意してくれたのに、台なしにしてしまった。

『温厚な人懐（ひとなつ）っこい神獣じゃなかったのかって言われてたんだけど』

「そんなこと誰が言ったんだい？」

『建物の中で話していた誰か。知らない声だったよ。オレの態度がダメなのかなあ。みんなに迷惑かけてごめんなさい』

狐(きつね)に生まれ変わって、周りのことなんて気にしないで自分のしたいように生きようと思った。神獣という立場はそれが可能だ。せっかくの二度目の命だから、楽しく生きたい。

だけど、オレを大切にしてくれる周りの人たちに迷惑をかけたいわけではなかった。狐(きつね)の身体に引っ張られているのか、思考年齢が下がっているなあと感じることもあるけど、節度は守れていると思っていたのに。オレのせいでお父さんが過労死したらどうしよう。

落ちこむオレに気づいたウィオが、抱き上げてなでてくれる。

「ルジェ、今回のことはルジェのせいじゃない。空腹だから後ろ向きになるんだ。何か食べよう」

「そっ、そうだね。お腹(なか)が空(す)いているとダメだね。あはは っ」

ウィオの脳筋な発言に、お兄さんが笑いを堪(こら)えられないでいる。オレも自分の悩みがバカらしくなった。うん、お腹(なか)が空(す)いているのがいけないんだ。

「ご飯を食べましょう。公爵家から届くのには時間がかかるから、簡単なものになるけど、すぐに用意するわ」

お母さんも笑いながら同意してくれたから、今日の失敗は空腹のせいってことにしよう。

あっという間にお庭にテーブルがセットされて、昼ご飯が並べられた。今日はお家で食べない予定で突然なのに、すごいなあ。

このあと、部隊長さんの家から届くご飯のために、軽く出されたものを食べ終えたところで、お兄さんの子どもたちが来た。これは落ちこんだときは子どもを見て癒(い)やされようって作戦だな。

オレを視界に入れたちびっ子たちが、駆け寄ってくる。お姉ちゃんはちゃんとみんなにご挨拶しているけど、弟くんはオレに一直線だ。

「わんわん！」

『ワン！』

よーし、追っかけっこだ。弟くんの前で尻尾をフリフリしてから、走り出すと追いかけてきた。子ども特有の甲高い声できゃあきゃあ言いながら追いかけてくる。ギリギリ捕まえられそうになって、また逃げてを繰り返して、そろそろ捕まってあげるかな、とスピードを落とすと、体重をかけて身体全体を押さえこまれた。お腹を見せて降参すると、お腹をバンバン叩かれる。さすがにそれはちょっと痛いからやめてほしいな。

すきを見て転がって逃げると、今度は馬乗りになられた。もしかして、オレこのまま馬になれるかなと立ち上がろうとすると、弟くんがオレの背中から落ちる。といっても横に転がったくらいだけど、ごめん。泣かないでと、寝転がった弟くんの頬をぺろぺろなめる。するとそのままホールドされた。疲れちゃったかな。

「仲良く遊んでるな」

そう言ってウィオに抱き上げられるけど、オレじゃなくて弟くんを抱き上げてあげて。

オレが手から下りると、ウィオはオレよりも慎重に、おそるおそる甥っ子くんを抱き上げる。その壊れものを扱うような手つきをお兄さんが笑っていた。初めての高い高いとかすればいいんじゃないかな。

甥っ子とドキドキの触れ合いをしているウィオを尻目に、オレは執事さんが用意してくれた椅子に座り、お姉ちゃんにブラッシングをしてもらっている。ときどき強すぎて痛いのはご愛嬌だ。ブラッシングが終わったら、お母さんとお義姉さんと一緒に、どのスカーフが似合うかオレで着せ替えだ。色合わせとか考えないで、自分の好きな色を重ねているのが子どもらしくて可愛い。

そうして子どもたちに癒やされているところに王家の遣いが来たと知らされ、子どもたちは部屋に戻された。

オレはどうすればいいのかな、と周りをうかがうと、お父さんと一緒に近衛団長さんがお庭に入ってくる。近衛団長さん、今日は騎士の制服じゃない。騎士服もかっこいいけど、貴族然とした格好も素敵だ。これは社交界でモテそう。

「神獣様、国王より、この度は王太子が許可なく訪れ、迷惑をかけて申し訳ない、との言付けを承っております」

目の前にひざまずいた近衛団長さんに言われたんだけど、どうしていいのか分からない。お父さんに助けを求めると、「許すなら、許すと言って」と言われた。

『許す』

「ご温情に感謝いたします」

儀式はこれでもう終わりでいいよね？

『近衛団長さん、今日は騎士の制服じゃないの？』

「非公式な遣いなので、騎士服は脱いでいるのですよ」

それから、近衛団長さんも席に着いて、事情を教えてくれた。

騎士団の訓練場で部隊長さんや近衛団長さんにオレが懐いていたのを近衛騎士から聞いていた王太子が、オレが部隊長さんのお家にお呼ばれするのを知って、自分も会いたいと側近である部隊長さんのお兄さんにお願いした。部隊長さんのお兄さんは問題ないだろうと判断して、部隊長さんにもオレたちにも連絡せずに王太子を招く。当日知った部隊長さんは次男だから、次期公爵のお兄さんの言うことには反対できなかった、ということらしい。

「近衛騎士が剣を抜こうとしたと聞きました。団長としておわびいたします」

『それはオレが魔力を出しちゃったから、仕方ないと思う。オレも冷静じゃなかったから』

「ルジェくんは、王太子殿下の何が嫌だったの？」

『ウィオを殺そうとした人のお兄さんだっていうし、またウィオを傷つけられるかもと思ったら、なんか止まらなくて』

「陛下にお会いしたときは平気だったよね」

『なんでだろう。知らない人だったからかなあ。自分でもよく分からない。ごめんなさい』

「ルジェは父上の仕事を増やしてしまったと気にしているのです」

お父さんに質問されるけど、なんであのときあんなに怒ったのか、自分でも分からない。なぜかまたウィオが傷つけられると思ったのだ。

近衛団長さんの話だと、六年前のあの日、王太子は部隊長さんと一緒にオレとウィオを助けようとしてくれたらしい。なのに、攻撃しちゃって申し訳ない。

気にしなくていいんだよとお父さんがなでてくれるので、すりついて甘えていると、執事さんにお客様の前でっていう視線を向けられる。オレはお座りし直した。

「近衛騎士団長、公爵邸を引き上げる前に、温厚な人懐っこい神獣だと聞いていたのに、という発言が建物の中でされていたのをルジェくんが聞いています。知らない男性の声だったそうなので、どなたの発言かは分かりませんが、それを聞いて自分の行動がこの事態を招いたと落ちこんでいます」

「陛下に必ず伝えます」

王太子か部隊長さんのお兄さんだよね。

「ルジェくん、お城のお庭でいろんな国の料理を食べられる会を開いたら、行くのは嫌かな？」

「父上、ルジェを政治に巻きこむのはやめてください」

「ウィオラス、このままルジェくんが国外に行ったら、王家との不和で国を出たと判断されて勧誘合戦になるよ」

『それはヤダなあ。第三部隊のみんなと一緒だったらいいよ』

「でしたら、魔物討伐に携わった人たちへの褒美としてはどうでしょう。それならルジェくんとウィオラスが参加してもおかしくありませんし、ルジェくんも慣れたメンバーなので安心でしょう。今回も、そもそも次期公爵が加わらなければこういう事態にはならなかったでしょうし」

お兄さんが辛辣なことを言っているけど、でも実際そうなんだよね。部隊長さんのお呼ばれが、いつの間にか部隊長さんのお兄さんからのお呼ばれになっちゃったからこんな事態になったわけで。

オレはあのとき、王太子よりも部隊長さんのお兄さんが嫌だったのかなあ。

しばらく話をしてから、オレの言葉を王様に伝えるために、近衛(このえ)団長さんはお城に帰った。

『お父さん、お仕事増やしてごめんね』

お父さんの膝の上に乗って、お腹(なか)に頭をすりつける。オレの素晴らしい毛をなでて、仕事の疲れを癒(い)やして。お父さんはしばらくオレをなでてから、ルジェくんのために頑張るよ、と言ってお城に戻っていった。頑張りすぎないでね。

夕方。部隊長さんが料理を持ってきてくれた。実際に持ってきたのは使用人だけど。

部隊長さんが家を代表して謝罪して、お兄さんがそれに答えてっていうめんどくさいやり取りは、オレは見ていただけなので全部カット。それよりも早くご飯を出して。

部隊長さんと、それから今日は夜会におでかけのないお母さんとお義姉(ねえ)さんも一緒に席に着く。

隣国マトゥオーソでは美食の街と言われるガストーが有名だけど、部隊長さんのところの料理人が修業に行ったのは、さらに南のスパイスが有名な国フェゴとの国境に近い街で、両方のいいとこどりをしたような料理が伝統だそうだ。オレのイメージではトルコ辺り。行ったことも、料理を食べたこともないけど。

いつもはコースの中に少し取り入れてアクセントにするけど、今回は修業先で教わったレシピどおりのフルコースなので、この国の人の舌には合わないかもしれず、その場合は遠慮なく残してほしい、と言われた。本場の味ってことだよね。楽しそうな予感にワクワクする。

出された料理は前菜から素材も見た目も香りもいつもと違ったものだった。オレの鼻にはスパイスやハーブはキツイだろうとかなり弱めにしてくれているのに、異国の香りにくしゃみが出そうだ。

野菜に肉を詰めたものとか、葉っぱで巻いたものとか、詰める系が多い。中の具の味付けのスパイスやハーブの使い方がこの国の料理とは違う。それに酸味のあるソースをかけるなど、味の組み合わせが複雑だ。この国は素材の味で勝負なところがあるので、方向性が全く違う。

メインは肉料理で、肉をスパイスに漬けこんで焼いたものや、ミートボールみたいなひき肉の盛り合わせで、いろんな味があって面白い。肉もこの国ではあまり食べないものがあって、お義姉さんは初めて食べたらしい。肉の臭みを消すためにハーブが使われているんだけど、オレの鼻には両方が打ち消されずに主張しすぎていて食べるのに苦労していると、執事さんがそっと下げてくれた。せっかく出してくれたのにごめんなさい。

デザートはナッツを使ったものが多かった。

食べ終えて、食後の紅茶を飲みながら、食事の感想を言い合う。オレにもボウルに入れて出してくれた。これチャイティーだ、美味しい。

オレは豆のペーストと小籠包みたいに肉を包んだものが好きになった。ウィオはスパイス漬けの肉が気に入ったそうだ。お義姉さんはオレが苦戦した肉が好きだけど、お兄さんは苦手らしい。お母さんは野菜の肉詰めに酸っぱいソースをかけたのがお気に入りだ。家族なのに、好みがバラバラで面白い。

料理人さんに、オレとウィオが気に入ったもの、逆に好みじゃなかったものを聞かれて答える。

ウィオは南の国、オレは美食の街の味付けが好みで、オレが気に入った小籠包もどきは、南の国の周辺地域で広く食べられていて場所によって中の具も皮の食感も変わるため、食べ比べてみると楽しいだろうとすすめられた。これは行かないとね。

ウィオには、冒険者ギルドの近くに南の国のスパイスを使った串焼きの屋台が出ているので、きっと気に入るはずだと教えてくれる。ただし、オレはおそらく南の国の肉料理が合わないので、味見せずに注文しないほうがいいそうだ。次の依頼の帰りに寄ってみよう。

だけど今更気づいたことがある。オレって薄味にしてもらわないといけないから、食べ歩きして好みのものを探すの、無理じゃない？　何度か通えば、お願いして薄味で作ってもらえるかな。


さて、お城で多国籍料理パーティーの当日だ。

でも始まる前に、騎士団長さんの部屋で、ウィオの飲み会のときに聞かれてまた今度と言っていた精霊についての質問に答えた。人の間に情報が出回っていないことを、広く知らせるのはよくないだろうから、ここだけの話として。

こういうときに契約魔法は便利だ。ここだけの話が本当にここだけになるから。

部隊長さんには精霊に愛されている者として、今後、精霊に愛される者が現れたときに適切に対処できるよう、精霊のことを知っておいてほしい。

「精霊の愛し子とは、精霊に愛されている者とのことでしたが」

『そうだよ。部隊長さんの周りには水の精霊がたくさんいる』

属性魔法はその属性の精霊の力を多かれ少なかれ借りている。ウィオだと、氷の精霊に愛されているので、氷の魔法を使おうと思うと、周りにいる氷の精霊が積極的に力を貸してくれる。それで自分の魔力は最低限で済む。けれど火の精霊はウィオに無関心なので、火の魔法を使う場合は自分の魔力を火の属性に変換してから行わなければならなくなり、効率がとても悪い。結果、火の魔法はほとんど使えない、ということになる。人の魔法属性は精霊との相性だ。

そして、精霊はとても気まぐれだ。気に入った者には力を貸すが、気に入らない者に無理やり使われると報復する。

精霊に愛されている者の周りには精霊が集まるので、その近くで魔法を使うと、精霊が力を貸してくれる確率が上がって魔法が発動しやすい。例えば部隊長さんの近くだと部隊長さんに寄ってきた精霊が気まぐれに力を貸してくれるので、水の魔法が発動しやすくなる。初心者が練習するにはいい環境だが、当てにしすぎると精霊に嫌われ、それがトラブルに発展してしまう。精霊に嫌われて発動しなくなったのを、自分のせいではなく、精霊に愛されている者のせいだと思うからだ。特に魔法を練習するのは多感なお年頃の子どもなので、精霊に愛されている者は周りから疎外されてしまうことが多い。

精霊はそんな人の都合など考慮しない。

『あいつらは自分のことだけで人の迷惑なんて省みないから、トラブルになっちゃうんだ』

「そうだったのですね」

思っている精霊像と違ったのか、部隊長さんが苦笑している。

精霊に愛されている者が精霊を嫌い、近寄るなと願ったところで、精霊は気にもしない。そのために、精霊に愛されている者自身もまた、自分は周りと何かが違うと感じて孤立する。場合によっては周りに集まる精霊を敏感に感じ取って、この子は自分の子ではないと思う親もいる。それはどちらにもどうしようもないことなので、救いの手が差し伸べられてほしいと願う。

ちなみに、オレが属性魔法を使えないのは、精霊との相性ではなくて制約だ。雪も属性魔法ではなく、オレの固有魔法だ。

そんな真面目な話を終えて、さあパーティーだ。食べるぞー。

多国籍料理パーティー@お城の庭、開催中。

魔物の被害が一段落したので第三部隊への慰労（いろう）という名目の、第三部隊とミディルの森に遠征した人たちを招待したパーティーだ。出席者が百人を超えるので、お城の庭でビュッフェ形式で開催されている。

この会場の外は第一部隊が警護していて、招待されている騎士以外の侵入を止めていた。警護なんて必要ないし、むしろ中にいる人のほうが強いけど、オレに会いたい貴族を止めるのが目的で、騎士様に会いたいご令嬢たちもあわよくばと来ては、止められている。招待されていないのに王城に押しかけるメンタルを見習いたい。

ウィオはちょっとおめかしした冒険者の格好だけど、オレは久しぶりに騎士団のマントを模したスカーフをつけた。

オレの食べるものはすべて薄味で別に作ってある。オレが食べないかもしれないのに、ビュッフェ形式の食べもの全種類だ。さすが王城。ウィオと一緒に食事を見て回って、興味を持ったものを執事さんが味見にちょびっとずつ取ってくれる。そして、気に入るとちゃんと出てくるという、至れりつくせりだ。オレへの給仕のためだけに、執事さんがついてきてくれたのだ。しかもこの料理はどこの料理で、といった情報を料理人から仕入れてきて、説明してくれる。

オレ、旅先で執事さんがいなくてやっていけるんだろうか。でも、そんなことを一言でも漏らせば執事さんがついてくるだろうから頑張らないと。執事さんがいなくなったら、お父さんが困っちゃう。

ウィオの肩に乗って会場をうろうろしていると、隊員たちが、「しっかり食べてるか？」と気軽に声をかけてくれた。たまに、あんなにどんくさかったのにこんなに大きくなって、と親戚のおじさん的な発言をする人もいて、ウィオが苦笑する。ちっちゃかった頃を知っている人たちには、ウィオの膝とか執事さんの腕とかから落ちていた印象が強いのだろう。

けれど、ミディルの森の作戦会議に参加していた隊長さんたちには、いろいろとやりすぎる印象のほうが強いみたいで、「今日はちゃんと大人しくしてるな」と言われてしまった。

神獣の威厳ってなんだろう。

まあこの細(こま)かいことを気にしない雰囲気が好きだからいいんだけど。

「ちびっこ、たくさん食べてますか？」

『うん。副隊長さんも食べてる？』

「こんなときじゃないと食べられないから、昨日から腹を空(す)かせて来ましたよ」

周りの騎士たちも同意しているので、みんな食事を楽しみにしていたみたいだ。
慰労会として食事が提供されることは今までもあったけど、こんなに料理が充実していることはなかったらしい。いつもは食堂の料理の延長という感じだったから、今回はみんな気合が入っているそうだ。さすがにこの人数の騎士にお酒を出して酔っぱらっちゃうと、何かあったときの戦力が減るからお酒はないものの、それを補ってあまりある料理の豪華さで、みんな大満足の笑顔だ。オレのおかげだと感謝されるけど、第三部隊のみんなが頑張った結果だし、みんなにはお世話になったから、オレもうれしい。

このパーティーが終わると、オレたちのこの国で予定していることはすべて終わるので、諸国漫遊に旅立つ。

周辺国へはこの国から、気ままなぶらり旅に行くので接待は不要、と知らせてもらっていた。行った先で招待された場合、受けるかどうかはオレの判断で決めていいらしい。だったら全力拒否以外の選択肢はなかった。お城で宮廷料理を出しますよと言われても行かない。タダより高いものはないんだ。

だからこそ、今ここでいろんな料理を試しておかないとね。「それ、食べたことあるので」と言えるのが一番だ。

執事さん、次はあれが食べたいので、取ってください！

第七章　食い倒れツアーに出発

　いよいよ食い倒れの旅に出発する日。家族みんながそろって見送りをしてくれた。そんなに仰々(ぎょうぎょう)しくされると行きづらいよ。

　馬車で移動するか、馬で移動するか迷ったけど、馬車だと街道から外れられないので、馬で移動すると決めていた。馬車の屋根がなくても、オレの結界で雨も風も防げるから、気軽に動けないデメリットのほうが大きいと判断したのだ。必要と思ったら途中で買えばいいし。

　でも準備し始めると、保存がきく食事や石けんなど、お父さんもお母さんもオレのためのものをたくさんウィオに持たせてくれる。おかげで馬車での移動に変わった。荷物が多すぎて馬に括(くく)りつけるには無理があったのだ。急ぎの旅でもないし、行った先で依頼を受けるときは馬車だけ宿に預けて馬で移動すればいい。

　そんなドタバタが、行き当たりばったりって感じで、すでに面白かった。

　実際、オレのスカーフなんて何枚あるんだろう。ウィオの服よりも多そうだ。

「ルジェくん、いろんな国を楽しんでおいで」

『お父さん、ありがとう』

「ルジェちゃん、いつでも戻ってきてね」

『お母さん、一年に一回は帰ってくるよ』

お母さんがこだわって作ってくれたスカーフを巻き、そのスカーフに使役獣の印として冒険者ギルドで登録したときにもらった使役獣のプレートをつけて、いざ出発だ。

世界中の美味しいものがオレを呼んでいるから、行ってきます！


馬車の御者台でウィオの横に座っていると、周りの馬車や歩きの旅人からたくさんの視線を集めた。可愛い狐が可愛いスカーフをしているから、注目を浴びるのは当然だよね。

「わんわん！」

「あれは狐さんだよ」

『キャン！』

ちっちゃい子がちっちゃい手を振ってくれたので、オレもふわふわの尻尾を振り返すと、拍手してくれる。近くの村の子かな？　魔物が出るから気をつけてね。

さて、初めてオルデキアを出て、隣の国マトゥオーソに足を踏み入れる。

マトゥオーソはウィオが冒険者になってすぐに浄化したカリスタの森の向こう側の国。あの時はカリスタの森の魔物がマトゥオーソに被害を出しているからってことでオルデキア側から浄化した。その時にマトゥオーソからオルデキアの王様経由で浄化しに来てほしいって依頼があったのを断っているため、今回入国したら何か言ってくるかもしれない。

オレの存在を周辺国のトップは知っている。オレに関する神託が下された国もあるし、オルデキアから知らされている国もあった。この食い倒れツアーに先立って、周辺の国にはオレが行っても接待は不要とオルデキアの王様が知らせてくれているんだけど、どうなるかな。

マトゥオーソには美食の街と言われるガストーもあるから、すごく期待している。ただ、オレの舌はとっても敏感で、薄味で作ってもらう必要があるから、どれくらい楽しめるかは未知数だ。

国境は特に何もなく越えられた。

少し構えていたのに、ウィオの上級ランク冒険者のカードを見るとそのまま通してくれて、「使役獣ですか、可愛いですね」と警備の人に言われる。いい人だね。

国境を越えたあとは、それなりに整備された街道を馬車で進む。特に目的もないし、急ぐ旅でもないから、パラカパカラとお馬さんの歩みに任せているけど、同じリズムで響く音とお天気のよさに、ちょっと眠くなる。うとうとしていたとき、オレの耳が戦闘の音を聞きつけた。

『ウィオ、街道の先で魔物と人が戦ってるよ』

「助けは必要そうか？」

『うーん、人のほうが劣勢かも』

「じゃあ行くか」

ウィオがお馬さんに合図を送ると、張り切って走り出した。

近づき全容が見えてくる。かなり人のほうが劣勢だ。大きめの猿みたいな魔物が複数の馬車を取り囲んでいた。数の多さで防衛線を突破し、馬車を壊そうとしがみついている魔物もいる。

これ以上行くとお馬さんが巻きこまれちゃうから、ウィオは馬車を止めた。

『結界を張っておくから、ここにいてね。魔物は入れないから』

『ヒヒーン』

よし、これでお馬さんは心配ない。助けに行こう。

馬車から降りていたウィオの肩に乗ると、ウィオが走り出した。

「通りがかりの冒険者だ！　助けは必要か？」

「頼む！」

勝手に戦闘に割りこむとトラブルになることがあるから、まず声をかける。これは冒険者が一番に習うことだ。乱戦になっているので魔法を打ちこむのは危険と判断したウィオが、剣で魔物をバッサバッサと斬っていく。

あとから聞いたんだけどこの猿もどき、そんなに強い魔物じゃないものの、頭がよくて協力して襲ってくるから倒すのが大変らしい。でも騎士団での討伐で慣れているウィオが加わったことで状況は優勢に転じ、最後は逃げていく猿もどきをウィオが氷の矢で殲滅して、戦いは終わった。

猿もどきに売れる素材はないので、放置して魔物が寄ってこないように全部燃やす。一か所に集め、もともと戦っていた人の中で火魔法の得意な人が燃やしているのを少し離れたところで見守っていると、人が近寄ってきた。

「ありがとうございます。オルデキアの氷の騎士様ですよね」

「今は冒険者だ」

商会の馬車だったようで、この馬車の責任者の人が挨拶に来てくれたのだ。オルデキアからの帰りだからオルデキアのことに詳しくて、ウィオについても知っているらしい。

お礼に次の街で宿を用意するって言われたんだけど、怪我するほど戦っていないしお礼をもらうほどじゃないからと、ウィオは断った。オレたち、気ままなぶらり旅だしね。

「氷の騎士様よ、冒険者なら受けておけ」

「そういうものか？」

「礼でもあるが、次の街まで一緒に移動すれば、もしまた襲われても助けてもらえるっていう下心もあるんだ」

護衛の人が横から、こういう時は受けるべきなんだと教えてくれる。それにこの先の小さな街ではもうすぐお祭りがあるので、宿が取れない可能性があるらしい。

ウィオは戦闘のプロフェッショナルではあるけど、冒険者のルールには詳しくないから、その助言に従う。

さあ、初めての外国の街では、どんな美味(おい)しいものが待っているかな。


ワクワクしながら足を踏み入れたマトゥオーソ最初の街は、結論から言えば、オルデキアとあまり変わりなかった。残念だけど、まあ当然だよね。国が違うと言っても陸続きの隣街の文化がガラッと変わったりはしない。でも王都に近づけばきっと変わるだろう。

マトゥオーソは大きな国だ。国としての力もだけど、国土も広い。今、俺たちがいるのはオルデキアとの国境の街。最初に目指すのは、美食の街といわれるガストーだ。ここの料理は多分オレの好みなんだ。その後は、ウィオが料理を気に入っているフェゴ王国に行く予定。

予定は未定だからどうなるか分からないけど、なんの目標もないと、進む方向すら決められない。棒を倒して倒れたほうに進むとかもちょっと楽しそうだけどね。

オレたちは、商会の取ってくれた宿に馬車を預けて、冒険者ギルドに行く。どんな依頼があるか、この街に留まるか、まずはギルドで確認しよう。

ギルドに入ると、中にいた人たちの視線が一斉にこちらに向いた。やっぱりウィオの銀色の髪の毛は目立つよね。氷の騎士かという声が聞こえるので、ウィオを知っている人がいるみたいだ。

依頼が張り出されているボードを見ると、夕方なのもあるかもしれないけど、依頼はあんまりない。ギルド自体の建物も小さいし、ここはあまり繁盛していないみたいだ。

そこにギルドの職員が近づいてきて、ギルド長の部屋に案内された。なんだろう。

「氷の騎士様、ようこそマトゥオーソへ」

「もう平民ですので、お気遣いなく」

「もしいらっしゃったら渡すようにとこの国の統括長から手紙を預かっております。返事は不要と聞いていますので、後ほどお読みください」

手紙？　オレのことかな？

ウィオは手紙をこの場で読まずにバッグにしまい、この街での依頼について質問した。ギルド長は、ここはあまり依頼がないからと、隣の街への移動をすすめる。隣の街カリモロのギルドがカリスタの森での依頼を管理しているため、上級ランク向けの依頼がたくさんあるらしい。

「ですが、もしよければこの街で一つ受けてもらいたい依頼があります」

「なんでしょう」

「そちらの使役獣への依頼になるのですが」

その言葉を聞いて、ウィオが警戒する。やっぱり浄化かな。

「そんな大したことではないですよ。お祭りでギルドの代表として、何か出しものをしてもらえないかと思いまして」

「……出しもの？」

「はい。毎年ギルドからは、魔法使いの珍しい魔法などを披露しています。使役獣に何かしてもらえませんか？」

ほかは子どもたちの踊りとか、力自慢たちがどれだけ重いものを持ち上げられるかの競争とか、ご近所の仲良しで楽しむお祭りって感じっぽい。

なるほど、ギルドは面白枠なわけだ。まだ誰にやってもらうか決めていなかったところにオレが来たから、ちょうどよいと思ってお願いされたようだ。ウィオじゃなくてオレへの依頼は初めてだ。

『雪を吹き出すのでも芸になる？』

「やりたいのか？」

『キャン！』

お祭りの出しものって面白そう。やろうよ！

オレが乗り気なので、ウィオが依頼を受けてくれた。少ないけど依頼料ももらえるので、お祭りで美味しいものが買える。

出しものは明後日までに考えて、主催者の商業ギルドに知らせればいいと言われたので、今日は宿に引き上げてゆっくり考えよう。過去には、投げたものを鳥の使役獣がキャッチするっていうのをやったことがあるんだって。フリスビーもよさそう。

でもその前に、宿のご飯、何かなあ。楽しみだなあ。

宿に戻ってまずウィオは、この国のギルド統括長からという手紙を開いた。オレものぞきこんで見る。

手紙は統括長からじゃなくて、なんとこの国の王様からだった。要約すると、好きにしていいし、何か困ったらこの手紙を見せていいよ、って内容だ。オレ、賢い狐だから人間の文字も読めるんだ。ウィオもその内容を見て安心した。お城に招待されると、断るのが面倒だ。好きにしていいってことだから、冒険者としてこの国を楽しんで、美味しいご飯を食べよう。

ちょうど手紙を読み終わったタイミングで部屋に夕食が運ばれてくる、美味しそうな匂いがした。

今日のメインは具沢山のスープだ。オレ用のご飯は薄味で作ってもらっている。薄味にしてってお願いしただけなのに、それだけでなく具を小さく切ってくれていた。これは、期待が高まるよ。

いただきまーす。もぐもぐ。

「美味しいか？」

『うん。お野菜が甘いね』

味付けは、素材の味を生かすオルデキアと変わらない優しい味だ。この辺りは根菜がたくさん採れて、冬はシチューが美味しいらしい。

『これからたくさん美味しいもの食べようね』

ウィオはお屋敷で美味しいものを食べて育っているからとっても舌が肥えている。だけど、騎士団で干し肉やゆでただけの野菜にも慣れたから、美味しくなくても気にしていない。

でもオレは、美味しくないものは食べたくないんだ。というか、そもそも神獣は食べる必要がないので、わざわざ美味しくないものを食べる理由がない。

世界中の美味しいものが食べたいというオレの希望にウィオを付き合わせちゃっているから、ウィオも楽しめる旅になるといいな。


お祭り当日。広場にちょっとした舞台が作られ、オレはおめかしして脇でスタンバイする。いつもの冒険者の服じゃなくてちょっといい宿に泊まる時用の服を着たウィオと、おそろいのスカーフだ。

オレの前の出しものは、料理屋さん共同での野菜の皮むき大会。ジャガイモみたいな野菜の皮をくるくるとむいていき、時間内で一番多くむけた人の勝ち、途中で切れたらそれは個数に入れない、というシンプルな競争だ。

家族やお店の常連さんが応援し、盛り上がっている。

「さあ、あと二十秒。今は四番のフリオさんが八個でトップですが、このまま逃げ切るのか⁉」

いけー、頑張れーと声援が飛ぶ。このプレッシャーの中できれいに皮をむけるのはすごいね。

「五、四、三、二、一、ハイ終了です！　ナイフを置いてください」

係の人が、ちゃんと皮がつながっているか、むけずに残っている皮がないか確認している。

そして確認の結果、四番さんがそのままトップを守って優勝した。

ちなみに優勝賞品は、参加者全員がむいた野菜全部だ。この野菜で明日料理を作って格安で提供するのが伝統らしい。なんとも平和なお祭りだね。

皮の早むき大会の後片づけが終わればオレの出番だ。

オレの次の出しものは、本日のクライマックス、子どもたちの踊りなので、家族連れがたくさん集まっている。ここは子どもたちに可愛い狐のアピールをしないとね。

「次は、冒険者ギルドより、上級ランクのウィオラスさんと、使役獣の狐ルジェです」

紹介されて出ていくと、みんなが拍手をしてくれる。ウィオとそろってお辞儀をしたことで、さらに拍手が大きくなった。賢いねえって声が聞こえる。つかみはばっちりだ。

まずは、お手、おかわり、ハイタッチから始めて、ウィオの肩に乗ったり飛び下りたり、ウィオの指示に従って動くと、歓声があがる。すごいでしょう。えへん。

さて、次が見せ場だ。オレはウィオから離れてスタンバイ。ウィオが手元に氷を出して投げ、それをオレがキャッチする。フリスビーの変型版、投げるのはディスクじゃなくて、ウィオの氷だ。

ウィオが飛ばした氷を、オレがジャンプしてパクッとキャッチする度、拍手と歓声があがった。

「すごーいっ！」

オレは壇上から飛び下りて、最初にすごいと言ってくれた子どものところへ向かい、その子の手に氷を乗せる。

「わあ、剣だ！」

『キャン！』

　万が一にも怪我をしないようにもろくしてあるし、氷だから解けちゃうし、角のないおもちゃみたいな剣だけど。小さな勇者くん、君に聖剣を授（さず）けよう。

　子どもが喜んでくれたのを確認してから、タタタッと壇上に戻って、またスタンバイだ。

　次の氷をキャッチして、ちょうだい、と声をあげる子どもにプレゼント。今度は弓だね。細くて力を入れると割れちゃうから気をつけて。

　五回配ったところで、ウィオが客席に向かって直接、小さい氷の花を飛ばした。本気で飛ばすとお巡りさんが来て規制線が張られる現場になっちゃうから、オレが風の精霊にお願いして、人の手に届く直前に威力をぎりぎりまで弱めてもらう。もし誰かが怪我をしたらこっそり治そうと思っていたけど、問題なさそうだ。あちこちから「取ったー！」という子どもの元気な歓声が聞こえる。よかったよかった。たくさん飛ばしたから、ほとんどの人に行き渡ったんじゃないかな。

　最後にウィオと並んでお辞儀をしておしまい。すごく盛り上がったよ。いえーい！

「氷の魔術師ウィオラスさんと、とっても賢い相棒のルジェくんでした。盛大な拍手をー！」

　すごいでしょ。可愛いだけじゃなくて、賢いでしょ。みんなもっと褒めてー。

　歓声に応えて上手（かみて）側、下手（しもて）側、中央に順番に尻尾（しっぽ）を振っていると、ウィオに抱き上げられて強制退場になった。オレのファンに最後まで挨拶（あいさつ）させてくれてもいいじゃない。カーテンコールにも出るつもりだったのに。

「こちらが依頼料です。とても好評でしたね。ルジェくん、ありがとう」

『キャン！』

ギルドの受付の人が見にきていて、その場で依頼料をくれた。ありがとね。

出番は終えたことだし、本日のメインイベントである子どもたちの踊りを見てから、お祭りの屋台巡りだ。依頼料の分だけ屋台のものを食べようと思っていたんだけど、オレの評判が広がっていて、どこの屋台もタダでプレゼントしてくれた。薄味しか食べられないっていうと、わざわざ作り直してくれる。芸は身を助くってこういうことを言うのかな。

その後、街を出るまで、オレは大人気だった。行く先々で、特に子どもに声をかけられるので、特別になでさせてあげる。よいよい、くるしゅうない。もふるがよい。

この街でやることは終わりだ。隣の街へ移動しよう。でも冬に戻ってきて、美味しいと評判の根菜のシチューを食べたいな。

「冬は移動が大変になるから、冬の間はオルデキアに戻っているか」

『じゃあ、冬前にここを通る？』

「シチューを食べに寄ろう」

やったー！　ウィオ、大好き！

ここで美味しい根菜を買ってお屋敷に持って帰ったら、料理長が美味しいものを作ってくれるはず。

食い倒れツアー、最初の街から幸先がいいね！　これも日頃のオレの行いがいいからだね、きっと。

カリモロの街に着くと、ギルドへ直行した。ギルドには馬車を停めるスペースがあるので、そこに馬車を置いて、受付で宿を紹介してもらう。

ウィオはお金持ちだからどんな宿でも泊まれるんだけど、冒険者お断りの宿もあるし、使役獣も一緒に泊まれる宿は少ない。オルデキアでは氷の騎士様の使役獣はお利口と広く知られていたから困らなかったが、これからはそうもいかないだろう。

「上級ランクで使役獣と泊まれる食事が美味しくてお風呂がある宿となると、そうですね、ヒルダの宿でしょうか」

「馬車は預けられるか？」

「商業ギルドに預けてください」

「分かった。それから、よさそうな依頼を選んでほしいんだが」

冒険者になってから、ウィオが自分で依頼を選んだことは数えるくらいしかなく、もっぱらギルドのおすすめ依頼を受けていたから、ここでも選んでもらう。

「依頼を受けず、カリスタの森で倒した魔物の素材を持ちこまれるのがいいと思います。ほとんどの素材を買い取りますので」

「分かった。そうする」

ここのギルドは依頼よりも素材の買取がメインになっているらしい。レアな素材採取の依頼もあるけど、割のいい依頼は地元の冒険者で取り合いだ。

この街からカリスタの森の入り口までは乗合馬車が出ていて、その終点に簡易宿泊所とギルドの出張所がある。多くの冒険者は、森の中で野営するか簡易宿泊所に泊まるかして魔物の素材を集め、たまにこの街に戻ってきてちゃんとした宿に泊まり疲れを取るそうだ。

必要なことは全部聞いたので、馬車を預けて、宿に向かう。

馬車にはウィオのお父さんやお母さんが持たせてくれた、オレのための日持ちする食べものとか、オレのスカーフとか、オレを洗うための石けんとかがたくさん載っていた。預けると盗まれる可能性があるけど、馬車の入り口を開けられないようにオレが結界を張っておけば、金庫よりも安全だ。オレの結界を壊せるのは、同じく神に連（つら）なるものだけだからね。

ギルドに紹介された宿に行くと、残念ながらお風呂のある部屋が空（あ）いていなかった。いい素材が手に入った冒険者が自分へのご褒美に泊まっているそうだ。オレたちはすぐにカリスタの森に行っちゃうから、帰ってきたときに空（あ）いていることを祈ろう。

「使役獣と一緒の人には部屋での食事をお願いしています」

「食事は人と同じものを薄味で頼みたい」

「今日の夕食は間に合いませんので、明日の朝だけでよければ」

もう味付けちゃったってことだろうから、仕方ないね。

ちなみになんで部屋での食事かというと、以前に使役獣が他の人もご飯を食べているところで骨付き生肉をゴリゴリ言わせながら食べて苦情が殺到したことがあったから、それ以来、食堂に使役獣は入れないルールになったんだそうだ。それはオレでもご遠慮したいので、その契約主が悪いね。

オレの寝床は、ウィオのベッドの隅っこだ。ベッドが二つあるときは、片方をオレが使うこともあるけど、今日は一つしかない部屋なので、ウィオの枕の横がオレの寝場所。

オレは睡眠も必要ないんだけど、なんでか夜になると眠くなっちゃう。人の記憶に引きずられているのかもしれない。でも必要になればずっと起きていられるから、監視はお任せあれ。


翌朝は、あいにくの曇り空だった。

宿の朝食は、いわゆるコンチネンタルブレックファストと呼ばれるパンとハムとサラダとミルクみたいなメニューだ。シリアルはなかったけど。ハムは塩気が強すぎるだろうってことで、オレには味付けしていないお肉を焼いてくれた。うまうま。

凝った料理じゃないけどお野菜は新鮮だし、昨日のウィオのご飯も美味しそうな匂いがしてたし、ここのご飯は今後も期待できる。

『この宿、当たりだったね』

「ああ。風呂のある部屋が空いてなかったのが残念だ」

『カリスタの森から帰ってくるのが楽しみ』

日頃の行いがいいから、きっと次に来るときは空いているはずだよ。

ギルドの乗合馬車は、街の門の前に集合だ。森に泊まりこむためのテントや食料を持って集合場所へ行くと、たくさんの冒険者が馬車を待っていた。

「あんた、見ない顔だな」

「オルデキアから来たばかりだ」

「一人か？　森をなめないほうがいいぞ」

「分かっている」

　オレがいる限り、ウィオが怪我をすることはないよ。それに騎士団で討伐にも慣れているから、危険度の見極めもばっちり。部下の命がかかっているから、冒険者よりもそこはシビアだ。騎士は一人前になるまでお金がたくさんかかっているので、多人数に怪我をさせると降格になるらしい。

　話しかけてきた冒険者が、今までどんな魔物と戦ったことがあるのかとか、その使役獣は何ができるのか、とたくさん質問していたが、ウィオが面倒くさそうにしていると諦めて去った。仲間のところであいつは無理だ、と言っているのがオレの性能のいい耳には聞こえる。助っ人が欲しくて仲間に引き入れるかどうかの見極めだったらしい。

　馬車が到着したので、ギルドカードを見せ、お金を払って乗りこむ。見た目は遊園地にある汽車型の車がひっぱっていくパークトレインみたいなものだけど、乗っているのがむさ苦しい冒険者ばっかりだから全然可愛くない。

　ウィオの膝に座っていると周りの冒険者が見てきて居心地悪いし、ずっとウィオとしゃべっているとウィオが変な人だと思われちゃうし、お天気が微妙だから景色もあんまり楽しめないし、やることもないから着くまで寝ていよう。すぴー。

乗合馬車を降りて森に入ったオレたちは、他の冒険者のいない辺りを進んだ。狙いたい魔物もいないので、魔物の取り合いになるのは避けたい。目的もなく森の中を歩いているうち、向こうから来たグループに声をかけられた。

「なあ、この先ちょっと面倒な魔物がいるんだが、協力してくれないか？　オレたちはその魔物の皮を狙ってるんだ。代わりに他の魔物の素材は全部やるから」

「ルジェ、どうする」

『オレはかまわないよ』

今まで他の冒険者と協力しての討伐はやったことがなかった。でも複数人で協力するのは騎士団で慣れているから大丈夫だよね。それにこの辺りまで来ているってことは、このグループもそれなりに強いはず。何かあっても足手まといにはならないだろう。

一緒に目的の魔物のいる森の奥へ歩いていく。この人たちはここで長く活動しているようで、この森の魔物のいろんな情報を持っていた。どの魔物の買取価格がいいとか、どの魔物が倒すのにかかる労力と買取価格を比べたときのコストパフォーマンスがいいかとか。そういえば、そういうのは全然調べていない。ウィオはお金に困っていないので、稼ぐために依頼を受けるという感覚がないのだ。坊ちゃんめ。

いろんな情報をもらいながら歩いていると、先頭を進む人が立ち止まった。その先にけっこう大きめの魔物がいる。それが目的の魔物かなと思ったのは、合っていたようだ。

木の陰から見ると、サイのような見た目の大きな魔物だ。たしかに皮膚が硬そうだから、防具に使われるのかもしれない。

「あいつだ。最初に一発大きい魔法をお見舞いしてくれるか？　あいつは硬くて下手すると剣が欠ける」

「分かった。ルジェ、近くに人はいるか？」

『いないよ』

それを聞いて、ウィオは大きな氷の槍を数本作って、魔物のいる辺りに撃ちこんだ。

その直後、グループの冒険者が突っこんでいく。魔物はすでにウィオの氷の槍で瀕死なので、苦労せず、すぐにとどめを刺せた。

「ありがとよ。あんたのおかげで簡単に倒せたよ」

「でもリーダー、皮に傷が多い」

「そうだが、銀のが手伝ってくれなかったら倒せなかったんだから、文句言うな」

ウィオが槍で串刺しにしたために大きく皮に傷がついたのが気に入らないらしい。そんなの、氷属性のウィオに頼むんだから、分かっていたはずだ。傷をつけたくないなら、どこを狙うか最初に言っておいてよね。

グループの人たちは魔物から素材をはぎ取るというので、ここで分かれる。当初の約束どおり、ここに来るまでに倒した魔物の素材は全部くれた。道中で出たのは尾羽がとてもきれいな鳥の魔物ばっかりだったので、扇がつくれそうなくらい羽根が集まる。

「手伝ってくれて助かった。気をつけて帰れよ」

「そっちもな」

別れ際に掛けられた声に返事をして、オレたちはもう少し森の奥に進むことにする。ウィオがこのきれいな羽根をもう少し集めたいらしい。じゃあ鳥の居場所を探してあげるよ。

森の中で鳥を追いかけまわしてたくさん羽根を集めたので、そろそろ街に戻ることになった。

これまでオレたちは森の中で寝泊まりしていた。簡易宿泊所はただ屋根と井戸があるだけで、屋根の下は混雑しているのだ。周りにテントを張っている人もいたが、オレの結界とウィオの水魔法があれば、簡易宿泊所に泊まる必要はない。むしろ森の中のほうが人がいなくて快適という判断だ。

でもそろそろお風呂に入りたいし、温かいご飯が恋しい。乗合馬車で街に戻ったら、まずはお風呂だ。

街に着いてすぐ宿に行く。お風呂のついている部屋が空(あ)いていたので、三泊することにした。

お風呂のお湯の準備は別料金だ。水はウィオが出せるけど温められないので、お金を払って魔法陣を借りる。そこに魔力を注ぐと温まるのだ。魔力の扱いに慣れていない人や魔力の少ない人は、それもお金を払ってお願いすることができる。お風呂を使いたい人ばかりでもないから、よくできたシステムだ。

お風呂が沸いたので入ろう。ウィオがお湯で毛をぬらしてから、お母さんが持たせてくれた石けんで洗ってくれる。泡が灰色だ。森の中を走り回ってだいぶ汚れていたみたい。

「かゆいところはないか」

『ないよ。ありがとう』

「流すから目をつぶれ」

目を閉じて耳を伏せると、頭の上からばしゃーっとお湯がかけられた。執事さんにちょっとずつかけましょうって注意されたのに、忘れちゃったのかな。まあ泡が洗い流せればなんでもいいんだけど。ウィオのオレを洗う手つきはまだぎこちないものの、この旅の間に上達するだろう。

それから何度かお湯をかけられて、泡は大体流せた。プルプルしたいから離れてて。

ちなみにオレの毛は抜けない。この身体は普通の狐のように見えて、実際は魔力の塊のようなものだ。毛が抜けたとしても、魔力を固定していられなくなった時点で消えてなくなる。


翌朝はゆっくり起きて、宿の美味しい朝ご飯を食べてから、魔物の素材の買取をしてもらうために、ギルドに来た。そろそろギルドが空いたかなという時間を狙ったので、人もまばらだ。カウンターに魔物の素材を出して、査定してもらう。

この世界にはファンタジーの定番のマジックバッグがない。時空に干渉する魔法が使えるのは一部の神だけだ。オレは神に連なるけど使えない。魔物の素材を運ぶためには、バッグに入れる必要があって、一人で運べる重さには限界があった。だからウィオもかさ張らなくて高く買い取ってもらえそうな素材しか持ってきていない。

「この羽根の、質のよいもの以外を買い取ってほしい」

「テーフォールの羽根は現在、買い取りしていません。無料でよければ引き取ります」

え、どういうこと？　あのグループはサイもどきの代わりにこの羽根をくれたのに。

そう思っているところに、後ろからはやし立てる声が聞こえた。

「アハハ。お前、だまされたんだよ。キルハンの奴が言ってたぜ。バカが羽根と引き換えに手伝ってくれたってな」

つまり、あのグループは買い取ってもらえないと分かっていて、ウィオをだましたのか。許せない。オレの毛が怒りに逆立つ。

「ルジェ、やめろ」

『あいつら、うそをついた！』

「落ち着け」

ウィオがオレを抱き上げて、問題ないから怒るなとなだめてくれるけど、あいつらはウィオにうそをついて、だましたんだ。問題大ありだ。許せるわけがない。

オレから魔力が大量に放出されて、周りの人たちに圧をかけている。

「何事だ！」

「その魔物が原因だ！」

「私の使役獣です。魔物ではありません」

騒動にギルド長が出てきたが、お前もグルなのか？

「ルジェ、大丈夫だ。これは母上と義姉上（あねうえ）への贈りものだ」

『え？』

オレが我に返ったことで魔力の圧から解放された冒険者たちが、そそくさとギルドから出ていくのが目の端に入る。面倒ごとに巻きこまれたくないんだろう。

「何があったんだ。誰か説明してくれ」

「あ、えっと、その……」

「ラースレナの討伐を手伝う代わりに他の魔物の素材を渡すという約束で、渡されたのがテーフォールの羽根だった。だが買取はしていないと言われて、だまされたと私の使役獣が怒った。それだけです」

オレたちがだまされたと言った冒険者はとっくに逃げているし、受付の人も震えていて話せないので、ウィオが説明する。

「それは、ギルドを通した約束か？」

「違います」

「ならばギルドは介入しない。それよりもその使役獣のほうが問題だ」

「何が問題ですか？　誰も傷つけていませんが？」

うん。たしかに魔力を放出したから圧はかけちゃったけど、誰も攻撃していないよ？

おすましてちょっと首をかしげてギルド長を見ると、ギルド長もオレを品定めするようにじっと見返す。オレ、悪いことしていないよ？　無害な可愛い狐（きつね）だよ？

「この羽根をオルデキアのフォロン侯爵家に届ける依頼を出したい。いいものだけを送るつもりだったが、オルデキアで鑑定してもらう」

「え、あ……」

オレとギルド長の間の無言のやり取りなど全く無視して、ウィオがカウンターの向こうの受付の人にお願いする。けれど、受付の人はさっきまでの騒動で魂(たましい)が抜けたみたいになっていて反応しない。代わりにギルド長がウィオの「オルデキア」「侯爵家」という単語に反応した。

「オルデキアの氷の騎士か」

「今は平民です」

ウィオはギルド長には敬語で話すんだよね。冒険者としてギルド長は上司にあたるという判断なのかな。

ギルド長に依頼の受付は別のカウンターだと言われて、ウィオは羽根を持って移動した。他の素材はカウンターの上に置きっぱなしなんだけど、あの人はいつ仕事を再開できるかなあ。

冒険者ギルドは配達の依頼も受けている。街道で魔物に襲われる可能性があるから、確実に届けたいなら実力のある冒険者を雇う必要があって、それを専門にしている通称配達人と呼ばれる冒険者もいる。彼らへの依頼料金はちょっと高いが、信用第一の商売だからネコババの心配はない。

「秋までに届けばいいので、信用できる配達人に頼みたい。高くてもかまわない」

「貴族相手に信用できない奴を行かせたりしないから安心しろ」

横からギルド長が口を出してきて、あの配達人にしろと受付の人に指示を出している。

そういえばこのギルド長、なんでまだオレたちのそばにいるんだろう。オレの可愛さにやられちゃったかな？　でも今日はご機嫌斜めだから触らせてはあげないよ。

この羽根は冬のドレスの装飾として使われるもので、ウィオは最初からお母さんとお義姉(ねえ)さんにあげるつもりだった。オレたちが帰るのは冬の予定だから持って帰ってもドレスを仕立てるのに間に合わないので送る。買取していないのは今が季節じゃないからで、冬前になると買取してくれるそうだ。

『だまされたんじゃなかったんだね。早とちりしてごめんね』

「いや、質のよくないものは買い取ってもらおうと思っていたからだまされた。でも実害はない。今後はギルドを通さない約束はしないことにしよう」

やっぱりだまされてた！　あいつら許せん！

お風呂があってご飯が美味しい宿を三泊堪能してから、カリモロの街をあとにした。

ギルドで騒動を起こしちゃったし、またカリスタの森に行ってだました奴らに会うとオレが暴走しちゃいそうだし、別にカリスタの森に用事があるわけじゃないし。

オレはあいつらに仕返ししなきゃ気が済まなかったんだけど、ウィオが必要ないと言うから思いとどまる。そういうのも含めて冒険者だから、事前に調べずにだまされた自分が悪い、冒険者はもともとならず者の集団だから仕方がないことだ、と。

ウィオが望むなら呑みこむしかない。悔しいけど。それでも怒りを収めきれなくてカリカリしていると、ウィオが屋台に連れていってくれた。食べものにつられて機嫌を直すのはしゃくだが、美味しいものに罪はないから、食べたいものを片っ端から買ってもらったよ。

ということで、気持ちを切り替えて、最初の目的地、ガストーの街を目指そう。

ガストーは王都の北側に位置する街だ。昔、王宮料理長が突然仕事を辞めて故郷であるガストーの街に帰ってそこでレストランを始めた。そこに弟子も集まってきて美食の街として有名になったらしい。今は王都からのちょっとした旅行先としては一番人気の保養地みたいなところになっていて、宿とレストランがたくさんある。

着くのはまだまだ先なのに、美味しいものの予感にワクワクする。

「ガストーに行くには、王都を通るのと、カリスタの森の縁を通っていくのと二つ行き方があるが、どっちがいい？」

『うーん、王都に行ったら面倒なことになったりするかなぁ』

「そうだな。王都を避けていって、フェゴに向かうときに王都を通るか」

『キャン！』

それがいいね。せっかくだからいろんなところに行きたい。一筆書きみたいに、なるべく通ったことのない道を通って旅をしよう。

カリスタの森の縁を行く道は、魔物の襲撃を受ける可能性があるため、通っている馬車はあまり多くない。

そんな道で止まっている馬車がいた。見るからに怪しい。

『ウィオ、あの馬車、なんだろう』

「関わらないに越したことはない」

『だね』

オレたちはだまされたばっかりだから、怪しい人には関わりたくない。そのまま横を通り過ぎようと思ったのに、馬車を止めようと人が飛び出してきた。

「お願いします！　助けてくだされ！」

あれ、なんか思ってたのと違う。

飛び出してきたのはおじいさんだった。それにもう一人乗っているのは、おばあさんだ。ウィオもこれは助けたほうがいいんじゃないかと思ったようで、眉間にしわが寄っている。

『話を聞いてみようよ』

「そうだな。ご老人、どうされた」

「馬車が壊れてしまったんじゃ。この先の村まで送ってもらえんか。せめてばあさんだけでも」

ここはカリスタの森のすぐ近くだ。立ち往生していたら命が危ない。だからおばあさんだけでも隣の村まで送ってほしいと懇願される。

これは本当に助けたほうがいいパターンのような気がする。見捨てて魔物に襲われても後味が悪いし、送ってもいいんじゃないかな。ウィオも同じことを思ったらしく、二人を送っていくことに決めた。

馬車は車軸がぽっきり折れて、車輪が外れている。車軸さえ直せば普通に走れそうだ。積み荷は隣の村へ売りに……というか物々交換する野菜らしいので、置いていくのはもったいない。

『ねえ、あの軸の折れたところを雪で固めたら走れそうじゃない？』

「私が氷で固める」

そうだね。ウィオがやれるなら、そうしたほうがいい。人ができることは、人に任せよう。
おじいさんに説明して、それぞれ両側から車輪を持ってはめて、軸の折れたところを接着するようにウィオが周りを氷で固めた。走り出したらこっそりオレも固めておこう。

「これで村までは走れるはずだ」

「ありがとうございます。感謝の言葉もない」

「礼はいいので進もう。ここに長くいないほうがいい」

魔物が人の気配をかぎつけてくると厄介だから、早くしようとせかして出発する。
おじいさんたちの目的の村はそんなに遠くはなく、街道から少し外れて進んだ、高い壁で囲われた場所だった。こんなふうに森のそばに村があることに驚く。高い壁は石でできていて頑丈そうだけど、魔物がウロウロしている森がすぐそばなのだ。

「驚かれましたかの。ここは昔、森を監視するために作られた要塞の名残だと言われております。わしらの村も同じです」

「要塞の中に住んでいるのか」

「わしらの先祖はこの要塞で働いていたと伝わっておりますが、本当かどうかは分かりません」

要塞の中で畑として使える土地には限りがあるため、お互いの村で採れた野菜を物々交換しているらしい。若い人たちは街に移り住み残っているのはお年寄りの、にぎやかな街に行くよりはここで一生を終えることを選んだ人たちだ。こんなに生きるのに厳しいところでずっと生活しているなんて、言葉が出ない。

助けてもらったお礼がしたいと言うのを断って、おじいさんたちの馬車が要塞に入るのを見届け、街道に引き返した。きっとお礼のために何かを振る舞うのだって楽じゃないはずだ。

「ルジェ、どうした」

『人生の正解ってなんだろうなって考えてた』

おじいさんたちと別れて考えこんでしまったオレを心配して、ウィオが声をかけてくれた。けど、オレは答えの出ない問いに悩んでる。

今日会っただけのオレでさえ、おじいさんたちに安全なところで暮らしてほしいと思うのだ。きっとおじいさんたちの家族もそうだろう。平穏に生きてほしいという願いと、好きな生き方をしてほしいという願いが両立しないとき、優先すべきはなんなのか。おじいさんたちの家族は、その問いに悩んでいるはずだ。

その目と髪の色のせいで戦うことを半ば義務付けられたウィオの家族だって、貴族の義務だと割り切りながらも言えない思いを抱えているに違いない。

そして、働きすぎて身体を壊した前世のオレを見守ってくれていた家族もまた、思い悩んだはずだ。顔も思い出せないオレの家族は、オレのせいで後悔していないだろうか。

きっと正解なんてない。一つだけ言えるのは、オレは今この世界で幸せだ。ウィオやお父さんたち、たくさんの優しい人に出会えた。そして、したいことをして生きている。

そんなふうに今の幸せをかみ締めていたのに――

「食べもの以外のことでも悩むんだな」

ウィオ、オレが食べもののことしか考えていないとでも思ってるの⁉　ひどい！

目的のガストーの街に着いた。

ガストー、美食の街。期待に胸が高鳴る。じゅる。

まずは冒険者ギルドで宿を紹介してもらう。ついでに、どんな依頼があるのか気になるので依頼の掲示板を見た。

「食材の採取依頼が多いな」

「兄さんたち、この街は初めてか？」

「そうだ」

「じゃあ、ちゃんと下調べしてから行け。小さな傷でも買い取ってもらえなかったりするからな」

親切に教えてくれた冒険者は、オレをひとなでしてから離れる。これはオレをなでる口実にアドバイスをくれたっぽいぞ。いきなり話しかけてきたので警戒したけど、尻尾を振ってありがとうを伝えると相好を崩したから、ただのもふもふ好きのいい人だったようだ。

『動物の依頼は受けないでね』

「分かっている。植物に限定しよう」

オレは神獣だから、動物には無条件に愛される。動物を狩る依頼を受けると獲物が向こうから寄ってきちゃうので、そういう依頼はかわいそうで受けられない。でも料理されたお肉は美味しくいただいちゃうよ。すでに調理済みなのに残したらもったいないでしょ。

下調べが必要と聞いて、ウィオが受付に向かった。宿のご飯を楽しみにしているオレのために今日はすぐに引き上げて、明日おすすめを聞き、そのまま依頼へ向かう予定にしていたのだけど、朝の混雑しているギルド内で事前調査は難しく、今日聞いておいたほうがいいと判断したようだ。

ウィオも少しずつ冒険者生活になじんでいる。

「この街は初めてなので、依頼を紹介してほしい」

「上級ランクのウィオラスさんですね。馬は乗れますか？」

受付の人はウィオにできること、できないことを聞いてから、カウンターに依頼書を二枚出した。

「こちらの少し離れた森での果物の採取、蜂蜜の採取はいかがでしょうか」

どちらも依頼を受けずに手に入れられたら買取に出せばいいそうなので、森を歩きながら探してみよう。

ウィオは資料を見せてもらって、果物の木の特徴や採るときに注意することを読んでいる。

果物は傷むのが早くなるから茎をつけたままもぎらないといけない。採ったあとは氷漬けにして急いで運ぶ。ふむふむ。馬と氷が必要だけど、ウィオは両方とも自前で用意できる。依頼料はいいけど、見つけられるかどうか分からない果物のためにわざわざ用意すると割に合わないのか。

これはきっとギルドがウィオにやってほしい依頼だな。

必要なことを調べて、果物を運ぶのに必要な箱を借りてから、すすめられた宿に向かった。

高くてもいいから食事が美味しいところを紹介してほしいとお願いして聞いた場所に建っていたのは、超豪華なホテルだった。貴族の別荘みたいな感じだし、五つ星ホテルっぽいんだけど、冒険者の格好で入って怒られないんだろうか。

「いらっしゃいませ。ご予約はされていますか?」

「していない。冒険者ギルドで聞いてきたんだが、ベルジュであっているか?」

「はい。当店はお料理が自慢の宿ベルジュになります」

わーお。ここで合っているらしい。まさかこんなドアマンのお兄さんもいるような高級なところを冒険者ギルドがおすすめしてくると思わなかった。もしかしてオレの正体を知っている? それともウィオが元貴族だから?

ウィオは自分たちは冒険者で、ここから依頼に行くつもりで、使役獣の食事を薄味で用意してもらいたいし、そんな感じだけど本当に泊まっていいのかと確認した。あとからダメですって言われても困る。けれど心配は無用だった。お金を払えばなんでもいいのか、ギルド紹介の上級ランクだから信用があるのか、その両方かな。

馬車を預けて建物内に入る。内装は高い天井の細部まで繊細に装飾が施(ほどこ)されていた。泊まるのは貴族ばっかりじゃないかな。庶民のオレとしては、じゅうたんを汚しちゃいそうでウィオの肩から下りられないし、お支払いが気になっちゃう。

さっそく執事っぽい格好をしたオレたち専属担当の客室係が、部屋まで案内してくれた。案内されたお部屋はスペースが広く、お風呂がついていて、リビングと寝室が別の豪華仕様。

「お風呂はこちらの魔法陣に魔力を注いでいただきますと、湯が出ます。こちらで行うこともできますので、ご入用の際はお声がけください」

「使役獣を洗うために、大きめの桶を貸してもらえるか」

「後ほどお持ちいたします」

猫足のお風呂、初めて実物を見たよ。ここオレが入っていいの？

オレのとまどいをよそに、ウィオが客室係さんと話を進めていく。侯爵家のお坊ちゃまはこの程度じゃ驚かないのね。

「レリアの実があれば見せてほしい。採取に行く予定なので、使役獣に匂いを覚えさせたい」

「あいにく今は手元にございませんが、いくつか私どもに買い取らせていただけるのでしたら、なんとか探してまいります」

へえ、そういうのありなんだ。ギルドの買取価格よりも少し高めで買い取ってくれるそうだ。ギルドにも実物があるか聞いたけど用意できないってことだったから、文句は言われないでしょう。

美味しいものを採ってきてお願いしたら、料理して出してくれもするらしい。自分で採ってきたものが、美味しい料理になって出てくるなんて最高だね。張り切っちゃうぞー。

ちなみに採りに行く予定の果物は、レストラン仲間にもあたってみたけどどこにもなくて、その代わりに皮を漬けたお酒を借りてきてくれた。果物が手に入ったらそっちのお店にも売ることが条件だ。幻の果物と呼ばれているくらい手に入りにくいものなので、自分たちにも分けてもらえるならと、そのレストランの人が意気ごんで乗りこんできた。

「このお酒もとても貴重ですので、香りをかぐだけにしていただけると……」

「了解した。蓋を開けてくれ」

自家製の梅酒みたいな感じで底に皮が入っている果実酒の瓶に、ウィオが抱き上げたオレを近づけたのを見て、レストランの人が蓋をポンと抜いた。そのとたん、辺りに香りが広がる。

『キュン！』

「ルジェ、どうした」

前足で思わず鼻を押さえたオレを心配してウィオが聞いてくれる。けど、待って。今はちょっと無理。持ってきたレストランの人も、お酒に異変があったのかと瓶をかいでるけど違うんだ。

ウィオの腕から下りてお酒の瓶から離れ、大きく息を吸う。すーはー、すーはー。しっかり覚えようと思って集中したせいで、アルコールでむせそうになっちゃった。

『近寄りすぎたからアルコールがきつくて驚いただけ。もう大丈夫。果物の香りは覚えたよ』

「アルコールがきつかったようだ。匂いは覚えた」

レストランの人がホッと息を吐く。驚かせてごめんね。

覚えたのは、マンゴーみたいな甘い香り。とっても美味しそうな香りだから、これは楽しみだなあ。

ふんふん、くんくん、ふんふん。

森の中の匂いをかいで、果物を探す。どこにあるのかなー。ふんふん。お、甘い香りだ。

『ウィオ、あの木の上に蜂蜜があるよ』

「ならば周りの蜂をすべて凍らせるか」

『待って待って！　平和的に行こうよ』

怖いなあ、もう。オレがいるんだから、話し合いで解決できるのに、そんなに好戦的にならないでよ。

木に近づくと偵察の蜂さんが来たので、蜂蜜が欲しいから巣ごともらいたいと伝えた。よく分かってなそうだったが、女王蜂に伝えに行ってくれたみたいだから待ってみよう。

しばらくすると、女王蜂が飛んできた。

『蜂蜜が欲しいから、巣をもらっていってもいい？』

蜂さんは了承したというふうにオレの周りを飛んでから、巣に帰っていった。しばらくすると巣から蜂がどんどん飛び立っていく。

「虫にも好かれるのか」

『魔物と人間以外にはね』

すごいでしょ。えっへん。この蜂蜜はオレへの貢物ってことだ。ありがとね。

蜂蜜の取り出し方はよく分からないから、ギルドにやってもらおう。これはどんな美味しい料理になるのかなあ。じゅるる。

ふんふんしながら、さらに森の奥に向かう。

ギルドの情報で、大雑把には森のどの辺りか分かっているので、その辺りを目指して風下から歩く。

ときどき魔物に襲われ、ウィオが氷の槍で倒して、売れそうな素材があれば取った。

『見つからないねえ』

「旬を少し過ぎているらしいが」

『動物に食べられちゃったかなあ。あ、発見』

かすかにあの果物の香りがする。どっちの方向かな。鼻を上げてふんふんしてみるけど、遠すぎてどっちからなのかが分からない。

とりあえず今までと同じ方向にまっすぐ歩いてみたものの、香りが強くならないからこっちじゃないらしい。しばらくその辺りでウロウロして、この方角じゃないかなとあたりをつけて歩き始めた。ふんふん。

『普通の冒険者はどうやって見つけるんだろうね』

「だから幻の果物なんじゃないか」

探している果物は毎年実がなるわけじゃないらしく、前年に実があったところに行っても翌年はなっていないので、かなりの範囲を捜索する必要がある。

『他にも匂いの強い食材探しがあれば、オレたち名ハンターだね』

トリュフは豚に探させるんじゃなかったっけ。ぶひぶひ言いながら探しちゃうよ。

お、香りが強くなってきた、こっちで合っていたみたいだ。楽しみだなー。そのまま生で食べるのが一番美味しいらしいので、見つけたらまずは食べてみないとね。

香りの出元が分かるところまで近寄ると気が逸って、じっとしていられなくなったオレは走り出しちゃった。この木に実がなってるのが見えてるよ。ウィオ、早く！

『キャンキャン！』

「分かった分かった、待て」

待てないって。いい香りがしているんだもん。急がないと勝手に木登りしちゃうよ。早くー。

近くまで来たウィオが、氷で果実の近くまで階段を作って上り始めた。オレもウィオを追いかけて上る。目の前の枝の先に、黄色の果実が三つ熟れていた。向こうの枝にも熟れた果実があるのが見える。豊作だ。

ウィオが慎重に実につながっている枝の根元をナイフで切って収穫した。表面が桃みたいに柔らかそうで、きっと触れたところから傷んじゃうんだな。

『これ、氷じゃなくて、雪に埋めたほうがよさそう？』

「そうだな。持って帰るときは箱に雪を入れてくれるか？」

オッケー。雪をふんわり敷き詰めれば、緩衝材にもなりそうだ。

ウィオは一つ収穫して階段を下り、氷を消した。オレは足元でお座りをして、スタンバイ。早く果物切ってほしいなー。食べたいなー。前足がちょいちょいと動いちゃう。

「ちょっと待て。ほら」

そういって差し出されたのは、皮を分厚くむいてから切り分けられた果実。その皮の厚さ、レストランの人たちが見たら泣いちゃうかも。でも美味しいものをこれから食べようというときに、細かいことは気にしない。いざ、幻の果物をいただきまーす。ぱく。

香り高く、ジューシーでとろみがあって、ラ・フランスに近いかも。美味しい！

『美味しい！』

「ああ。だがこれはすぐに傷むな。まだ食べるか？」

『ウィオはもういいの？』

「ルジェが頑張って探したんだから、好きなだけ食べればいい」

ウィオ大好き！　でもウィオが収穫したんだから、残りは半分こ。仲良く分け合って食べよう。

たくさんなっているから、足りなかったらもう一個食べればいいしね。

今日はこの辺りを散策して他にも果物の木があるか探し、テントを張ってお泊まり。もうすでに陽が傾いているから、今からじゃ今日中に宿まで戻れない。持ってきた箱に入りきらない数の実を見つけたし、明日の朝一番に箱いっぱいに収穫して、宿まで戻る予定だ。

『オレたち甘い香りをさせてるから、虫が寄ってきそうだね』

「蜂蜜もあるしな」

寝て起きたらたくさん虫が集まっていたってなるとちょっと恐怖だ。ちゃんと結界を張っておかないと。今日は魔物よりも虫のほうが脅威だろう。命の危険はなくても、寝起きで虫の大集団を見ると、悲鳴をあげそうだ。それに、甘い香りに寄ってくる魔物もいるかもしれない。

次の日の朝。まず果物を一つ採ってウィオと半分こして味わってから、箱がいっぱいになるまで買取用に収穫した。果物はまだたくさんあるけれど、傷むと買い取ってもらえないし、中途半端に傷つけるのはもったいないから、また来よう。場所はもう覚えたので、いつでも採りに来られる。

森を出ると、近くの村に預けていたお馬さんを引き取って、ガストーの街に向けて出発だ。お馬さんに括り付けた箱に衝撃を伝えないために、ゆっくり進む。

『馬車で来て、藁とかの上に箱を置くのとどっちがいいかなあ』

「そうだな。冒険者を雇って箱を運ばせるか。ギルドに相談してみよう」

森の入り口から半日くらい歩くため、ウィオだけじゃ箱が運べない。もうシーズンも終わりだから、場所を隠しておく必要はない。来年また同じところで採れる保証はないし、来年オレたちがここに来るかも分からないし。だったら美味しいものをみんなで味わったほうが幸せだよね。

ゆっくり進んで夕方前に街に着いたけど、門の前が混雑していた。並んでいると、甘いいい香りがする、と周りの人達が言っているのが聞こえる。やっぱり分かっちゃうよね。

そのうちに、馬から降りて手綱を持っているウィオに、近づいてくる人がいた。

「冒険者殿、もしやこの香りはレリアの実ですか」

「そうです」

内緒話をするように小さな声で話しかけてきた彼は、オレたちのちょっと前に並んでいる商会の馬車から来たから、商人なんだろう。幻の果物の香りを知っているとは、さすが商人。

「一つ譲っていただけないでしょうか。ギルドの買取価格の倍はお支払いします」

「すでに売り先が決まっている。食べたければベルジュという宿に聞いてくれ」

商人さんはその情報をいただけただけで満足ですと言って、ホクホク顔で馬車に戻っていった。

これはあっという間に話が広がりそうだね。

そうして街に入る。まずはギルドに買い取ってもらおう。

「蜂蜜(はちみつ)入りの巣だ。あとレリアの実はこのうちの四つを買い取ってほしい」

「残りはお売りいただけないのですか？」

「匂いを使役獣に覚えさせるのに実物を用意してもらった宿に売ると約束している」

買取係の人はとても残念そうな顔をしているけど、ギルドでは実物を用意できなかったから仕方がないと納得したみたい。

果物は状態もよいからと高値で買い取ってもらえたので、雪に埋める作戦は成功だ。

「まだ収穫できる実があったんだが、また買い取ってもらえるか？」

「もちろんです」

「運ぶために冒険者を雇いたいので、また明日相談に来る」

もっと手に入ると分かって、係の人が笑顔になった。

後ろで冒険者たちの、あの値段で買取ってことはあの実はもしかして幻(まぼろし)のやつかとささやいている声が聞こえる。どこで採ってきたんだと聞かれないうちに、美味(おい)しいご飯が待っている宿に帰ろう。

お馬さんを引きながら宿に帰ると、ドアマンが今日も笑顔でお帰りなさいませと迎えてくれた。こっちは冒険者の格好で森から帰りたてなのに態度が変わらないって、さすがプロフェッショナル。

お馬さんを託して建物に入ると、さっそく客室係さんが満面の笑みで寄ってくる。

「お帰りなさいませ。お望みの果実ならば当宿にと聞いたとおっしゃるお客様が、すでにいらっしゃっています」

「門で聞かれたから答えておいた」

あの商人さん、行動が早いね。早速、宿を替えて、一口でもいいから食べさせてほしいと言っているらしい。早い者勝ちだから急ぐに越したことはないのかな。

お酒を貸してくれたレストランの人も呼んであるからまずは買取の話を、と言われたので、さっさと終わらせよう。オレは森を走り回ってちょっと汚れているんだけど、幻の果物の前では目をつぶってくれるようだ。

「この八個だ。四個は冒険者ギルドに売った」

「おおっ、これは本物ですね。状態もいい」

「素晴らしいですね。このようによいものを見たのは初めてです」

本物ってわざわざ口に出すってことは、今までレリアの実と言って偽物を持ってきた人がいたのかも。幻なら、だまされるかもしれないね。こんなにもいいのですか、と聞く客室係さんの声が震えている。オレたち二個も食べちゃったなんて、言わないほうがよさそうだ。

幻の果実はギルド買取価格に二割増しで買い取ってもらえた。ギルドに下ろしたものは、多分倍近い値段で売られるから、それでも十分にお買い得なんだって。それに、ギルドに入ってもほとんどが王都に行っちゃうせいで、いつもは王都まで運んでいる間に傷んでダメになっちゃいそうなものだけがこの街で売られるらしい。

夕食のデザートに出しますね、と言われたけど、オレたちはすでに食べているから断る。加工されて何かのソースとかに使われるなら食べたいけど、そのままだったらもぎたてで食べたときの味を超えることはないでしょう。

『ねえ、これって凍らせてもいいのか聞いて?』

「小さく切って凍らせたものも美味しいと聞きます。王宮ではそのようにして召しあがるそうです。

量が手に入りませんので、やったことはありませんが……」

『じゃあ、オレが雪で固めて凍らせちゃうから、お父さんたちに持って帰ろう!』

今は実の下四分の一が雪に埋まっているような感じで冷やしているけど、雪に埋めこんで凍らせれば移動で傷むこともない。

美味しいものを持って帰ると約束したから、次に採りに行くときの一箱はお持ち帰り決定。オレのチートってこういう時のためにあるんだから、使わないとね。

そうして、お待ちかねの夕食。

グルメレポーターのルジェが、ガストーの宿よりお送りします。

レストランで食べるか、お部屋で食べるかどちらでもいいと言われたので、お部屋に運んでもらっている。使役獣が同じテーブルに着いていることを嫌がるお客さんがいるかもしれないから、宿に迷惑はかけたくない。オレ、ちゃんと配慮できる狐だよ。

オレたちはこの旅の出発前にオルデキアで、ここマトゥオーソ王国の南の地方で修業したという料理人の作るコース料理を食べたことがある。それはこの国の料理と南のスパイスで有名なフェゴ王国の合わせ技みたいな料理だった。その中でオレたちが気に入ったものを告げ、オレはこの国の料理が、ウィオはフェゴ王国の料理が好みじゃないかと言われていた。フェゴ王国はこの国の次に行く予定だ。

　ということで、オレの期待はこの美食の街に入る前から膨らんで爆発しそうだった。

　オレの料理もテーブルの上に配膳される。座っているのは子ども用の高い椅子だ。ウィオが床の上でいいって伝えたんだけど、見た目もきれいに盛り付けられたお料理だから、宿としては床の上に置くのが許せなかったらしい。

　まずは前菜だ。大きなお皿にちょろっとずつ並べられた色とりどりの小さな何か。こういう盛り付けって、高級感漂うよね。

　オレのは薄味なんだけど、ソースはかけずに脇に添えられていて、なめてもいいと言われる。でもさ、高級レストランでお皿をなめるのはマナー違反だから、鼻でつんつんしてちょっとソースにつけて食べてみよう。うん、美味しい。

『ウィオ、美味しいね』

「ああ。美食の街と言われるのもうなずける。ルジェ、鼻にソースがついている」

　え、さっきつんつんしたときについちゃったのか。どうしよう。ベロンってしてもいいのかな。迷っていると、給仕してくれている客室係さんが、お拭きしましょうと言って拭いてくれた。それからはソースをスプーンでちょびっとずつかけてくれるし、至れりつくせり。

　次はお魚だ。ソースの使い方といい、フランス料理っぽいぞ。白身のお魚を焼いて、ハーブの入ったソースをかけたもの。なんだけど、オレのはハーブじゃなくて、野菜だけで作ったソースにしてくれた。

きれいな形で出てきたものを、客室係さんがオレの食べやすい大きさに切って、さらにソースをかけてくれる。

『キャン』

「礼を言っている」

「おそれいります。ソースは少なめにしておりますので、必要でしたらおっしゃってください」

すごいねえ。ここまで丁寧に扱ってくれたのは、オレの正体を知っているお屋敷の人だけだよ。だけどオレの正体を知らないみたいなんだよね。知っていたらオレに果物を探させるなんてしないだろうし。相手が誰でも、人じゃなくても、最高のサービスを提供する。プロフェッショナルってこういうことなんだろうな。

お魚は引き締まっているけど硬すぎない白身で、ソースの甘さが加わって、夢中で食べちゃった。ウィオもしゃべらずに黙々と食べているし、オレも食べるのに一生懸命で、すごく静かなディナー会場だ。ウィオはさすが侯爵家のお坊ちゃま、食べ方がとても様になっている。オレもお行儀よく食べよう。

ウィオのお魚のソースからはハーブのいい香りがしていて、すごく美味しそうなのに、食べるとオレには少しきつい。ハーブも平気なものと苦みを感じるものとがあるのだ。

せっかくならこういうところもチートにしてくれればよかったのに。果物を探すのには鼻が利くけど、ご飯は人と一緒のものが食べられるってのが、最高でしょう。オレの創造主、気が利かないなあ。

そんなふうに心の中で文句を言っているうちに、お肉料理が運ばれてきた。何これ、すごく美味しそう。

「臭みを除いたチェヴァの肉がお気に召したようでしたので、本日のメインはチェヴァにいたしました」

『キャン！』

「オルデキアではあまり食べないのだが、ルジェも気に入っていた」

そうなのよ。果物を採りに行く前の日、この宿で初めての夕食は、オレが何が食べられるか分からないからいろんな料理を少しずつ出してくれたんだよね。メインも、いろんなお肉をいろんな調理方法でちょっとずつ。たくさんの味が楽しめるから大満足だったんだけど、今日のコース料理はその結果を踏まえてのメニューだから、もちろんオレ好みで美味しい。

早く食べたくて足が動いちゃう。よだれが垂れちゃうから早くー。

オレの様子に手早く小さく切り分け、二色のソースをきれいにかけてくれる。待ちきれない。もう食べていいよね、と客室係さんを見たら、笑顔でうなずいてくれた。いただきます！

ぱく。もぐ。うまー。

ぱくぱく。もぐもぐ。うんまーい！

ウィオと客室係さんが何か言っているけど、ちょっと今、食べるのに忙しいからあとにして。うまうま。

夢中になって食べて、ふと我に返ると、オレは身を乗り出してお皿をぺろぺろなめていた。お皿の上はとってもきれいで、ソースも残っていない。

やってしまった。お行儀いい狐のはずだったのに。オレ動物だから、許して。

お座りしなおしておすまししてみたけど、ごまかせないよねえ。えへっ。

「ルジェ、途中でソースの追加はいるかと聞いていたのに、気づいてなかっただろう」

「それほど気に入っていただけて、シェフも喜びます」

そんなの耳に入らないくらい夢中で食べちゃった。だって美味しかったんだもん。しかも、身を乗り出したオレのスカーフが汚れないように、客室係さんが押さえてくれてたんだって。全く気づいてなかったよ。ありがとう。

にこにこ笑ってくれているから、オレのお行儀の悪さは見なかったことにしてくれるみたい。

美味しかったなあ。これは明日からも期待ができるよね。明日の夕食は何かな。果物を買い取ってもらったお金で泊まれるだけ、ここに泊まろう。

ウィオもメインを食べ終わったところで、気を取り直して、最後のデザートを出してもらう。出てきたデザートは、あの幻の果物の香りがしていた。

「本日お泊まりのお客様にはサービスで、香りづけにレリアの実の皮を刻んで添えたシャーベットをお出ししております。まず初めに召しあがることをおすすめします」

「ほんのりと香りがしていいな」

香りだけで味はあっさりしたシャーベットなんだけど、それが逆に、木の下で食べたあの果物の

甘さとろとろした食感を思い出させる。

匂いって、記憶に強く結びつくよね。たしか嗅覚は脳の中でも原始的な感覚だって聞いた気がする。今後あの果物の香りをかぐと、あの森の木とこの宿を思い出すんだろうな。とっても美味しいものをウィオと食べたっていう幸せな気持ちも一緒にね。

あ、食べるのに一生懸命で、グルメレポート忘れちゃった。ごめんね。


翌日。朝一の混雑が落ち着いた時間にギルドへ出向くと、何かを言う前にギルド長の部屋に案内された。買取の時にギルドにいた人たちの間で、幻の果物がまだあるらしいというわさが広がって、探しに行っている人が続出しているらしい。

「あれほどいい状態で持ちこまれたのは初めてなんだ。他の奴らに下手に採られると困るので、すぐに向かってくれないか」

「無理です」

「なんとかならないか。行けない理由はなんだ？　必要ならこちらで手を回すぞ」

「レリアを見つけた使役獣が宿の食事を気に入っているので」

ウィオのその返事に、ギルド長が信じられないって顔でオレを見てくる。オレたちがこの街に来た目的は美味しいご飯なんだから、そんな目で見ないでよ。オレの今日の夕食のための準備はきっともう始まっている。料理人の努力と食材を無駄にするなんてできないでしょ。

結局、懇願に負けて、明日出発することになった。もうちょっとご飯を楽しんでから行きたかったけど、仕方がない。帰ってきてからのんびり楽しもう。

「あとどれくらい採れそうなんだ？」

「五箱くらいでしょうか」

「実がなっている木は何本だ」

「六、七本だったかと。探せばまだあるかもしれませんが」

その情報を聞いて、ギルド長が同行する冒険者を選んでくれることになった。伝手のないオレたちでは誰が信用できるのか分からない。

箱を運んでもらう人たちとは、明日のお昼過ぎに森の入り口で待ち合わせて、そのまま果物のある辺りまで行って野営で一泊。翌朝、収穫して馬車まで運んでもらい、そこで解散。雇う冒険者は一般的な護衛料金でギルドから依頼を出し、オレたちの買取価格からその分を引く。そう決まった。

美味しい朝食に舌鼓を打ってから、宿のご飯に後ろ髪、はないから、頭の後ろの毛を引かれながら出発した。近くの村に馬車を預けて、箱を運んでくれる冒険者と落ち合う約束の森の入り口まで歩いていく。すると、冒険者が五グループいた。なんで？

「依頼を受けたのは俺たち三グループだが、あっちにいるのはおこぼれを狙ってる奴らだ。おそらく森の中にもいるだろう」

「私たちはどうすればいい」

「今日中に収穫する予定の木まで案内してくれ。それぞれの木の下で俺たちが夜通し見張りをする」

なるほど。あとからついてきて夜のうちに収穫しちゃう奴らがいるかもしれないから、この木はオレたちが収穫するから手を出すなと、それぞれの木の下で野営をするのか。そのために三グループ必要なのか。てっきり箱の人数だけだと思っていたので、この展開は予想していなかった。

しかし、おこぼれに預かるつもりの奴らは箱とか氷とかを用意していなそうだけど、どうするつもりなんだろう。

「お前らを襲って奪うつもりかもしれない。俺たちも気をつけるが、そっちも気をつけろよ」

「分かっている」

え、ウィオ分かってたの？　オレ、分かってなかったよ。だってギルドがオレたちが収穫に行ったのを知っているのに、どうするの？　出所が怪しくても買ってくれるところがあるのかな。どこにでもあるんだろうけど、街の闇を見た気がしてちょっと憂鬱。

こんな時は気晴らしをしよう。

「使役獣は何をやってるんだ？　何か埋まっているのか？」

「遊んでいるだけだ。気にするな」

穴を掘るとストレス解消になるんだよね。ほりほり。

オレの穴掘りが一段落したところで、森の奥に向けて出発した。ウィオも場所を分かっているから、最短距離で進んでいく。

果物の木が近くなって、そろそろ人の鼻でも気づくくらいの距離になったので、ここからは勝負だ。行くぞ、ダッシュ！

「ルジェについていけ」

打ち合わせもなしに急に走り出したのに、ウィオの一言でみんなオレについてくる。一番近い木までダッシュして、その木の下で一吠えだ。

『キャン！』

みんなが追いついたことを確認して、次の木へダッシュ。

オレが何をしたいのか分かったウィオが木に一人ずつ残るように指示を出す。他の人たちにも伝わったみたい。

『キャン！』

「私が残る！」

あ、おこぼれに預かりたい奴らが目についた木に駆け寄ったけど、残念。その木の果物はもう熟れすぎだよ。オレの鼻には香りがちょっと変わってきているのが分かる。もう夕方で陽が傾いて見えにくいから、人には分からないだろうけど。

「おい、あそこに実が見えるぞ」

『キャンキャン！』

「ルジェが無視しているのは気にするな」

前回この辺りを見て回ったから、狙い目の木は頭に入っている。そこにオレの嗅覚が加われば、怖いものなしだよ。

走っては吠えてを繰り返して、お目当ての木は全部押さえられたので、オレのお仕事はここまで。

「これで終わりか？」

「ああ」

冒険者たちのリーダーをしている人がゼーゼー言いながら聞いてくる。走り回らせてごめんね。でもこの辺りの木は全部押さえたよ。

収穫できる木が散らばっているので、リーダーが冒険者をどこにどう配置するか考えている。オレたちは一番端っこを担当すると申し出た。リーダーはオレたちを真ん中にして守ってくれるつもりだったみたいなんだけど、必要ない。オレの結界があれば、魔物も冒険者も手出しができない。

分担が決まったところで、オレはウィオにおねだりだ。果物食べたいなー。採ってほしいなー。

木の下でお座りして実を見上げると、ウィオが苦笑しながら氷の階段を作ってくれた。

「はしごを持っていないと思ったら、そうやって収穫するのか」

「そうだ」

冒険者と話しているウィオは置いておいて、階段を上って実の前でお座り。これが一番熟れているから、この実にしようよ。

ウィオは無造作にもぎって、階段を下りた。すぐ食べるから丁寧に扱う必要はない。

ナイフを取り出して分厚く皮をむいてから、切り取った部分を口の前まで持ってきてくれた。いただきます。ぱく。じゅわ。やっぱりみずみずしくてとろとろで甘いねえ。もぎたては最高だ。

みんながうらやましそうに見ているけど、あげないよ。でもオレがこれって吠えた木じゃなければ、採って食べればいいよ。シーズン終わりで熟れすぎているからね。

翌朝。起きると、オレが指定した木以外の果物は全部なくなっていた。

ここそこ近づいてきている奴らの気配がなくなっているので、夜の間に採っていったんだろう。でも多分売れないか、売れても大した値段にならない。あとからオレたちが品質のよいものを納品すると分かっているのだから、ギルドだって高くは買い取らないと分かりそうなものなのにね。

まあそんな奴らは放置して、収穫だ。

「ルジェ、雪をつめてくれ」

『フー、ピュー。できたよ』

同行の冒険者が持ってきてくれた箱に、ふんわりこんもり雪を入れて、準備万端。

ウィオが氷の階段を作って、今度はちゃんとナイフで枝を切ってそっと箱に詰めていく。二度目だから慣れた手つきだ。

「あんなにぜいたくに魔力を使って、一体どれだけの魔力量なんだ」

「私は一回で枯渇するわ」

氷の階段を作って消して、作って消して、と魔力を気にせず使うウィオに、冒険者の中の魔法使いが感嘆している。ウィオの魔力はオレの加護があるからまず枯渇しない。神様の加護はそれだけすごいものなんだよ。えっへん。

氷の階段を下りて消してから、ウィオが手に持っていた果物を冒険者たちのリーダー役に渡した。

「これは熟れすぎだから食べるといい」

「は？　え？」

「熟れすぎでギルドに着く前に傷む」

二度目になると、持った感触でもう熟れすぎだと分かったみたい。

ウィオは次の木の収穫に動いているのに、受け取ったリーダーはまだ固まっている。手に持ったまま温めると傷んじゃうよ。

とりあえず冷やしてあげようと思って手に持っている果物に雪を吹きかけた。フー。

「あ、ああ。狐くんありがとう」

『キャン』

どういたしまして。

なんせオレは今、することがない。ウィオが収穫するのを応援したいが、同行の冒険者たちが手伝っているから邪魔なのだ。

やることもないから遊んでよう。ほりほり、穴掘り、楽しいぞ。ほりほり。

「ルジェ、終わったぞ」

『おつかれー』

「泥だらけになっているな」

気づくと、広範囲に掘り返していた。すっごく満足したよ。掘ったっていうより、耕したって感じだから、ここに何か植えたらいい畑ができるんじゃないかな。

周りを見回すと、同行の冒険者たちが売りものにならない果物を食べていた。一人に一個はなかったものの、全員で食べる量はあったみたいでよかった。その種、この掘り起こしたところに埋めておこうよ。いつか芽が出るかも。

　売る用のものを見ると、五箱の予定だったのに六箱と少しほど採れていた。ここだけ見ると完全に農作業だよね。ウィオ、お疲れ様。

　一番いい香りがしている箱をオルデキアに持って帰ることにしよう。

『これをお父さんたちに持って帰ろう。蓋開けて』

「もう凍らせるのか」

　一箱は引き取ると言ってあるから、今凍らせても問題ない。上にも雪を詰めて蓋をし箱ごと結界で覆って凍らせる。これでオレが結界を解かない限り、凍ったままだ。ちょっと乱暴に運んでも、馬車に積んででこぼこ道を走っても、傷んだりしない。

　オレの雪チートってあんまり役に立たないと思っていたけど、食材保存のためにあったんだね。

　果物を食べ終わった同行の冒険者たちは、すごくやる気で箱を運んでくれた。襲われるかもしれないから、一番経験の浅いグループが運ぶ係で、あとの二グループが周りを警戒する。そんなに警戒しなくても、誰か近づいてきたら教えてあげるよ。ちなみに森の中には怪しい動きをしている人間はいない。入り口には人がいるから、待ち伏せかな。

　向かってくる魔物を危なげなく倒して、森の入り口に近づいた。

『あのね、多分待ち伏せしてる人がいるよ』

「そうか。待ち伏せされているらしい」

「まあありそうだな。後ろにはいるか？」

『いない』

後ろに回りこまれて挟みこまれると面倒だからと聞かれたけど、入り口にしかいないんだよね。作戦としては甘いよなあ、と思いながら警戒して森を出る。けれど、そこにいたのは予想外の人だった。

「ギルド長？」

「お前さんたちのあとをつけていった奴らがいたと報告を受けてな。それに貴族が動いた」

果物を手に入れたい貴族が、ギルドが買い取る前に独占しようとここに来ていたらしくて、それを追い払うためにもギルド長が出張してきた。前回手に入れた果物を宿とレストランが出したので、話が広がったようだ。ウィオがオルデキア侯爵家出身というのはこの国じゃ効力がなさそうだから、ギルド長が来てくれて助かった。

「それで採れたのか？」

「ギルドに売るのは五箱です」

予定では五箱くらいで一箱はウィオが引き取ると言っていたため、一箱多くてうれしそうだ。うわさを聞きつけた人たちからの購入依頼が殺到しているのに、三箱は王都行きで、そのうちの一箱は王様に献上とすでに決まっているんだって。ちゃんと収穫できてよかったねえ。

ギルドが買い取る予定の果物は、ギルド長が乗ってきた馬車の荷台に載せることになったので、あとはよろしく。

オレたちの分は、オルデキアに持って帰る一箱と、半端な四個だ。

『ねえ、一個お馬さんにあげてもいい？』

「そうだな。トランには世話になっているしな」

トランっていうのはウィオがお馬さんにつけた名前だ。このお馬さんは、今回の旅用に気性が穏やかで足腰が頑丈そうな子を選んで購入した、旅のお供だ。

いつもありがとね。口に合うといいんだけど。お馬さんは草食だし果物も食べるから大丈夫だよね。お腹痛くなっちゃったらオレが治すから言ってね。

後ろで「おい、馬が食べてるぞ」「マジかよ」って聞こえるけど、気にしなーい。

お馬さんは満足したみたいで、食べ終わるとウィオとオレにすりすりしてくれた。これからも旅が続くけど、よろしくね。お馬さんのための美味しいものも探そうね。


こうして幻の果物を売った収入で、美食の街ガストーの高級宿の滞在を十日間満喫した。美味しい料理と広いお風呂で大満足。ちょっと太ったかも、っていうくらい食べてぐーたらしたよ。

次はウィオのお好みのフェゴ料理を食べるために、フェゴ王国へ向かおう。

フェゴ王国はマトゥオーソの南、ガストーの街からだと、マトゥオーソの王都を通って南下していくのが一番の近道だ。

けれど、オレたちは幻の果物で目立っちゃったから、余計なトラブルに巻きこまれないように、王都を避けることを決める。ガストーの街から、カリスタの森とは反対側へ進んで南下した。

エピローグ

フェゴ王国に近くなるにつれ、屋台で売っているものの中に、スパイスが使われている割合が増えた。そうすると何が起きるかというと。

『クシュン、クシュン』

「ルジェ、大丈夫か?」

『だいじょ、ブシュッ』

大丈夫じゃないみたい。鼻がムズムズするし、コショウを吸いこんだときみたいにくしゃみが止まらない。オレにはスパイスがきつすぎるらしい。

「フェゴに行くのはやめるか」

『行くよ。クシュッ』

ウィオはフェゴの料理が好みのはずなんだから、そこに行かないっていう選択肢はない。ただ、屋台に行くときはオレを置いていって。

屋台に行かなければなんとかなると思っていたのに、次の街でウィオはフェゴ行きを取りやめると決めた。

「いらっしゃいませ。おひとりですか?」

「ギルドの紹介で、使役獣と泊まりたい」

『クシュン』

「何泊でしょう」

『クシュン、クシュン』

料理の美味しい宿って紹介されてきたんだけど、スパイスの匂いがしているから、オレのくしゃみが止まらない。花粉症みたいになっている。

「すまない、無理そうだ」

「ここはスパイスを使った料理が自慢なので、旅のお客さんが連れている動物にはよくあることですよ」

『クシュン』

「この街に住んでいる動物は平気なのか」

「慣れでしょう」

ええ、これって慣れるの？　欲張って美味しいものを食べようとしなければいいのかなあ。でもそれじゃこの旅の意味がなくなっちゃうし。

ウィオが交渉して、一泊だけ馬車の中で寝させてもらうことになった。

今から街の外に行って野営しようにも門は閉まっているし、料理を出さない宿を探すにも時間が遅すぎる。余裕を持たずに夕方ぎりぎりに駆けこんだオレたちがいけない。

「庭に食事を用意しましょうか？　それなら狐くんも平気でしょう」

『ギルドが美味しいって言うご飯を……クシュン、ウィオは食べてよ』

「頼む。普通に一泊の料金を払う」

「料理と馬車の預かり代金だけでいいですよ。狐くん、悪いねえ」

　こっちこそ、ごめんね。

　宿の建物から出るとくしゃみは止まった。オレの鼻、敏感すぎない？　オンオフできないのかな。

『ウィオごめんね』

「気にするな。目的がある旅じゃないし、フェゴの料理ならオルデキアでまたあの料理人に作ってもらえばいい」

『鼻に布を詰めたら行けると思うんだけど』

「ルジェ、そこまでしなくていい。また来年、考えよう」

　そういえば前世の日本は、いろんな国の料理のレストランがある国だったんだよね。神獣様の権力で、オルデキアに料理人呼んじゃう？　我に料理を献上せよって言ったら、来てくれる料理人がたくさんいそう。

　そんなことを考えているうちに、ご飯の用意ができたと女将さんが呼びに来てくれた。庭にテーブルが出してあるので、オレは風上で遊ぶ。

「ルジェ、庭は掘るなよ」

　やだなあ。言われなくても掘らないよ、多分。

　ウィオはスパイスたっぷりの食事を楽しんでいる。ソーセージみたいな肉の詰めものにスパイスが入ったのが美味しいらしい。よかったよかった。

遠くからだとピリッとしたスパイスの香りも美味しそうに思えるんだけどねえ。

香りだけでお預けされているオレは、仕方がないから庭をゴロゴロ転がってうっぷんを晴らした。

翌朝も、庭に朝食を用意してもらう。

ウィオはスパイスの入ったスープは身体が温まると言って食事を楽しんでいたので、オレも庭を走り回って身体を温める。

途中で走り回っているオレを他の宿泊客が見ているのに気づいたけど、気にせずにいると、いつの間にかウィオがその人と話をしていた。

美味しいご飯って単語が聞こえたので走るのをやめて近寄る。

オレはウィオの膝の上に抱き上げられた。もう食べ終わってスパイスはないので、くしゃみは出ない。話に耳を傾けると、いろんな国に行っている商人に、美味しいものを聞いているところだった。オレも聞きたい。

「スフラル王国はフェゴほどスパイスを使いませんので食べやすく、おすすめですよ」

「水の都アーグワのある国というくらいしか知らなかったので、助かる」

「スフラル王国は小さな肉まんじゅうが有名です。地方によって味が違いますので、旅の楽しみにもなります」

『キャン！』

それって、オルデキアで食べたときに気に入った、小籠包みたいな料理だよね。そのときに南のほうの国で食べられてるって聞いたんだった。

よし、スフラル行こう！

でもその前に、ウィオが飲んでいるチャイティーみたいなお茶が美味しそう。スパイスは入っているんだけど、これは平気だと思う。くしゃみが出ちゃうのは一部のスパイスなのかな。

カップをふんふんしていると、商人さんがわざわざオレ用に新しいのをもらってきてくれた。

尻尾を振って感謝を伝える。商人さん、鼻の下が伸びてるよ。オレの可愛さにやられちゃったんだね。

「触らせてもらってもいいですか？」

『キャン』

「いいと言っている」

美味しいものを教えてくれただけじゃなくお茶ももらってきてくれたから、たくさんなでてもふっていいよ。


このあとは、当初の予定を変えてスフラル王国へ向かおう。

オレたちはマトゥオーソの国内をフェゴ王国に向けて南下するのに、王都を迂回して西側よりの街道を移動していた。スフラル王国はマトゥオーソの南西にある国なので、南への移動をやめて西に進めばスフラル王国だ。

美味しいものを食べる、という以外には特に目的のない旅。気の向く方向へ進み、気の向く依頼を受けて、美味しいものを食べる。行き当たりばったりで行き先を変えるのが、のんびり旅の醍醐味だよね。

スフラルではオレの好きな小籠包が待っている。きっと他にも美味しいものがたくさんあるはずだから、期待に胸が高鳴っちゃう。

ぐーたら飼い狐生活のはずだったのに、旅人ならぬ旅狐になっているけど、ウィオと一緒ならそれも楽しい。

世界中の美味しいものたち、これから食べに行くから待っててね！

異世界へと召喚された平凡な高校生、深澄真。彼は女神に「顔が不細工」と罵られ、問答無用で最果ての荒野に飛ばされてしまう。人の温もりを求めて彷徨う真だが、仲間になった美女達は、元竜と元蜘蛛!? とことん不運、されどチートな真の異世界珍道中が始まった!

2期までに
原作シリーズもチェック!

●各定価:1320円(10%税込)
●illustration:マツモトミツアキ
1~19巻好評発売中!!

漫画:木野コトラ
●各定価:748円(10%税込) ●B6判
コミックス1~13巻好評発売中!!

Re:Monster

リ・モンスター

金斬児狐

Kanekiru Kogitsune

1〜9・外伝 8.5

暗黒大陸編1〜4

シリーズ累計170万部（電子含む）突破!

2024年4月4日〜!

TVアニメ放送開始!!（TOKYO MX、BS11ほか）

ネットで話題沸騰 怪物転生ファンタジー

最弱ゴブリンの下克上物語 大好評発売中!

【小説】1〜9巻／外伝／8・5巻

◉各定価：1320円（10％税込）
◉illustration：ヤマーダ

【小説】1〜4巻（以下続刊）

◉各定価：1320円（10％税込）
◉illustration：NAJI柳田

コミカライズも大好評!

【漫画】1〜11巻（以下続刊）

◉各定価：748円（10％税込）
◉漫画：小早川ハルヨシ

異世界ゆるり紀行
子育てしながら冒険者します
1~15
水無月静琉
Minazuki Shizuru
シリーズ累計
110万部
(電子含む)
突破!!
2024年7月
TVアニメ
放送開始!!
(テレ東・BSテレ東ほか)
1~15巻
好評発売中!
コミックス
1~8巻
好評発売中!
子連れ冒険者の
のんびりファンタジー!
神様のミスで命を落とし、転生した茅野巧。様々なスキルを授かり異世界に送られると、そこは魔物が蠢く森の中だった。タクミはその森で双子と思しき幼い男女の子供を発見し、アレン、エレナと名づけて保護する。アレンとエレナの成長を見守りながらの、のんびり冒険者生活がスタートする!
転生したら、双子を保護しました。
子連れ冒険者の異世界のんびりファンタジー!
転生したら、幼い双子を保護しました。
◉各定価:1320円(10%税込) ◉Illustration:やまかわ
◉漫画:みずなともみ B6判 ◉各定価:748円(10%税込)

風波しのぎ
Kazanami Shinogi

この作品に対する皆様のご意見・ご感想をお待ちしております。

おハガキ・お手紙は以下の宛先にお送りください。

【宛先】

〒150-6019 東京都渋谷区恵比寿 4-20-3 恵比寿ガーデンプレイスタワー 19F
（株）アルファポリス　書籍感想係

メールフォームでのご意見・ご感想は右のＱＲコードから、
あるいは以下のワードで検索をかけてください。

アルファポリス　書籍の感想

ご感想はこちらから

本書は、「アルファポリス」（https://www.alphapolis.co.jp/）に掲載されていたものを、
改稿のうえ、書籍化したものです。

願いの守護獣
チートなもふもふに転生したからには全力でペットになりたい

戌葉

2024年 5月 5日初版発行

編集－黒倉あゆ子
編集長－倉持真理
発行者－梶本雄介
発行所－株式会社アルファポリス
〒150-6019 東京都渋谷区恵比寿4-20-3 恵比寿ガーデンプレイスタワー19F
TEL 03-6277-1601（営業） 03-6277-1602（編集）
URL https://www.alphapolis.co.jp/
発売元－株式会社星雲社（共同出版社・流通責任出版社）
〒112-0005 東京都文京区水道1-3-30
TEL 03-3868-3275
装丁・本文イラスト－こよいみつき
装丁デザイン－AFTERGLOW
印刷－中央精版印刷株式会社

価格はカバーに表示されてあります。

落丁乱丁の場合はアルファポリスまでご連絡ください。

送料は小社負担でお取り替えします。


ISBN978-4-434-33603-4 C0093